光文社文庫

長編ミステリー

殺人ウイルスを追え

深谷忠記

この作品はフィクションであり、特定の個人、団体等とはいっさい関係がありません。

著者

殺人ウイルスを追え　目次

登場人物

中央日報社

兵藤卓……………………編集委員（七年前は社会部記者）
大原関真…………………科学部記者
平沼征男…………………科学部デスク
狭間有一…………………科学部長
原澄夫……………………社会部遊軍記者

国立微生物医学研究所（微医研）

遠山繁春…………………所長
大室豊……………………第一ウイルス研究部部長
尾崎潤……………………特殊病原体研究室・室長
江幡英彦…………………同・主任研究員
叶裕樹……………………同・主任研究員
高見沢隆子………………同・研究員
兼田峻一郎………………同・研究員
杉岡弥生…………………遠山所長秘書
水城由希子………………大室部長秘書
坂本エリ…………………研究所の元アルバイト

その他

三村史郎…………………警視庁捜査一課殺人班刑事
佐々昭吉…………………S・Sクリニック医師
仁科洋次…………………商社員
仁科登……………………洋次の兄（七年前に死亡）
水城亜也子………………由希子の姉（七年前に死亡）

プロローグ

故意か事故か
――病原ウイルス漏出事件――

今月、九月初め東京杉並区内の桜台小学校で突然流行しはじめた咽頭結膜熱の原因は、実験室から漏れたウイルスであったことが、ほぼ突き止められた。残暑の退くにともない、その流行はようやく衰えを見せはじめているが、ここで、謎の残る事件の経過をもう一度振り返ってみた。（社会部　兵藤卓記者）

桜台小学校では二学期に入るとすぐ、児童たちの間に咽頭結膜熱が大きな流行を見せはじめた。

咽頭結膜熱というのは、別名プール熱とも言われているように、プールで感染する場合が多く、眼や喉が赤く腫れ、三十九～四十度の高熱を出す病気である。

病原体は、アデノウイルスの3型、7型、14型など。しかし、今回は、都衛生研究所の検査により、これまでに自然界から発見されていたものとは抗原構造の異なる3型の変異体、と判明した。

そのため、ウイルスがどこからきたのか専門家も首をかしげていたところ、国立微生物医学研究所でアルバイトをしていたA子さん（一九）から、次のような電話が当社に寄せられた。

——先月三十日夕刻、微生物医学研究所研究員のN氏（三二）によく似た人物を、桜台小学校のプール横で見かけた。その人物は歩道脇に自転車を停め、土手の上の金網フェンスに寄って無人のプールを覗いていた。

すでにN氏の実験室では今回検出されたものと同型の変異株が人為的に作られている、という事実がわかっていた。そこで、記者はさっそく八王子の高台にある微生物医学研究所にN氏を訪ねた。

しかし、N氏の応対は初めから半ば喧嘩腰であった。「桜台小学校の横は時々散歩で通るが、止まってフェンスのなかを覗いたりしたことは一度もない」と、A子さんの言葉を強く否定した。

確かに、N氏が病原ウイルスをプールに入れたという証拠はどこにもない。A子さんも、

N氏によく似た人がプール脇に立っているのを見た、と言っているだけだからだ。

とはいえ、その目撃の数日後から、児童たちの間に咽頭結膜熱の大きな流行が起きた。しかも、多くの研究者の一致した見方は、「実験室で作られたウイルスと同一のものが自然界から見つかるなどという偶然は、確率的に見て考えられない」。つまり、桜台小学校の児童たちから検出されたウイルスは、なんらかのかたちでN氏の実験室から運ばれたものと見て九分九厘、間違いない、という。

N氏は、アデノウイルスの毒性部位の研究で昨年『志賀奨励賞』を受けた、現在最も将来を期待されている若手ウイルス学者の一人だ。その優秀な専門家がこうした点をご存じないとは思えないのに、彼は重なる記者の訪問に対しても、「自分はやましい行為はしていない、だから話すべきことは何もない」の一点張り。正面から質問に答え、疑惑を解こうという姿勢はまったく見られなかった。

たとえN氏自身は潔白だったとしても、彼の実験室から漏れたか、あるいは誰かによって持ち出されたウイルスが現実に病気を引き起こし、多くの子供たちに苦痛と不安を与えた疑いは濃厚なのである。それなりの説明か、反省と謝罪の言葉がきかれても当然だと思うのだが……。

とまれ、こうした事件あるいは事故は、二度とあってはならない。その願いをこめて、取材中多くの人たちの口にした、「もっと恐ろしい病原体だったらと思うとゾッとする」という言葉を最後に記し、今後への警鐘としたい。

〈中央日報〝NEWS風向計〟より〉

＊

中央日報に兵藤記者の署名記事が載った四日後の早朝――。

長野県松本市の西郊を上高地から流れ下ってくる梓川の土手で、男女の服毒死体が見つかった。レンタカーの座席を水平に倒し、男は運転席に、女は助手席に仰向けに横たわっていたのだ。

男は国立微生物医学研究所研究員、仁科登（三十一歳）、女は吉祥寺でスナックを経営している水城亜也子（二十七歳）、と判明。亜也子の身体には死の直前に持ったと思われる情交の跡があり、付着していた精液は仁科の血液型、分泌型A型と一致した。

さらに、二人は前から顔見知りだったこと、前々日午後、前後して松本へ来て、部屋は別々ながら同じ宿に泊まっている事実、仁科は咽頭結膜熱の病原ウイルスを漏らした疑いでマスコミに追及され、ノイローゼ気味だったという事情などがわかり、警察は二人の死を心中と断定した。

第一章　国際伝染病

1

「家にも帰っていませんね」

大原関は受話器を乱暴に置くと、デスクの平沼征男に言った。

「江幡さんも叶さんもかい？」

「そうですよ」

今、電話を聞いていただろう、という喉まで出かかった言葉を呑み込んだ。

そんな大原関の心を読んでか、平沼の横に立って彼と話していた編集委員の兵藤卓が、目のなかでうすく笑った。

「みんな、患者のマンションか三鷹病院にでも駆けつけて行ってるのかな」

「それなら社会部の連中に任せとけばいいでしょう。明日、尾崎さんか江幡さんをつかまえますから」

「いや、とにかく微医研へ行ってみてくれないか。大室部長ならじきに戻る、と言ったんだろう?」

「これから八王子くんだりまでですか? わかりました、わかりましたよ。大室さんがいなかったら、朝まで待ってでも特殊病原体研究室の誰かをひっつかまえて話を聞いてきますよ」

大原関は苛々した調子で言うと、机の上から薄汚れたタオルをつかみ、パイプをくわえた兵藤の後ろを太鼓腹をゆらしてすり抜けた。

昨日「S・Sクリニック」で診てもらったところ、血圧がだいぶ上がっているという。そのせいか、首筋から右肩にかけてこちこちに凝っている。朝から頭痛がして、早く帰るつもりでいた。それなのに、明日の約束だったインタビューの相手が、午後になって急に今日に変えてくれと言ってきた。それで、仕方なく出かけ、やっと帰社するや、今度は〝国際伝染病の疑いがある患者発生〟の報が飛び込んできたのだった。

大原関真、三十四歳。ここ東京大手町に本社のある中央日報の科学部記者だ。同じ新聞記者でも、政治部や社会部記者とは違う。夜中に科学部記者が駆けつけなければならないような大事件、大事故の突発することはほとんどない。だから、彼がインタビューを終えて上がってくると、まだ八時前だというのに、遅番デスクの平沼しかいなかったのだ。

彼は、四階フロアのほとんどを占めるだだっ広い編集局の中央通路を、ずり落ちたズボンの裾を床にこすりながら、小股のせかせかした足取りで端まで歩いて行った。

誰も乗っていないエレベーターで地下の駐車場へ降り、伝票を出して車に乗り込む。シートに身長一七八センチ、体重一〇三キロの巨軀――そのため大原関という渾名と勘違いしている者も少なくない――を深く沈め、頭を後ろへもたせかけると、こめかみの血管がずきずきと脈打つのがわかった。

今日は十一月十二日（月曜日）。文化の日もとうに過ぎたというのに、顔から首にかけて汗びっしょりだった。

それを手にしていたタオルで拭う。

畜生、これじゃ伝染病患者より先に、俺の方がぶっ倒れちまうじゃねえか。彼は反っ歯の平沼と、わけ知り顔に平沼と小声で話していたナイスミドルを気取った兵藤の顔を思い浮かべて、口のなかで罵った。

車はすぐに神田橋ランプから首都高速へ入った。流れは悪くない。

四号新宿線を抜けて中央自動車道へ移る頃には、頭痛が少しおさまってきた。それにつれて、強い興味にとらえられてくる。十年以上新聞記者をやってきた習性かもしれない。

国際伝染病について、彼も多少の知識は持っていた。それはラッサ熱、マールブルグ病、エボラ出血熱という、いずれも極めて危険な病気である。日本では一九七六年にラッサ熱の疑いのある者が帰国して一時大騒ぎになったが、幸い病原ウイルスは検出されず、その後も患者は出ていない。しかし、それから十年あまり経って、飛行機による外国との往来がますます増えてきている現在、病原ウイルスがいつ入ってきても不思議ではない状況にあった。

今度の患者がもし真性患者だったら、と彼は思った。四谷のマンションに住む大学生だというその男は、いったいどこで、どのように感染したのだろうか。病気は三つのうちのなんだろうか。確か一月ほど前、南アフリカ共和国のダーバンでエボラ出血熱の患者が出た、という小さな記事を目にした覚えがあるが……。いずれにしろ、もし真性なら日本で初めての患者ということになる。

国立微生物医学研究所は、中央自動車道の八王子インターチェンジを出て一キロほど北へ行ったところにあった。多摩川と並行した滝山丘陵の一角を切り開いた高台に位置し、南西には富士山、東には新宿の高層ビル群が望める。造られたのは十五年前と比較的新しいが、今では日本における細菌病、ウイルス病研究のセンターの一つになっている。特に、四年前に建てられた高度安全実験室（P_4実験室）は、我が国では唯一、ラッサ熱やエボラ出血熱などの最も危険な《危険度Ⅳ》の病原体——病原体の危険度はⅠからⅣまでに分類され、そのクラスに応じて取り扱い基準が設けられている——を扱っている場所だ。

所長はウイルス病研究の権威で元東央大学医学部長、遠山繁春。政府の各種委員などを務めて、その政治的手腕も高く評価されている男だった。

国道十六号線から左へ逸れて坂を登り、大原関の乗った車は微医研の門の前に着いた。

鉄の門扉は閉ざされ、横の通用口だけが開いている。

他に車が見えないところをみると、他社の連中はまだ来ていないようだ。

そう思い、大原関は、とりあえず一時間ほど待っていてくれるよう運転手に頼み、明かりは点いているが誰もいない門衛詰所の前を通って、樹木の多い庭へ入って行った。

一段高くなったポーチに近づいたとき、玄関の大きなガラス扉を押して、女が一人出てきた。

白いブラウスに紺のスーツを着ている。彼も見知っている遠山所長の秘書、杉岡弥生だった。優しい面立ちをしたハイミスだ。有能な秘書だという噂だったが、それを鼻にかけたツンケンしたところはない。

「こんばんは。お帰りですか？」

大原関が挨拶すると、

「ええ」

と足を止めて笑みを浮かべた。「記者さんも大変ですわね」

「所長から何か連絡がありましたか？」

彼はさっき所長室へも電話したのだ。

「いいえ」

という返事を聞いて弥生と別れ、彼は玄関を入ってエレベーターで五階へ上がった。

エレベーターを降りたすぐ前の部屋が、第一ウイルス研究部部長、大室豊の部屋だった。

ドアが半分開いたままだったので、なかを覗くと、大室の机の手前の席で、秘書の水城由希子が電話の応対をしていた。

「遅くまで大変だね」

由希子が受話器を置くのを待って、彼はなかへ足を踏み入れながら声をかけた。

「あら、大原関さん、いらしたんですか」

由希子が少しびっくりしたような笑顔を振り向けた。

いつも黒い瞳をひたと相手に向けてくる。

二十八歳だというが、小柄でキュートな感じのせいか、二十三、四にしか見えない。下で会った弥生がおだやかな笑みを浮かべていても、どことなく硬い雰囲気があるのに比べ、由希子にはそうした壁がない。お互い三村史郎の知り合いだとわかってからは、いっそう心を許した親しい口をきくようになっていた。

「戻ったかい？」

大原関は親指を立てて大室の机の方へ向け、訊いた。

「ええ」

と由希子が答えたとき、トイレにでも行っていたのか、廊下に足音がして、大室のずんぐりした身体が入口に現われた。

「お邪魔しています」

「やあ、君か」

「先生、夜分申し訳ありませんが、国際伝染病について少しお話を伺えませんか」

「かまわんが、僕でいいのかね」

大室が自嘲とも皮肉ともつかない笑みを目のなかに漂わせ、探るように見た。

「ええ、もちろんです」

大原関は、特殊病原体研究室の尾崎や江幡がつかまらなくて彼のところへ来た、という事情を悟られまいと、慌てて言った。

大室は彼らの上司だが、国際伝染病ウイルスを自分で扱っているわけではない。

「それじゃ、ま、かけたまえ」

大室がソファを示して、先に腰をおろした。

歩くのと立っているのが一番苦手な大原関は、ほっと彼の前に巨体を落ち着ける。

「実は、たった今、連絡が入ったんだが、厚生省の公衆衛生審・伝染病予防調査部会のなかに、うちの遠山所長を長とする国際伝染病緊急対策委員会が作られたそうだ」

大室がマイルドセブンを一本抜き取りながら話し出した。「委員会は治療班と研究班に分かれ、研究班には尾崎君を班長に特殊病原体研究室の全員が入ったらしい」

「じゃ、国際伝染病と確定したわけですか？」

大原関は心持ち身を乗り出した。

「いや、これから患者の血液や尿、病巣局所の滲出物などを採って検べないとわからない」

大室が煙草をくわえ、火をつけた。

「病状からだいたいの診断はつかないんですか？」

大原関は言って、大室の吐き出した煙に、気づかれないようにそっと顔をしかめた。彼は酒も煙草もやらない甘党なのだ。

「マラリア、腸チフスなどとも区別がつきにくいらしい。それに、たとえ国際伝染病らしいとわかっても、ラッサ熱、マールブルグ病、エボラ出血熱の臨床的な鑑別はまったく不可能だと言われている」

「すると、病名がはっきりするまでは治療法も決められない？」

「まあ、対症療法を行なう以外にない」

「いつ頃はっきりするんでしょう？」

「患者の血液にすでに抗体ができていれば、おおよその診断は早い。だが、まだかもしれないし……いずれにしても百パーセント確実な判定を下すためには、ウイルスを分離しなければならない。だから、どんなに早くみても、三、四日後になるか……」

「そんなにかかるんですか？」

「君、検体をアフリカミドリザルの腎臓に由来するＶｅｒｏ細胞に接種し、培養しなければならんのだよ。そして、それができるのはうちの高度安全実験室だけなんだ」

「じゃ、尾崎さんたちは……」

「尾崎君と叶君は三鷹病院へ行っているので患者の血液や尿などと一緒におっつけ帰ってくるだろう。江幡君、高見沢(たかみざわ)さん、兼田(かねだ)君にも今頃連絡が取られているはずだ」

室長の尾崎潤(じゅん)、主任研究員で東央大学助教授を兼ねている江幡英彦(ひでひこ)、やはり主任研究員の叶裕樹(ひろき)、それに研究員の高見沢隆子(たかこ)と兼田峻一郎(しゅんいちろう)の五人が、日頃から国際伝染病ウイルスの研究を行なっている特殊病原体研究室のメンバーだった。

尾崎と江幡は同期の四十一歳、叶が三十八歳、高見沢隆子が三十二歳、一番若い兼田が二十九歳。全員、遠山直系の東央大学出身者だ。

「それで、尾崎さんたちによってウイルスが検出され、国際伝染病と診断された場合は、どういう治療法がとられるんですか？」

大原関は質問を継いだ。

「まだ決定的な治療法というのはないんだが、インターフェロンや回復期の患者から採った血漿(けっしょう)を投与することになるだろうね」

大室が煙草を灰皿に叩きながら言った。「ただ血漿は日本にはないから、ＷＨＯを通じてＣＤＣか、ＭＲＥから至急取り寄せないといけない」

ＣＤＣというのはアメリカの疫病対策センター、ＭＲＥというのはイギリスの国防省微生物研究所のことである。

「感染した場合、発病する者の割合はどれくらいなんでしょう？」

「はっきりした数字はわからないが、どの病気もだいたい一週間前後で八割から九割は発病するようだね」

「では、そのうち、命の助かる割合は？」

「個人差や治療法の差があるし、マールブルグ病のように症例の少ないものもあるので、これも一概には言えないが、過去の統計では君の言う逆の助からなかった割合、つまり致命率はラッサ熱の場合約四十パーセント、マールブルグ病の場合二十五パーセント、エボラ出血熱の場合七十パーセントくらいのようだ」

「じゃ、少なくとも四人に一人、エボラ出血熱の場合は実に三人に二人以上が死んでいるんですか？」

「そうなるね」

いずれも致命率（致死率）の高い病気だとは聞いていたが、大原関はまさかこれほどとは考えていなかった。あらためてそれらの病気の恐ろしさを感じた。

彼がさらに三つの病気それぞれの感染の仕方、症状の特徴、ウイルス学的検査の具体的方法などを訊いていると、由希子がコーヒーを淹れてくれた。

「どうも……」

彼は礼を言い、入れかけた砂糖をやめてミルクだけ加えてかきまぜる。

それを見て、アラ！　というように由希子がいたずらっぽく瞳を輝かした。

「ヤブ医者に、いろいろ威かされているものですからね」

大原関は、新宿歌舞伎町にあるS・Sクリニックの医師、佐々昭吉の顔を思い浮かべながら、照れ笑いした。

「これくらいで、もういいかね」

大室がカップを手にして言った。

「結構です。ありがとうございました」

「じゃ、水城君もこっちへ来て、一緒にひと休みしたらどうかな」

「はい」

大室に言われて、机に戻ったばかりの由希子が顔だけ振り向けた。

「先生も水城さんも遅くまで大変ですね」

「水城君にはすまなかったが、明日までにどうしても提出しなければならない書類があってね。秋田から帰って、羽田から直行してもらったんだ」

「秋田へ行っていたんですか……」

大原関は由希子の方へ顔を向け、つい懐かしさのこもった声を出した。秋田は、G大学の農学部林産学科を出て中央日報へ入った彼の最初の勤務地だった。当時は体重が今より二〇キロ近く軽く、警察回りから、県庁、市庁回りと平気で飛び歩いた。

「水城君のお姉さんの亡くなられた事情は、君も知っているだろう。君のところの兵藤とかいう記者が、うちの仁科君をしつこく追及する記事を書いたのが半分くらい原因だったんだからね」

「ああ、じゃ、それでお墓参りに？」

「ええ、去年七回忌もすみましたし、もういいんですけど、九月のお彼岸にも命日にも帰らなかったから、母がうるさくて……」

当時、大原関はまだ秋田支局にいたが、現在編集委員になっている兵藤が〝アデノウイルス漏出事件〟をさかんに書いていたのは知っている。仁科登が犯人である、とほぼ断定的に。その書き方は、大原関も眉をひそめるほどだった。すると間もなく、仁科登と水城亜也子の心中事件が報じられたのである。

「仁科君は叶君と同期の優秀な研究者だった。志賀賞を受け、スイス行きと東央大学助教授の口が決まりかけていた。そんな逸材と水城君のお姉さんを死に追いやった中央日報は、以後、一切取材お断わり、のはずだったんだが、間もなく、君みたいな横綱級に押しかけられてね……」

大室が自分の言葉にクックッと笑ったので、大原関も仕方なく追従の苦笑いを浮かべた。

2

同じ夜、佐々昭吉は左手にウイスキーのグラスを持って、阿佐谷(あさがや)の自宅の居間でテレビを見ていた。

時刻は十時四十分。妻は風呂に入っていたし、高校一年と二年の二人の息子は、三十分ほど前に二階の自室へ引きあげた。

テレビは、七時過ぎから繰り返し伝えられている国際伝染病騒動についての特別番組だった。今、画面はおよそ三時間前の状況を映している。四ツ谷駅に近い新宿通りに面して建つマンションの前に、救急車に似た型の患者輸送車が到着したところだ。

アナウンサーの説明によると、ここに至るまでの経緯は——

今映っている東亜レジデンス六階に住むK・Mという大学生（男）が、二日前から激しい頭痛と全身の倦怠感(けんたい)、三十八度近い熱のため一人で寝ていた。初めは風邪だろうくらいに軽く思って売薬を飲んだが、いっこうによくならない。それどころか、今日になって熱は三十九度を超し、胸に引き裂かれるような痛みが加わり、水様の下痢も始まった。

心配になった彼は、夕方医師の往診を頼んだ。

医師が診(み)ると、患者の顔、目、腕、脚などに異常な出血性の発疹(ほっしん)が認められた。それは、デング熱の発疹とも違う。さらに、眼からは血液のまじった涙が滲み、口を開かせると、舌からも出血がある。

その医師はかつて東南アジアへの医療奉仕隊に参加した経験があり、伝染病に強い関心を持っていた。そこで、患者は最近外国へ行ったことがないと言ったものの、なんらかの熱帯伝染病の疑いもある、と考えた。一月ほど前、南アフリカ共和国でエボラ出血熱の患者が出た、という新聞記事を目にしていたことも手伝ったらしい。

とにかく、彼は念のために保健所へ届け出た。

報告は保健所から都の衛生局へ上がり、都から連絡を受けた厚生省は、すぐ専門の医師たちからなる診断班を編成した。診断班は東亜レジデンスの大学生の部屋へ向かった。

診断の結果は、〝国際伝染病の疑いあり〟。

こうして、日本にはまだ東京、大阪、成田にしかない患者特別輸送車のマンション急行――、となったのだという。

輸送車は、外に危険な病原体をばらまかないよう、トランジットアイソレーターという設備を積んでいた。今、画面は、ビニールの筒のようなそのアイソレーターに入れて部屋から運び出してきた患者を、輸送車に乗せているところだった。作業をしている人たちは全員白い防護服、白い帽子、マスク、ゴーグル、それにゴム手袋で身を包んでいた。

テレビカメラは輸送車をはなれて周囲の様子を映し出す。

フラッシュが光り、カメラマンや記者たちが歩道を走り回っている。それを制止する警官。近くの歩道から、あるいはビルの窓から恐ろし気に見ている野次馬たち。前の広い通りをノロノロと進む、赤いテールランプの列……。

と、カメラは再び、サイレンを鳴らして走り出した輸送車をとらえた。

輸送車は現実の何十分の一かの時間で首都高速、中央自動車道を走り、調布インターチェンジで外へ出て、国立三鷹病院へ向かう。

現在、国際伝染病患者を収容できる特別の病棟（高度安全病棟）を持っているのは、ここと都立荏原(えばら)病院しかないからだ。

本棟とは別棟になっている高度安全病棟の砂利敷きの広い庭には、すでにカメラの放列が待ちかまえていた。その奥の正面に、『入退院口』と書かれた重そうな鉄の扉が見える。

門の外に輸送車が到着した。

人とフラッシュの垣を分けて近づき、カメラの前を過ぎる。

行く手の鉄の扉が左右に開いた。

輸送車はそのなかへゆっくりと吸い込まれて行く。やがて、少しでも閉じ方が不完全なら警告ランプがつくという二枚の厚い扉は合わさり、輸送車を隠した。

あとはカメラが入れないということで、前に撮った写真をもとにした説明がつづいた。

患者はベッドアイソレーターというビニールの四角いテントのようなもののなかに入れら

れ、完治して他人に感染させるおそれがなくなるまで——国際伝染病の場合二ヵ月以上——そこから一歩も出られないこと、医師や看護婦による診療、処置はすべて外から透明な袖（スリーブ）を通して行なわれること、テントのなかの汚染されたものが絶対に外の空気に触れないよう、その出し入れの方法が実にうまく工夫されていること、など……。

「——以上で、Mさんの収容された高度安全病棟とはいかなるところか、だいたいおわかりいただけたと思いますので、次は、カメラを国立微生物医学研究所の方へ移してみたいと思います」

アナウンサーの顔と声につづいて、今度は暗い林に囲まれて建つ六、七階建ての白い建物が映し出された。

以前、大学で同期だった友人が勤めていた頃、佐々も一度だけ行ったことがある八王子の微医研だ。

現在、WHO（国連世界保健機関）から特殊病原体——最も危険性の高いクラスⅣの病原ウイルス——の検査室として指定を受けた高度安全実験室を持つ施設は、世界でも非常にかぎられている。アメリカの疫病対策センター（CDC）、イギリスの国防省微生物研究所（MRE）、ベルギーの国立プリンスレオポルド熱帯医学研究所、南アフリカの国立ウイルス学研究所など、数えるほどしかない。日本には国立予防衛生研究所村山分室と微医研の二ヵ所あるが、予防衛生研究所の施設は住民の反対などもあってまだ使用されていないため、実質的には微医研一ヵ所だけといえる。

アナウンサーがそうした解説をした後、カメラは白い壁の横を回り、研究所本館と屋根つきの渡り廊下でつながった小さな建物をとらえた。金網のフェンスで囲まれた四角い偏平なコンクリートの箱だ。研究施設というより何かの機械室といった感じである。だが、これが高度安全実験室で、すでにそのなかでは患者の血液、尿、咽頭分泌液、発疹局所から掻き取った皮膚などを使ってウイルスの培養が始められている、とアナウンサーが告げた。

「検査に当たっているのは、微医研・特殊病原体研究室の尾崎室長を中心とする五人の方たちで、早ければ三、四日後……遅くとも二週間後にははっきりした結果が出るのではないか、と言われております」

やがて、特別番組は終わった。

画面はコマーシャルにつづき、ニュースに移った。ニュースも半分は国際伝染病騒ぎについてだった。

「——もし国際伝染病だった場合、その感染経路が極めて重大な問題となるため、Mさんのここ二週間ほどの行動を細かく……」

「あなた、まだ飲んでらしたの」

アナウンサーの声を遮って、妻が風呂から上がってきた。そっちこそ、どこをいつまで磨いていたのか、と思うような茹で蛸みたいな顔をして。

佐々が残りの水っぽいウイスキーを一気に喉へ流し込み、テレビを消そうとしたとき、アナウンサーが別のニュースを伝えはじめた。

「ただいま町村（まちむら）特派員から入りました電話によりますと、先週ニューヨーク市内の病院で死亡した二人の男性に、国際伝染病の疑いが出てまいりました。これは、急性腎炎等による死亡として処理していた二つの病院が、日本のMさんのニュースを聞いて届け出たもので、公衆衛生局はさっそくウイルスの検査を始めた模様です」

アメリカでもか……。

佐々は口のなかでつぶやいて、スイッチを押した。この熱病騒ぎに自分も直接関わることになろうとは、夢にも思わずに。

第二章　赤毛の女

1

人がみな上着やセーターを着ているというのに、大原関だけはまだ腕まくりしたワイシャツ姿だった。それでも汗をかいている。もっとも今は、早めにカレーライスと五目ソバの昼食をすませたばかり、というせいもあるが。

バンドをゆるめたので、ズボンがすぐに太鼓腹の下にずり落ちてしまう。彼はそれを左手で引き上げながら微医研地下の食堂を出ると、エレベーター乗り場に立った。もう一方の右手は、はだけた襟元から首筋のあたりをしきりに拭う。手にしているのは妻の頼子が毎朝持たせてよこす二枚のハンカチでは間に合わないため、彼が会社の机に置きっ放しにしている薄汚れたタオルだ。

四階で停まっていたエレベーターが、降りてきた。

「なんてのろいエレベーターなんだ」

彼はぶつぶつ言いながら真っ先に乗り込むと、すぐ上の一階まで上がって降りた。

廊下や玄関には、他社の記者やカメラマンがたむろしていた。

その何人かと軽く声をかけ合い、彼は建物の東端にある講義室へ向かう。
六、七十人は入れると思われる講義室は、すでに座席の半分近くが埋まっていた。国際伝染病の疑似患者発生から三日目だ。今日ここで、十一時半から対策委員会の記者会見があるのである。
後ろの入口から部屋へ入った彼は、中央右寄りの列に秋田支局時代の後輩、原澄夫の姿を見つけると、近寄って行き、

「よう、ハラちゃん」

と、声をかけた。

「あ、ゼキさん」

原が、愛嬌のあるどんぐり眼を上向けた。

「誰か来るの？」

大原関は原の隣の席へ二重顎をしゃくった。

「いや、いいですよ」

原がひょいと一つ右へ移って、大原関のために席を空けた。

体重が大原関の半分ちょっとしかない小兵だが、その分敏捷である。社会部の遊軍で、

今はこの伝染病騒ぎの取材に当たっていた。年齢は大原関より三つ若い三十一歳。秋田時代はともに苗字に原がつくことからハラハラコンビとか、凸凹コンビとか言われながら、よく一緒に飲み――大原関はもっぱら食べ――歩いた。

「エボラらしいって？」

大原関は小さな椅子にやっと巨体を落ち着けると、少しうすくなりかけたやわらかい髪を無造作に左手で掻き上げながら、原の方へ顔を向けた。

「みたいです。正式発表はこれからなわけですが。一昨日のゼキさんの記事によると、エボラ出血熱はラッサ熱やマールブルグ病より一段と致死率の高い危険な病気のようですね」

「いや、必ずしもそうとは言えないんだ。致命率は高くても、伝染力はラッサ熱などよりかなり弱いらしいから。ラッサウイルスは患者の口から飛び散った飛沫による気道感染が確実だと言われているし、マールブルグウイルスも濃厚飛沫による感染は否定できないらしい。ところが、エボラウイルスの場合、患者との偶然の接触程度では危険性が低く、飛沫感染はありえない、と言われているんだ」

「すると、流行の危険性という面から見た場合、エボラ出血熱で不幸中の幸いだった、とも言えるわけか……」

「うん」

「じゃ、これはどんなとき、うつるんです？」

「病原ウイルスに汚染された患者の血液、痰、便、尿、精液などが、粘膜や皮膚の小さな傷口などを通して身体のなかへ入ったときらしい。だから、過去の例でも、夫婦、親子、兄弟、病院の医師や看護婦、同室者といった、患者と直接触れ合う機会の多い者に二次感染者、三次感染者が大勢出ている。それから、これは自然感染とは違うが、イギリスの国防省の研究所では、研究者が実験中ゴム手袋の上からウイルスのついた注射針で指を刺し、出血も傷口も認められなかったほどだというのに感染した例があるそうだ。なにしろ、相手は細菌よりも一ケタか二ケタ小さい、一万分の一ミリから十万分の一ミリ……といったしろものだからね」

大原関は、この三日間に聞いたり調べたりして得た知識を披露した。

「ふーん、すると、病原ウイルスを持った人間とセックスしたりキスしたりすれば、感染する危険性はかなり高いんですね」

「キスの場合、唇か口の中に傷でもないかぎり大丈夫だと思うが、セックスは非常に危険だ。マールブルグ病の例だが、西ドイツで回復期の患者が妻と性交渉を持ち、病気をうつしている。マールブルグとエボラの場合、とくに精液中に長くウイルスが存在し、回復しても二、三ヵ月は油断できないらしい」

「じゃ、峰田攻一が発病の十日前に寝たという〝赤毛の女〟――これがやはり彼に病気をうつした本命ですかね」

峰田攻一というのは患者（K・M）の氏名だった。神田大学経営学部の三年生である。一部の週刊誌を除いてまだ仮名扱いになっていたが、マスコミ関係者には周知の名であった。

国際伝染病ウイルスで日本にあるのは、微生物医学研究所の研究用のものだけである。だから、この峰田が国際伝染病だった場合、病原ウイルスがどこからどのように日本へ入ってきて、どうして彼に感染したのか、という道筋を明らかにすることは最も緊急を要する問題である。

そこで、三種のウイルスの潜伏期間（感染してから発病するまでの期間）の最大幅をとり、発病前三日から二十日間の彼の行動、接触した人間について、専門家が入院中の彼に質していた。

その答えのなかに、

〈発病する十日前の夜十時頃、新宿歌舞伎町で赤い髪の女に声をかけられ、性交渉を持った〉

という話があるのである。

健康な人間でも、過去二十日間の行動を正確に思い出せる者など稀であろう。ましてや、峰田は重病人である。十日前というのは文化の日の前夜ということで覚えていたようだが、あとはかなり曖昧だったようだ。ただ、それでも、外国人とは口をきいたことさえないし、ホテルの部屋で二時間ほど一緒に過ごしたその女を除き、この間知らない人間と身体を触れ合わせたことはない、と言いきっているのだという。

峰田と一緒に酒を飲んだり彼のマンションに泊まったりした友人、彼と性交渉を持った女友達は、もちろん真っ先に調べられた。が、彼に病気をうつした疑いのある者は見当たらなかったらしい。

「しかし、その赤毛の女が峰田に病気をうつしたんなら、女も発病していたはずなのに、それらしい届け出はどこからもないんだろう」

大原関は言った。

「そうなんです。峰田にうつしたのがその女であるにしろ、ないにしろ、それがどうにもおかしいんです。峰田が外国へ行っていない以上、外国からウイルスを運んできて、それを彼に渡した第一次感染者がどこかにいるはずですからね」

原が心持ち身を乗り出した。

「うん」

「第一次感染者が人知れず死んでしまったとか、自然に治ってしまったのかもしれない、という見方はどうなんですか？」

「アフリカでは気づかないうちに治癒している例もあるらしいんで、まあ可能性はゼロじゃないが、ただどっちにしても峰田だけにしか感染しなかった、という点がどうも納得できん。ニューヨークでは、先週死んだ二人の男が国際伝染病に感染していた疑いがあると発表されてから、すでに七、八人の疑似患者が出ているんだからね」

ニューヨークの場合、届け出は日本より遅かったが、死亡した男の一方が入院していた病院関係者などに、次々新しい疑似患者が発生しているのだった。

「ニューヨークもエボラですかね？」

「さあ。あちらも今日あたり、はっきりするんじゃないのか」

「もし同じエボラだったら、向こうは先週二人死亡しているわけですから、ニューヨークからウイルスが日本へきた可能性が高くなりますね。そして、ニューヨークへは、南アフリカのダーバンからでも運ばれたんですかね」

「まあ、それはニューヨークがエボラと決まってからの話にして、峰田というのはどんな男なんだい？　あんまり真面目な奴じゃない、ということはわかっているが」

「一年ほど前、大麻を吸って一度検挙されてますけど、まあ、ワルというよりは金持ちのバカ息子なんです。静岡の土地成金の長男で、親に買ってもらったマンションに住み、ろくに大学へ行かずに遊び回っていたようですから」

「マリファナをやる仲間に、外国人か外国帰りはいないの」

「その点、最も注意して調べたらしいんですが、以前一緒に捕まったなかにはいないそうです。それに峰田は、今はもう吸ってない、と言っているらしいんです」

「嘘、ついてるんじゃないの？」

「かもしれませんけど、ただ、マリファナの回し吸みで病気がうつったんなら、やっぱり他に患者が出ていないのはおかしいんです」

「そうか。じゃ、結局、赤毛の女しかいないのかね……」

その赤毛の女については、今日発売された週刊誌がかなりセンセーショナルに報じていた。夜の新宿に出没する謎の女。もしかしたら殺人ウイルスの運び人。背は一六〇センチ前後で鼻筋の通った美人。赤というより赤茶色いカールした髪を、黒っぽいコートの肩までたらしている……。

「名乗り出ていないし、そう思いますね」

原が言ったとき、部屋の空気がざわめき、前のドアから五人の男たちが入ってきた。国際伝染病緊急対策委員会の主だったメンバーたちだ。

時刻は予定通り十一時三十分である。夕刊の三版締め切りぎりぎり。大原関が上体をねじって振り向くと、座席は八分通り埋まり、後ろや横の壁際、窓際にはカメラマンたちがぎっしりと立ち並んでいた。

「お待たせいたしました。それでは、これから報告に入らせていただきます」

一番小柄な遠山を真ん中に、五人のメンバー全員が腰をおろすと、彼の左隣に席を占めた尾崎潤が緊張した面持ちで口を開いた。

すらりとした長身に、黒っぽいスーツをすっきりと着こなしている。白皙のいかにも頭の切れそうな冷たい感じのする男だった。

彼の左の彫りの深い顔は江幡英彦だ。背は尾崎より少し低く、中肉中背。今もそうだが、唇に、常に微かな笑みに似た表情を浮かべている。大原関などが取材に微医研を訪ねても、無口でとっつきにくい尾崎に比べ、彼は如才ない。ただ、それでいて、いつも目だけは笑っていなかった。

この尾崎と江幡に、アメリカで大きな業績を上げて三ヵ月前に帰国した叶裕樹を加えた三人が、今のところ、将来の遠山の後継者候補だった。学問的な業績、才能といった点では、尾崎と叶が江幡より上である。とはいえ、江幡は二人にない政治的な手腕を備えていたし、子供のいない遠山が我が子同然に可愛がってきた姪の和歌子と結婚している、という有利な条件があった。そのため、現在は尾崎が一歩先んじているものの、三人のうち誰が最後に勝ちを制するかわからない、と見られていた。

遠山を挟んで右の二人は、三鷹病院と荏原病院の医師だ。この二人が中心になって峰田攻一の治療に当たっているのである。

「それでは、初めに病原体についてご報告します」

遠山が眼鏡を外し、手にしていた書類に一度目を落としてから、言った。

一斉にフラッシュが光り、シャッターを切る音が部屋中に響いた。

「患者から採取した検体を培養し、蛍光抗体間接法により観察したところ、当初我々が予想したよりだいぶ早く、エボラウイルスが証明されました。そこで、ここに患者の病名をエボラ出血熱と診断します。エボラ出血熱については、すでに皆様ご存じのことと思いますが……」

部屋のあちこちで席を立つ者が相次いだ。原も三版締め切り前に社へ一報を入れるため、駆け出して行った。

「エボラ出血熱と申しますのは、一九七六年、中央アフリカのスーダンとザイールで正体不明の出血熱が大流行して多数の死者を出したとき、患者の血液から新しいウイルスが分離され、それが川の名をとってエボラウイルスと命名されたことからくる病名です。ラッサ熱、マールブルグ病とともにアフリカ流行性出血熱と呼ばれている極めて致命率の高い病気ですが、くまねずみ等の齧歯類からウイルスが検出されているラッサ熱と違い、いまだウイルス保有動物はわかっておりません。スーダンやザイールでは住民のなかに抗体を持っている者、つまり過去の感染を示している者が存在している事実から、これらの地域では、エボラ出血熱が慢性的に散発発生しているものと考えられております。しかし、一九七六年の流行後報告されているのは、一九七九年のスーダンにおける再流行と、先月南アフリカ共和国で十数人の患者が発生したということだけで、我が国へ病原ウイルスがどのようにして入ってきたのかは不明です。ただ、先ほど厚生省へ入った情報によりますと、ニューヨークにおいてもエボラウイルスが検出された模様ですので、もう少し詳しい内容がわかれば、あるいは感染経路を探るうえでもなんらかの手掛かりが得られるのではないか、と考えております」

大原関は、遠山のもそもそした話を聞きながら、何度も額の汗を拭った。暑くて、だんだん気分が悪くなってきたのだ。

遠山の説明が終わる直前に原が戻ってきた。

次は、岩上(いわがみ)という三鷹病院の医師による、峰田の病状と治療経過の報告である。

「患者は現在三十九・二度の高熱と、タール状便の下痢、咳と……」

大原関は冷や汗が出てどうにも気持ちが悪くなり、岩上の報告の途中で席を立った。

原が、どうしたのか、と問うように見上げた。

「すまんが先に帰る」

彼に小さく手を上げて、後ろのドアへ向かった。

S・Sクリニックの佐々の声が耳の奥に響き、顎(あご)をつまみながら話す彼の顰(しか)めっ面が浮かんできた。

——もう少し痩せんと、僕には君に出す薬はないよ。まあ二〇キロとは言わん、一五キロ……いや、せめて一〇キロ減量したら、心臓の負担がどんなに減り、楽になるか……。

2

一階の講義室でインタビューが始まった頃、五階の大室部長室で、由希子は兼田峻一郎と高見沢隆子にコーヒーを淹れてやっていた。

「叶さん、わざわざ外へ行かなくたって、ここへ来れば水城さんの美味しいコーヒーをご馳走になれるのに」

兼田が、コーヒーにミルクを加えながら、言った。

「叶さんは別にコーヒー飲みに行ったんじゃないよ。一人になりたかったのさ」

兼田の横に脚を組んで座った高見沢隆子が、ブラックコーヒーを一啜りしてから応じた。

隆子は白衣のボタンが弾け飛びそうなほど豊かな胸をしていた。顔も、二重瞼で鼻筋が通り、なかなかの美人だ。しかし、まるで化粧気というものがなく、髪は少女のようなオカッパ。服装も、彼女がスカートをはいた姿を、由希子は数えるほどしか見たことがない。いつもジーパンにTシャツかセーターである。そして、いま火をつけたショートホープを一日に三箱は空にし、誰に対しても遠慮なく男のような口をきく。

「俺たちと一緒じゃ、心が休まらないっていうわけですか」

「まあいろいろ複雑で、兼田君とは違って一人で考えたいことがあるのさ」

「あれ、それじゃ俺は何も考えることがないみたいじゃないですか」

「あるの？」

隆子が澄ました顔で、プーッと煙を大きく正面に吐き出した。

「ありますよ、俺だっていろいろ考えることや悩みが」

「今日のお昼はA定にしようか、B定にしようか、とかね」

「ひでえな隆子お姉様は。俺だって来年は三十ですからね。水城さんは俺の気持ちがわかっていても知らんぷりだし、もう夜も眠れないっていうのに」

「男の三十が何さ。自慢じゃないけど、私はもう……まあどうでもいいや。水城さん、部長はどこへ行ったの？」

隆子が由希子の方へ顔を向けて、話題を変えた。

「公衆衛生院です。二時頃には戻られると思いますけど」

「ふーん。複雑なのは叶さんだけじゃなく、部長の胸の内もかもね」

隆子が言いながら煙草を押しつぶした。大室が国際伝染病緊急対策委員会に入らなかった点を指しているのだ。

また叶については、才能、業績では今や尾崎を抜いてナンバーワンだというのに、先輩の尾崎、江幡の下の位置に甘んじなければならない、彼の心の屈折を見抜いての言であろう。

尾崎を長とする特殊病原体研究室は、由希子のいる大室部長室と同じ五階に、四つの部屋を持っていた。一つは彼らが机を並べている部屋で、あとの三つは実験室と機器室だ。他に別棟の高度安全実験室があるわけだが、彼らはそちらで集中的に作業をすませると、一日の大半はこちらにいる。

今日は、エボラウイルスの同定を終え、二時間ほど前に引きあげてきた。が、一息つく間もなく、遠山を交えての協議と検討。それでようやく今、尾崎と江幡が記者会見に臨んでいるとき、隆子と兼田は由希子のところへコーヒーを飲みに来ているのである。

彼らはいずれも難関と言われている東央大学出身のエリートたちだ。確かに頭もいい。ただ、反面、世間知らずで、いったん専門の話を離れると、話題も幼稚でたわいないものが多かった。

「杉岡さんにちょっと伺ったんですけど、ニューヨークの患者からもエボラウイルスが見つかったって本当ですか?」

由希子は、さっき所長秘書の杉岡弥生から耳にした話を確かめてみた。

「らしいね」

隆子が二本目の煙草に火をつけていたライターを離して、顔を上げた。

「じゃ、ウイルスはニューヨークから誰かが日本へ運んできたのかしら?」

「ニューヨークの方が患者の発生は早いようだけど、まだわからんね」

「南アフリカからきた可能性もあるんですよ」

兼田が言葉を添えた。「僕らの検出したウイルスは、南アのダーバンで検出されたスーダン株に近いものでしたから」

「エボラウイルスにも、いろいろ種類があるんですか？」

「たとえ電子顕微鏡でもその違いを目で見るわけにはいかないけど、血清学的に調べると、ザイールの流行から分離されたウイルスと、スーダンの流行から分離されたウイルスに、多少抗原構造の差が見られるんです。ですから、ニューヨークで検出されたのが、もし僕らの検出したのと同じスーダン株に近いものなら、水城さんの言う可能性がずっと高まると思いますけどね。ただ、どこから入ってきたにしろ、外国へ行っていない峰田という学生が発病し、他に全然それらしい患者が出ていない、というのがどうにも解せないというか……僕は一番恐ろしい感じがするんです」

「恐ろしいというのは、気づかないうちに病原体が方々へばらまかれてしまうかもしれないからね？」

「そうです」

「これだけ騒がれているのに、その後、疑似患者の届け出が一件もないというのは、本当にどういうことかしら」

「まあ、ちょっと熱があって頭痛がするという自称疑似患者たちは、全国の病院へ押しかけているようですがね」

兼田が妙に老成したような顔で笑った。

「Mさん……峰田さんですか、彼に病気をうつしたのは十中八九、新宿の街で知り合った赤い髪の女だと週刊誌には書いてあったけど、その女の人はどこかで亡くなっているのかしら」

「わからんよ」

隆子が言った。「第一、峰田がその女から感染したという証拠はないんだからね」

「でも、峰田が発病前二週間ほどの間に身近に接した人間は、今のところすべてシロと出ているし、やっぱりその赤毛の女が一番怪しいんじゃないかな」

兼田が反論したとき、軽くノックの音がして、杉岡弥生が顔を覗かせた。

「いいかしら？」

「いいわよ」

隆子が答えた。

弥生が静かにドアを閉め、

「本当に大変でしたわね」

隆子と兼田の労をねぎらってから、由希子の机に大室宛の書類を運んできた。

すらりとした身体を、落ち着いた紺のスーツに包んでいる。額の広い聡明そうな顔だ。化粧は薄くルージュをひいているだけ。わずかに茶色がかった長くも短くもない髪を、中央右寄りでふわりと左右に分けていた。歳は由希子より六つ、隆子より二つ上の三十四歳である。由希子たちが何人か集まって賑やかにお喋りをしているときなど、ふっと放心したように、暗く淋し気な横顔を覗かせることがあるが、ふだんは決しておだやかな笑みをたやさない。美しくて有能で、しかも控えめ――彼女に対する大方の評だ。

このように、女性の由希子から見ても魅力的な弥生がなぜ結婚しないのか、怪しむ声が少なくない。「きっと妻子持ちの秘密の恋人がいるのさ」と言う者もいるが、案外それは当たっているかもしれない、と由希子も思う。

弥生には過去に二度、研究所内でそうした男性との噂があったからだ。

一度は、七年前の仁科登との噂であり、二度目はその後一年ほどしてからの江幡との噂だ。七年前、仁科は妻の清美と離婚係争中で、由希子の姉亜也子と結婚を約束していたらしい。だから、彼と弥生の仲がどのようなものであったのか、由希子にはわからない。仁科が亜也子と弥生の二股をかけていたのか、それとも彼にとって一方は遊びだったのか……。

それに対し、江幡との仲は比較的はっきりしている。江幡は遠山の姪、和歌子と結婚して間もなくであり、こちらはおそらく、互いに割り切った男と女の関係だったのだろう。ただ、いずれも、もう昔の話だ。初めは仁科の死によって、あとの方は江幡のアメリカ行きによってほんの数ヵ月で消えてしまい、その後、弥生に関するそうした噂を聞いたことは一度もない。

「杉岡さんも、コーヒーいかがですか？」

由希子は、書類の説明を受けてから言った。

「ありがとう。でも、もう少ししたらお昼に行くから、いいわ」

弥生が親しみのこもった目を向けて答えた。

彼女は、同じ秘書同士のせいか、由希子に対して特別の思いやりと優しさを見せた。だから、由希子も彼女にふと死んだ姉を重ね、甘えた気持ちになるときがある。隆子も口のわりには親切で、嫌いではないのだが、彼女との間にはどうしても研究員と事務員、という無意識の垣根のようなものがあり、弥生とは違う。もっとも二人とも、研究所を出てからの私生活についてはほとんど覗かせない、という共通点を持っていたが。

「兼田君、私たちもB定でも食べにいこうか」

隆子の言葉に、弥生が二人の方へ目顔の挨拶を向けてドアへ向かった。

そのとき、廊下にエレベーターから降りたらしい人声がして、尾崎と江幡が入ってきた。

「終わりましたの？」

弥生が二人のために脇へ寄って訊いた。

「ああ」

江幡が答え、尾崎が無言でうなずいた。

江幡は二年前にアメリカから帰ったのだが、その後の彼と弥生は、表から見るかぎり何の屈託もない研究者と事務員の関係に戻っていた。

二人の様子は今も同じだったが、隆子の様子に由希子はオヤッと思った。尾崎と江幡の方へ向けられた彼女の目に、一瞬ひどく優しい、しかもどこかなまめいた色が浮かんだからだ。彼女の目は尾崎へ向けられたものだったのだろうか、それとも江幡に対してだろうか。

弥生が出て行き、尾崎と江幡が隆子と兼田の前に腰をおろした。

隆子はいつもの彼女に戻り、たった今かいま見せた女っぽい表情はどこへやら、記者会見の模様などをずばずばと質問しはじめていた。

3

同じ頃、佐々昭吉は、大原関のぶよぶよした大きな身体を診(み)ていた。昼食をとってひと休みしていたところ、記者会見の途中で気持ちが悪くなったといってやってきたのである。

佐々は、ここ新宿の花園(はなぞの)神社に近い小さなビルの二階で診療所を始め、かれこれ十二年になる。初めは食事療法と漢方療法をできるだけ取り入れた内科の看板を出していたのだが、西側に歌舞伎町の大歓楽街、北にホテル街が控えているだけに、皮膚病患者が多く、自然、性病に強い関心を持つようになった。

それで、ある小冊子に彼の見つけたちょっとした経験則を発表したところ、それを見た大原関が訪ねてきた。

大原関は秋田支局から東京本社に移って間もなく、今の半分も腹の出ていない頃だ。佐々は大のアルコール好き、大原関はビール一杯で世の中がエメラルド色になるという下戸。歳も一回りほど違う。が、それでいてなぜかウマが合い、以来——一年半ほど前までは医師と患者の間柄という要素はまったくなしに、付き合ってきたのだった。

「伝染病騒ぎが一段落ついたら、二週間ほど休みをとることだな」

佐々はカルテを閉じ、傍らでワイシャツの裾（すそ）をズボンのなかへ押し込みはじめた大原関の方へ椅子を回して言った。

「二週間も休んで何しろっていうんです？　寝てるんですか？」

大原関が少しつっかかる口調で言って、佐々を見た。

「いや、僕が伊豆のある道場を紹介してやるから、そこへ入るんだ」

「道場？」

大原関が怪訝（けげん）な顔をした。

「前に一度話したことがあるだろう。断食道場だよ。何度言っても無駄なようだから、最後の手段だ。正味一週間の断食をするとなると徐々に食事を減らしていく減食期間と、逆に徐々に増やしていく増食期間をそれぞれ前後に一週間ずつ取って、全部で三週間必要なんだが、まあ勤めは二週間休めばなんとかなるだろう」

「なかの一週間は何も食えんのですか？」

「そうだ。下剤と水は飲めるがね」

「そんなことしたら死んじまいますよ」

大男が情けない声を出して、椅子に腰をおとした。

「水さえあれば、人間、一週間や十日はどうということはない。だが、どうしても道場入りがいやだというんなら、何度も言っているように、一日玄米二食にする」

「このクソ忙しい仕事をしているっていうのに、昼飯を抜けっていうんですか」

「できれば、一日一食にしてジョギングをすればいいんだが、日に二膳は大まけさ」

「冗談じゃありませんよ。先生、本当に医者の免状持っているんでしょうね？」

「ああ、持っとるよ。なんなら見せてやってもいい」

佐々はニヤニヤしながら、顎を撫でた。

「なら、俺がそんな非科学的なことをしなくてもすむ、いい薬を出してくれればいいじゃないですか」

「非科学的？　科学部記者のくせに、およそ君こそ非科学的なことを言うね。カロリーを摂り過ぎている以上、それを減らすか消費する以外に手のないことは自明の理じゃないか。だから、うちには君に出す薬なんかないよ。まあ、それでもどうしても欲しいっていうんなら、君の食欲を減退させるために僕の爪の垢でも丸めてやらんでもないがね」

「先生！」

傍らで何やらしていた看護婦の松枝ふさ子が、笑いをこらえている目で佐々を睨んだ。

大学生の息子のいるベテラン看護婦である。

このクリニックは、佐々とふさ子、それに一昨年高校を出たばかりの事務員の斎藤明美の三人でやっているのだった。

「うん」

と、佐々はふさ子にうなずいてから、大原関の方へ真顔を戻してつづけた。「冗談はともかく、君は真剣に体重を減らす努力をせんといかんのだよ。僕と知り合った頃の君は、今みたいに苛々することはなかった。このままじゃ、精神的にもおかしくなってしまうだろう」

「わかっちゃいるんです。俺だって、わかっちゃいるんですけどね」

「昔の爽快感を思い出してみるんだな」

「わかりました。もう少し考えさせて下さい」

大原関が立ち上がり、巨体をすぼめて出て行った。

その撫で肩の後ろ姿を見送りながら、佐々は、本当は自分も他人のことを言えるほどじゃないんだが、と内心苦笑した。

最近彼は、脂肪肝ぎみなのに気づいていた。γ-GTPが高いのだ。だから、妻に口うるさく言われているように、週に二回ノン・アルコール・デーを作らなければ、と思っている。

とはいえ、現実は大原関同様、「わかっちゃいるが……」なのである。もっとも、晩酌へのささやかな期待があるからこそ、毎日こんな狭いコンクリートの箱のなかで過ごせるともいえるのだが……。

大原関が帰って一時間ほどし、二時から午後の診療が始まった。

といっても、たいして客がくるわけではない。五、六人診ると、患者がとぎれた。

最後に診たのは、糖尿の気のある近くの果物屋の主人。佐々より三つ若い四十二だが、額が禿げ上がっている。話し好きのおもしろい男で、診察の終わった後、たいてい、ふさ子と明美を相手にひとしきり油を売って行く。

油を売り切ったらしいその男が帰ると、二人の患者がつづいた。一人は陽の下では見られないような黄色い顔をしたホステスで、もう一人は喘息の小学生だ。

その後、また間が空き、五時までにぱらぱらと四人の患者を診、佐々は煙草に火をつけた。

そのとき、受付の席で電話を受けていた明美が、

「先生、往診の依頼なんですけど……」

と、カーテンを分けて言った。

「どこだい？」

「電話は角井商事の社長さんですが、往診先は社員の方が住んでいる新宿五丁目のマンションだそうです」

明美が声を落とし、電話をまだ切らないでいることを目顔で伝えた。

角井商事というのは、暴力団角井組の表看板だった。

広域暴力団、東西連合宗像一家角井組。

明治通りを越した新宿六丁目に三階建ての小さなビルを持ち、一階のドアにその「商事」の看板をかけていた。

社長（組長）は傷害、ピストル密輸と所持、賭博などで前科のある角井輝良という四十二、三の男で、社員と称する男たちは十人前後いるらしい。このうち組長を含めた六人が一昨年食中毒に罹り、佐々が診てやった。以来——ヤクザもひ弱な小市民になったのか——肩をいからせたおあにいさんが風邪薬をもらいに来たり、時には往診を頼んできたりする。

つい十日ほど前も、組の準構成員といったところらしい虎山という男から、頭が痛くて割れそうなのですぐ来てくれ、と言ってきた。淋病の治療に一週間ほど通ってきたことのある、荒木町でバーテンをやっている二十五、六の色白の優男だ。虎山という珍しい姓のうえ、その名と男のイメージが合わないのでよく覚えていたのである。もっともこのときは、佐々が待っていた患者を診てから出て行こうとしていると、薬を飲んだら痛みがとれたのでいい、という断わりの電話があったのだが。

「とにかく出よう」

言って佐々は煙草を消し、カウンターのところまで行って受話器を取った。

「佐々ですが、どうしたんですか？」

「やあ先生、角井です。実はうちの若いもんが二人、熱を出して唸っているんで、診てやって欲しいんですわ」

組長の角井が野太い声を出した。

「二人？　どこです？」

「厚生年金会館裏にあるニュー御苑コーポというマンションの六階です。多少気になる事情もあるし、和久沼を車で迎えにやりますから、よろしく頼みますわ」

佐々がさらに訊こうとするより先に、角井は電話を切ってしまった。多少気になる事情。熱を出して唸っている……。佐々はふとエボラ出血熱のことを思い浮かべ、胸に微かなざわめきを覚えた。

4

佐々が角井と電話で話してから二時間ほどした七時過ぎ——。

大原関は友人の三村史郎と、神田駅から中央線の快速電車に乗った。彼は小金井の公団アパートに、三村は国立に住んでいるのである。

久し振りに岡山から上京した旧友から、新幹線に乗る前に三村と一杯やっているので来ないかという誘いの電話が社にあったのは、五時十分頃。彼はすぐに帰りかけたのだが、そこへ峰田攻一が死んだという報が飛び込み、エボラウイルスの感染経路を追いはじめた編集委員の兵藤もやってきて、なんやかやと質問をあびせてきた。

おかげで、一時間ほどぐずぐずしているうちに旧友の乗る岡山行き最終列車の発車時刻が迫ってしまい、大原関が神田駅前の焼き鳥屋へ駆けつけたときは、すでに東京駅へ向かった後だった。

そこで、三村と三、四十分、旧友の噂話などをしてから電車に乗ったのである。

三村は警視庁捜査一課殺人班の警部補で、大原関とは中学の同窓だった。

電車は御茶ノ水駅を過ぎた。混んでいた。

人いきれで、大原関は少し気分が悪くなり出した。

いや、その前から空腹感に苦しめられ、後悔とも未練ともつかない思いに彼は苛々していた。断食あるいは減食、という佐々の言葉が耳朶から離れず、ビールを一舐めしただけで、ついに焼き鳥を一串も食べずに出てきてしまったからだ。夕食は四時過ぎに早々とすませてしまっている。家へ帰っても、もう食べるわけにはいかない。これから長い夜をどうやって過ごしたらいいのか……。

「おい、具合が悪いんじゃないのか」

彼が吊り革に半ば体重をあずけるようにして何度目かの生唾を呑み込んだとき、三村が横から心配そうに覗き込んだ。

「いや、大丈夫だ」

彼は三村のほうへ目を向けて答えた。

「でも、なんだか脂汗を浮かべているみたいじゃないか」

「立っていると、時々こうなる」

彼は尻ポケットからくしゃくしゃのハンカチを取り出して、顔を拭った。

「医者に診てもらっているんだろう？」

「ああ、ヤブにな」

「薬は？」

「くれん」

「やっぱり痩せるのが一番なのかね」

「うるさい！」

大原関は周りの目が一斉に自分のほうへ向いたので慌てて声を落とし、「どいつもこいつも、口を開けば同じことばかり言いやがって」

「しかし……」

わかっているのだ。だが、それでいてできないのが人間じゃないか。お前だって……と胸のなかで反駁しかけて、そうだ、こいつは俺なんかとは少し違う人種なのだった、と思い当たった。日に四十本も吸っていた煙草をすっぱりとやめ、「煙草をやめるほど簡単なことはない。他人が強制するわけじゃなし、自分が火をつけなければいいんだからな」と、涼しい顔をして言っていられるのだから。

こんな奴に俺の苦しみを話しても、「動いていられるかぎり食わなくってもいいっていう理屈さ。断食？　そりゃいい、ぜひやってみろよ」なんて冷たく言われるのがオチだろう。

「おい、それより、お前――」

と、彼は顔をもうひと拭いして、話題を変えた。「水城由希子が、最近とみにきれいになったとは思わんか」

「えっ、ああ、そうかな……」

三村が、どぎまぎしたような落ち着かない目をした。

それを見て、大原関は内心ニヤリとした。ふん、ざまァ見ろ、今度はそっちの番だ。

「お前、もういいかげん陽子さんのことなんか忘れて、あの娘にアタックしろよ。あの娘は亭主に尽くすいい女房になるぜ。百合ちゃんやおばさんとだって、きっとうまくやっていく」

「わかってるよ」

三村は、四歳になる娘と母親との三人暮らしなのだ。

「そんな、こっちの都合通りにいくか」

「フーン、ていうことは、その気がないわけじゃないんだな」

大原関が三村の四角い顔を覗き込むと、彼は目を逸らした。

「え、どうなんだ？」

「あの女には、きっと決まった人がいるよ」

「いや、土曜日の夜お前の家へ来ているなんてのは、案外いないんじゃないのか」

半年ほど前、大原関が三村を訪ねると、由希子が来ていて、互いにびっくりしたのである。聞いたところ、彼女はすぐ近くのアパートに住んでいて、夜チンピラに絡まれているとき三村に救けられ、知り合ったのだという。

「なんなら俺が訊いてやろうか？」

「よ、よせよ」

三村が慌てて言った。「あの女に恋人がいようがいまいが、女房は死んだと嘘をついている俺みたいなコブ付きババ付きにゃ、資格はない」

「バカ、男と女ってのは資格や三角でくっつくものじゃねえんだよ」

なんて内も外も野球のベース板みたいな奴なんだろう、と大原関は改めて思った。だから、現代っ子の女房に年下の男と逃げられてしまうのだ。

「とにかく、お前からあの人に何か訊いたりしないでくれ。俺の気持ちが決まったら、まず陽子のことをきちんと話してから、自分の口で確かめるから」

三村が大原関の目を見つめて真剣な口調で言った。

「わかったよ」

大原関はうなずいた。

電車が新宿に着き、前の座席が一つ空いて、彼だけ腰をおろした。

身体は楽になったものの、せっかく忘れかけていた空腹感が再び意識をとらえた。誰かと話すか、何かしていなければ、とても堪えられそうにない。このまま家へ帰れば、妻に嘘をついて、もう一度夕食にありつこうとするだろう。よし、それならいっそ峰田が死んだ三鷹病院へでも行ってみるか。電車が中野を過ぎたとき、彼はそう思った。

途中下車した大原関が三鷹病院に着いたのは、七時五十分だった。

高度安全病棟の砂利敷きの広い庭には、かなりの数の記者やカメラマンたちが三々五々たむろしていた。峰田が死んだだけにしてはずいぶん多い。

他にも何かあるのか。そう思いながら、原でも来ていないかと歩いて行くと、庭の隅で古屋という記者と煙草を吸っていた原の方が先に見つけ、

「ゼキさんも来たんですか」

と、近寄ってきた。

「どうしたんだい、何か発表でもあるの？」

「どうしたって、知っていて来たんじゃないんですか？」

「峰田が死んだんだろう」

「それもですけど、新しい疑似患者が出たんですよ」

「じゃ、それがまたここへ？」

「もう着く頃じゃないかな」

古屋がチラと門のほうへ目を向けて、言った。

「今度はどういう人間なんだい？」

「新宿のヤクザ、二人です」

「ヤクザ二人？」

原の言葉に大原関は少し驚いて、訊き返した。

「ええ、東西連合系の小さな組の三下です。そいつらが新宿厚生年金会館裏のマンションの一室で枕を並べて唸っているところへ、町医者が往診に行って、届け出たらしいんです」

「エボラの疑いは濃いの？」

「ようです。実は、この二人も赤毛の女と寝た、と言っているらしいんですよ」

原が言って煙草を踏みつぶしたとき、病棟の斜め裏の方角からサイレンの音が響いてきた。

古屋、原とともに、大原関も音の近づいてくる闇へ目を向けた。

〈また赤毛の女か……〉

口のなかでつぶやいた。

5

同じ頃、国立の家へ帰り着いた三村は、母親の益代の淹れてくれた茶をすすり、テレビのニュースに目をやった。

娘の百合は、寝んだところだという。

ニュースは、エボラ出血熱と見られる患者が新たに二人出た、と伝えていた。

「エイズだとか、エボラだとか、恐い病気が入ってきたわね」

益代が顔をしかめて言い、三村はうなずいた。

脳裏に、由希子の顔が浮かんだ。微医研にいる彼女は大変だろうな、と思ったのだ。

「こんな騒動は、早くおさまってくれればいいのに……」

三村だって、そう思う。が、そのとき、なぜともなく、ふっと予感のようなものが彼の胸をよぎった。

〈もしかしたら、これは、単なる病気騒動だけで終わらないのではないだろうか〉

第三章　感染経路

1

実験をしていないときの特殊病原体研究室員たちのいるところは、あまり広くない細長い部屋だった。正面窓際に室長の尾崎の机があり、右側の壁に沿って奥から江幡、叶、隆子、兼田の机が並んでいる。反対の壁際はロッカーと本棚だ。

最初のエボラ患者発生から半月以上経った十一月三十日、金曜日。

昼過ぎ、由希子が、出張先から買ってきた大室の土産を持って彼らの部屋へ入って行くと、尾崎と江幡と叶の前に一人の男の客がかけ、彼らと話していた。

「やあ、すまないね」

江幡が笑顔を向け、背を見せて座っていた叶とその客も振り向いた。

男の顔に由希子は見覚えがあった。七年前、姉の亜也子と心中した仁科登の弟である。

彼も由希子を覚えていたらしく、笑みを浮かべて立ち上がってきた。

「仁科洋次です。水城さんですね」

「はい」

「ご無沙汰しております。あの節はどうも」

「いえ、こちらこそ」

二人はなんとなくぎくしゃくした挨拶を交わした。心中した男女の弟と妹といった妙な関係なので仕方がない。

「水城君もこちらへ来てかけたらいい」

江幡が言うと、叶が立ち上がって兼田の椅子を彼らの前に並べてくれた。

「どうぞ」

商社マンだと聞いている洋次が如才ない物腰で椅子を示し、由希子の座るのを待って自分も再び腰をおろした。

「洋次君は、ほんの半月ほど前カナダから戻られたんだそうです。それで挨拶に来てくれたんですよ」

細いメタルフレームの眼鏡をかけた叶が説明した。

「では、今は東京にいらっしゃるんですか？」

「いえ、大阪です」

由希子は、仁科洋次が兄の登に前よりいっそう似てきたのに気づいていた。兄より小柄で背は一六二、三センチしかなかったが、笑うと皺の寄る目尻のあたりや口許がそっくりだった。

「ご両親はお元気ですか？」

洋次が訊いた。七年前彼は、心中の責任が登の方にあると思ってか、由希子と彼女の両親にそれなりの心遣いを見せてくれた。

「はい、おかげさまで。仁科さんのほうは？」

「親父は死にました。お袋が田舎に一人で暮らしています」

彼の方も、二人兄弟という話であった。

「洋次君は、今度はどれくらい日本にいられるのかね？」

江幡が訊いた。

「わかりませんが、まあ二、三年はいられるんじゃないかと思います」

「商社マンも大変だね」

叶が言い、尾崎がフンフンというように二度小さくうなずいた。こんなとき、尾崎はあまり自分から口を開かなかった。

「大変といえば、このところエボラ、エボラで皆さんもさぞ大変でしょうね？」

洋次の言葉に、尾崎と江幡が互いの顔を見合った。

「患者が五人で死者が二人でしたか……」

「いや、死者は三人になった」

江幡が答えた。

「赤い髪の女は、いったいどこへ消えてしまったんでしょう？」

「さあ、わからん」

「兄のときのように、誰かが病原ウイルスを漏らしたんじゃないか、などと週刊誌は書き出していますね」

尾崎と江幡がまた顔を見合わせた。二人がこの話題を歓迎していないのは、その表情から明らかだった。

「ああいう無責任な書き方はまったく困るよ」

叶が端整な顔を顰め、二人に代わって少し強い語調で言った。

「兄の場合、事実はどうだったのか僕にはわかりませんが、もし事実無根だったら、無責任なマスコミが、兄と水城さんのお姉さんを死に追いやったわけですからね」

「そう。僕は今でも仁科の無実を……」

叶が言いかけたとき、尾崎の机の電話が鳴り、彼は椅子を回して受話器を取った。

「わかった。じゃ、すぐ行く」

言って、それを元へ戻し、

「江幡、迎えの車が来たそうだ」

と、立ち上がった。

「そうか」

どこかホッとしたように江幡も腰を上げ、それを叶が一瞬硬い表情で見上げた。

「これから新聞社の対談があるので僕と江幡は失礼しますが、どうぞゆっくりしていって下さい」

尾崎が洋次に言い、

「うん、それに東京へ出て来たときはまた顔を見せてくれたまえ。登君に会えたようで、懐かしいからね」

と、江幡が如才なくつづけた。

由希子は立ち上がって二人を送り、持ってきたフルーツ菓子を五人の机に配った。

「もし時間があったら、どこかでお茶でも飲もうか」

叶が打ち解けた口調で洋次に言った。

登と同期の友人だった叶は、洋次とも結構親しくしていたらしい。

「僕はかまいませんが、叶さんはいいんですか?」

「ああ」

「だったら、水城さんも一緒にいかがですか?」

洋次が由希子を誘った。

「どこにいるか、一言、断わっておけば大丈夫なんだろう」

叶も言葉を添えた。

その通りだった。忙しいと昼休みを取らないときがあるので、その分、買い物やお茶に一時間ぐらい外出しても、大室は何も言わない。

「じゃ、僕も大室さんに一言挨拶してきますから、一緒に行きましょう」

洋次がさらに言った。

「部長には『ピッコロ』に行くって言っといたらいい」

叶が言って時計に目をやり、「……そうだな、十分ほどしたら玄関に車を出しておくよ」

固辞する理由がないので、由希子もなんとなく一緒に行くことになり、洋次とふたり、廊下へ出た。

リノリウムを貼ったあまり幅のない廊下は、大型冷凍庫(フリーザー)や様々な機器などが置かれ、いっそう狭くなっている。そのため、自然、由希子が半歩遅れるかたちになった。

「廊下の様子など、ほとんど変わっていませんね」

左右の部屋の表札へ目をやりながら、洋次が言う。

「ええ」

「まだ高度安全実験室ができる前でしたので、研究室名は変わっているようですが、兄貴のいた部屋はこのへんでしたか」

「はい、いまのところです」

「あ、そうそう」

洋次が急に足を止めて声を落とし、「あの坂本エリの消息を、水城さんはご存じですか？」

坂本エリ——。

七年前、仁科登によく似た男が咽頭結膜熱の流行した小学校のプール脇に立っていた、と中央日報に電話で知らせた〝A子〟だ。

当時、彼女は看護学校を中退し、外国旅行の費用を貯めるために微医研で試験管洗いなどのアルバイトをしていた。由希子が彼女と直接言葉を交わしたのは一、二度しかないが、ちょっとハスキーな声をした、コケティッシュな女だった。新聞社への電話と同時にアルバイトを辞めてしまったため、その後は、十ヵ月ほどして江幡と和歌子の結婚式のとき、ホテルのロビーで一度見かけただけである。

「さあ……。二年ほど前、どこかのバーかクラブのホステスをしているらしい、という噂を耳にしたことがあるくらいですけど」

由希子が答えると、

「そうですか」

洋次が、なにか複雑な思いを秘めたような目をしてうなずいた。

対談というより、それは特別インタビューだった。

『国際伝染病の研究とその安全性について——尾崎、江幡両博士に聞く』

おそらくこういう見出しで、ほぼ三分の二ページを使い、明後日（日曜日）の科学欄を飾ることになるだろう、と大原関は思う。

2

中央日報本社に近い、皇居大手門前のホテルの一室である。

訊き手は、科学部長の狭間有一。

テーブルを挟んで尾崎、江幡の前に座った彼の並びでは、担当の大原関ともう一人の科学部員が、交替で録音テープの操作をしながら話を聞いていた。

初め、尾崎と江幡が代わるがわるアメリカを中心とする諸外国の研究の現状などを紹介し、いよいよ後半になった。話は、今日のインタビューの眼目である研究の安全性の問題に移ろうとしていた。

日本で最初のエボラ出血熱患者が出てから約半月、今や患者は五人に増え、早くも三人の死者を出している。

とはいえ、この程度の犠牲者ですんでいるのは、初発患者の峰田が発病後きわめて速やかに隔離されたおかげらしい。日本より先に患者が出たにもかかわらず、発見の遅れたニューヨークでは、すでに病気は他州まで広がり、三十八名が発病し、うち死者も二十一名を数えていた。

ところで、この病原ウイルスの感染経路はいまだに判然としない。ニューヨークで検出されたエボラウイルスも、南アフリカと日本で検出されたスーダン株に近いものとわかり、ウイルスはダーバンからニューヨークへ、ニューヨークから東京へと伝わってきたのであろう、と専門家の多くは考えている。しかし、誰がどのようにしてウイルスを日本へ運び、峰田攻一にうつしたのかは、わからないのだ。

今、大原関の前には、尾崎たちの用意した高度安全実験室の平面図の他に、感染経路の図が載った数日前の夕刊が広げられている。それは、すでに判明した事実に多少の推測を加えて社会部の原たちが描いたものだ。

ニューヨークにおける初発患者は三十一歳のコールガールだったことが、ほぼ確実になっている。最初の二人の死者から溯って突き止められたらしい。その娼婦は南アフリカへの旅行から帰って一週間ほどして発病したが、幸運にも軽い頭痛と発熱だけで治ってしまったのだという。それですぐ仕事に戻り、関係したのが、急性腎炎と診断された初めての死者だった。

彼女がこの恐ろしい病気に感染しながら自然に治癒した稀な例であったことは、彼女の血液に抗体のできていた事実が証明している。

ただ、彼女にとってのこの幸運は、彼女と関係を持った人々にとっては大きな不運だった。病原ウイルスは彼らから家族へ、彼らを診た医師や看護婦へと伝わり、さらに広がる気配を見せていたからだ。

大原関は、新聞の『ウイルス伝播想像図』へ目をやった。

そこには、エボラウイルスが日本へ入ってきた経路について、二つの可能性が示されていた。起点はいずれもニューヨーク、あるいはダーバン。

一つは、赤毛の女以外の人間（X）がウイルスに感染して帰国し、赤毛の女にうつした可能性であり、もう一つは、赤毛の女自身が直接感染してそれを持ち帰った、という可能性である。

大原関もこのどちらかだろうとは思うのだが、そのいずれだったにしても、Xか赤毛の女の発病が確認されていない、という点がどうにも不可解なのだった。

〝赤毛の女〟が騒がれはじめてこの半月の間に、峰田、金森、平と寝た赤毛の女は自分だ、と名乗り出た目立ちたがり屋はかなりいた。自分も三十九度の高熱を出したが自然治癒したのだ、と言って。

それに一部の週刊誌が飛びつき、女の手記なるものを大々的に喧伝した。

そのうちの一人は、峰田との出会いを具体的に描写し、彼の内股に黒子のあったのを知っ

ウイルス伝播想像図

（患者の本名、肩書きは大原関の書き加えたもの）

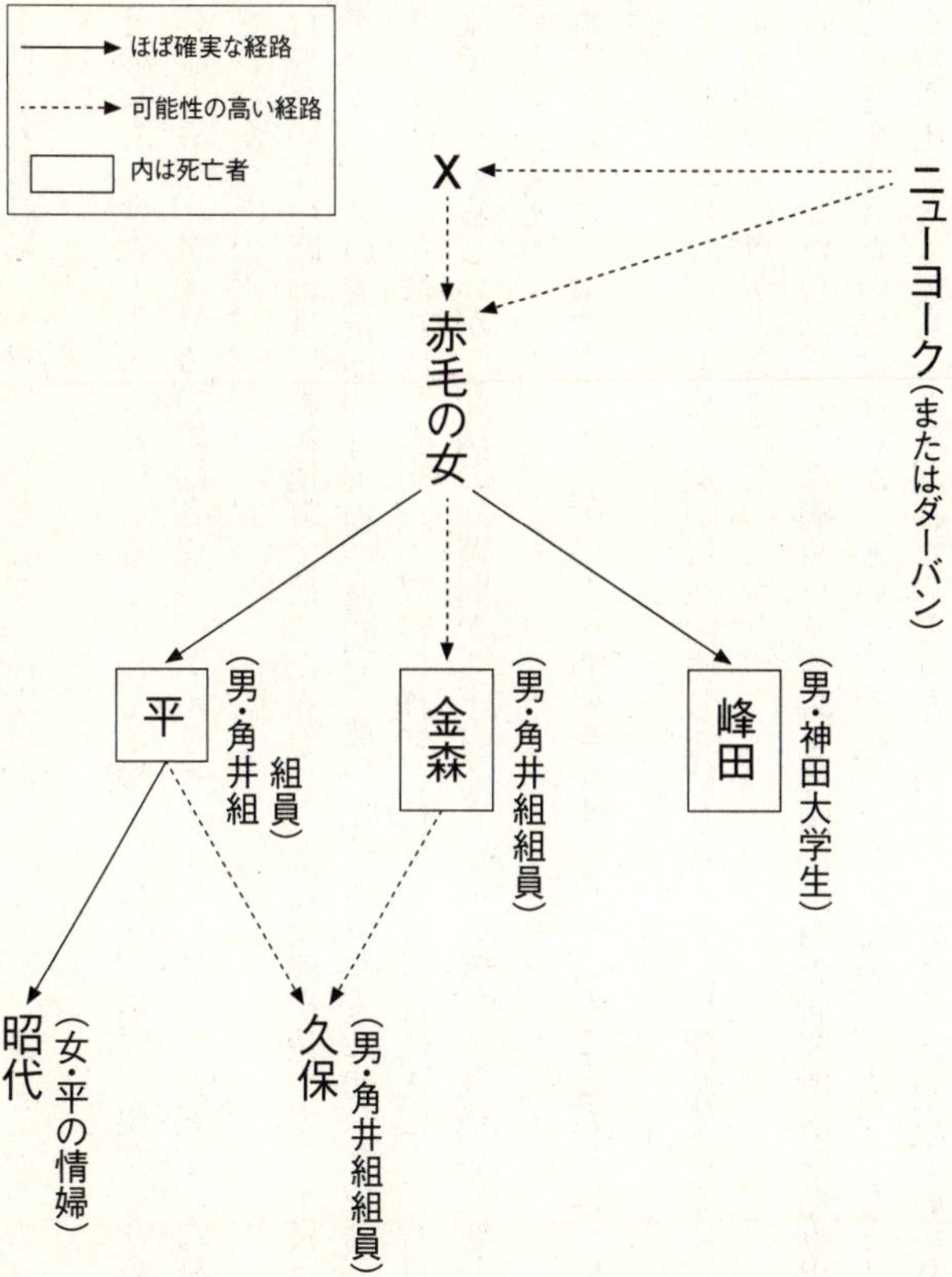

ているのが何よりの証拠、と書いた。そして、彼女はあくまでも「自分こそ赤毛の女」と言い張ったらしい。

だが、その女も、金森と平のことになるとたんに曖昧(あいまい)になり、結局、彼女を含めた自称赤毛の女の誰からも、アメリカの娼婦と違い、エボラウイルスに感染した科学的な証拠＝抗体が検出されなかったのだ。

外国へ行っていない峰田は、歌舞伎町で拾った赤毛の女と性交渉を持って、十日目に発病した（エボラウイルスの潜伏期間は平均一週間）。彼の死に前後して発病した金森、平という二人の角井組組員――彼らは三鷹病院へ収容されて二日目と五日目に死亡――も日付は峰田ほど正確ではないらしいが、発病の一週間から十日くらい前の晩、赤茶色い髪をした女と交替で関係した、と述べていた。

以上の事実からみて、〝赤毛の女〟が三人に病原ウイルスを伝えたことだけは、いまや十中八九、間違いない。

そう考えられるだけに、たとえ彼女が自然治癒したにしろ、すでに死んでいるにしろ、それらしい届け出のない点が大きな謎なのだった。

そこから、もしかしたら赤毛の女は病原ウイルスを外国か国内の研究所から盗み出し、故意に峰田らに感染させたのではないか、という声が起きはじめていた。また、たとえ故意にウイルスを持ち出さなくても、もし漏れたらどうなるのか、という不安の声も広がりつつあった。なかでも微医研周辺の住民は取り分け強い不安を抱き、市を通じて高度安全実験室の使用中止を研究所に申し入れたという。

　そんなこんなで、危険な病原体に関する実験研究の安全性が大きな問題となり、尾崎と江幡に対する今日の特別インタビュー、となったのである。

「それでは次に、研究を進めるに当たっての安全性の問題、いわゆるバイオハザード(生物災害)の問題にお話を移させていただきます」

　狭間がいよいよ本題に入った。

「現在、エボラ出血熱の患者が我が国でも発生し、多くの国民は恐怖の思いで病気がこれ以上ひろがらないよう念じているわけですが、その病原ウイルスがどこからきたのか、いまだはっきりしておりません。そのため、ウイルスはもしかしたら実験室から漏れたのではないか、たとえ今回はそうでなくても今後絶対に漏れないという保証はあるのか、といった声も聞かれます。その点について、日本でこれらの病原体を扱っている唯一の研究所である微生物医学研究所の先生方に、ご意見を伺いたいのですが」

　狭間の質問の骨子は、前もって尾崎と江幡に伝えられていた。それで、彼らは高度安全実験室の平面図コピーを持ってきたのである。

「そうした可能性、危険は絶対にないし、今後もまずありえない、と申し上げておきたいですね」

江幡が唇に笑みを浮かべながら言い、尾崎も強くうなずいた。

「ということは、高度安全実験室の封じ込め設備は完全だ、という意味ですね？」

「そうです」

「では、その具体的な構造についてご説明いただけますか」

「それは私の方からしますので、お手許のコピーを見て下さい」

尾崎が言った。

資料をめくる音がし、大原関も手許のコピーに目を落とした。明後日の新聞には当然このコピーも載せることになるだろう（次ページ概念図参照）。

「図からおわかりのように、私たちがエボラウイルスなど、最も危険な病原体を扱う実験室、つまりP_4実験室は、外側からサポート域、隔離実験域、グローブボックス式の安全キャビネット、と三重の安全構造になっています」

尾崎が説明を始めた。「サポート域は万々一エアロック等に故障があってもなかの空気が外へ流れ出さないよう、外部の気圧より若干低く(−)になっており、隔離実験域はサポート域より一段と陰圧(−)(−)に、そして安全キャビネット内はそれよりさらに陰圧(−)(−)(−)に保たれ、それぞれの装置、エリアからの空気の排出はすべて病原ウイルスを通さない二重の特殊フィルターを通して行なわれています。排水の滅菌は、もちろん言うに及ばずです。

では、実際に実験するときはどうするかと申しますと、私たちはまずエアロック室を通っ

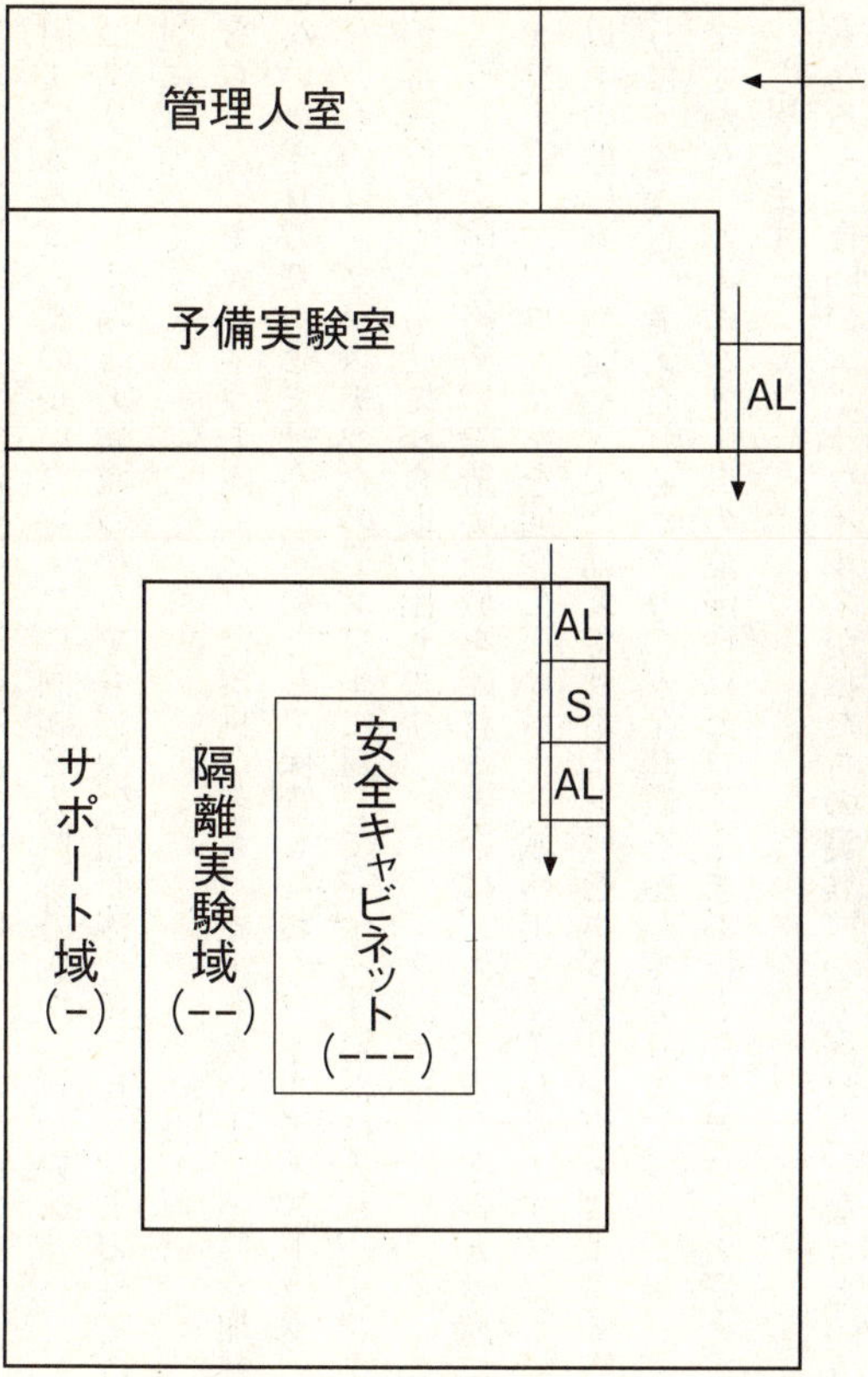

微医研・高度安全実験室（P_4実験室）概念図

AL ……エアロック室
S ……シャワー室
矢印……出入り口

てサポート域へ入り、さらにシャワー室を挟んだ二つのエアロック室を通って隔離実験域へ入ります。そして、すべての操作、作業は安全キャビネット（グローブボックス）に付属した肘まで入るゴム製の長いグローブに両腕を入れ、外側から行ないます。

つまり、たとえ隔離実験域のなかでも、裸の病原体をキャビネットの外で取り扱うことは絶対にないのです。

もちろん、キャビネット内に入れた器具なども、オートクレーブという加熱滅菌装置を通さないかぎり取り出せません。試料として保管しておくウイルス・ストックのように滅菌できないものは、プラスチックのアンプルに封じて完全密閉容器に入れ、ダンク・タンクという消毒液槽をくぐらせてから取り出します。

こうして実験を終え、隔離実験域を離れるときは、入ってきたときとは逆にエアロック室、シャワー室、エアロック室を通って、サポート域へ出てくるわけです。

以上の他にも、地震や火災に備えてサポート域をホルマリンガスによって空気滅菌できるようにするなど、考えられるかぎりの安全装置を施してあります。

ですから、バイオハザードの危険性はゼロ……まあほとんどゼロ、と考えていただいていい、と思います。

もちろん、今回のエボラウイルスが私たちの実験室から漏れた、などということは絶対にありません」

尾崎は説明を終えると、白い神経質そうな顔に無理に作ったような笑みを滲ませた。

「微医研の厳重な安全対策については、よくわかりました。しかし、外国では、今お話しになった何重にも安全装置の施された実験室で、現実に感染事故が起きていますね」

狭間が言った。

「確かに事故の例はあります」

尾崎の顔から笑いが消えた。白い冷たそうな顔がいっそう白くなったように大原関には感じられた。

「ですが――」

と、尾崎は心持ち語調を強めてつづけた。「いずれも研究所、研究室に関係した人間が第一次感染者であり、今回のようにまったく研究所と関係のない方が突然発病した、などという例はありません。今回我々の検出したエボラウイルスは、ダーバンとニューヨークで検出されたのとほとんど同じ抗原性を持つスーダン株に近いものだった点から見て、外国から入ってきたことは確実です」

彼の言葉に、横の江幡が大きくうなずいた。

「確かに私どももおっしゃる通りだと思っていますが、ただ、その場合、誰がどこから、どのように運んできたのか、謎なわけですね」

狭間の質問が、具体的な方向を持ちはじめたようだった。

「最初に発病した三人の男たちはいずれも、いわゆる赤毛の女との接触を口にしているわけですが、その女はまさに幻の女とでも言ったらいいように、現在姿を現わしておりません。これは、どう考えたらいいんでしょうか？」

「わかりません。不思議な話ですが」

尾崎が答え、

「わからないとしか言いようがないですね」

と、江幡もつづけた。

「で、これは先生方もご存じだと思いますが……」

二人の答えを待っていたように、狭間が言葉を継いだ。「どうにも不可解だというわけで、誰かが故意に病原ウイルスをばらまいているのではないか、といった声が出ております。つまり、赤毛の女自身、あるいは別の共犯者が外国か国内の研究所から盗み出したウイルスを、女が自分と関係を持った男の身体に栄養剤か覚醒剤に混ぜて注射したか、さらに巧妙な絶対に気づかれない方法、例えば操作する人間には安全なように工夫された極細の針にでもつけ、蚊でも刺すようにごく微量注入したのではないか、といった推測です。

もちろんこれは、具体的には何一つ根拠がありませんが、一部の週刊誌がことさら大きく取り上げたため、私どものところへも『本当か』『調べてみてくれ』といった電話や手紙が多数まいって……」

「研究所にも来ていますよ」

江幡が唇に薄笑いを浮かべて遮った。「無知というか、無責任というか、まったく迷惑な話です。さっき尾崎室長が説明した実験室の構造からおわかりのように、誰かが病原ウイルスを盗み出したなんて、論外です。

念のために付け加えておきますと、P_4実験室へ入るには二重の関門があるんです。一つは、三交替の管理人が常時詰めていて、実験室の使用届けを出した者が外から名前を言わないかぎり建物へ入るドアが開かない点、そしてもう一つは、建物内へ入っても、所長と部長と室長がそれぞれ一個ずつ管理している複製不可能な鍵を持たないかぎり、サポート域へ入るドアは開けられない点です。

外国の研究所も似たような構造、システムになっているはずですから、病原ウイルスを盗み出すなんてできるわけがないのは明らかでしょう」

「なるほど。確かに外部の人間には無理なことがよくわかりました。ただ、先生方に対しては非常に失礼で、申し上げにくいお話なんですが、研究所内部の者の行為ではないか、といった声も少なからず私どものところへは届いているのですが……」

大原関は、思わずネズミに似た狭間の顔を見た。

ある週刊誌が疑問符つきながらそうした可能性を大きく報じて以来、二、三問い合わせの電話がなかったわけではない。が、社内で、その「研究所員漏出説」を本気で問題にしていたのは、彼の知るかぎりでは編集委員の兵藤だけだったのだ。

「そういう興味本位な悪意に満ちた声には、論外だと言う以外にありませんな」

江幡が微笑を消して言い、

「それだけは絶対にない、ありえません」

と、尾崎も強い調子で否定した。

「しかし、先生方のおられる微医研では、かつてアデノウイルス事件があったわけですからね」

狭間が言うや、江幡の表情は歪み、目の奥を暗い翳のようなものがよぎった。

尾崎の顔はまさに蒼白になっている。

そうか、と大原関は狭間の態度を合点した。狭間も七年前兵藤とともにあのプール熱騒動を追った社会部のメンバーだった、と思い当たったからだ。

「仁科君がウイルスを漏らしたという証拠はありませんし、私は彼を信じています。もしあなた方があのときのような悪意に満ちたかたちで私たちの話を報じるつもりなら、この対談の掲載を拒否しますし、今後、一切取材には応じられません」

尾崎の声は震えを帯びてかすれ、頬がひきつっていた。

「あ、いえ、悪意を持ってなどということは決してありません。私は読者の声を代弁して……一つの可能性の問題として、一応お尋ねしただけですから」

狭間が慌てて言い訳した。

こんなとき、〝読者の声〟ほど便利なものはなかった。

彼は、話を一般的な安全性の問題に戻し、尾崎と江幡に締めくくり的な意見を短く訊いてから、

「どうも長いお時間、ありがとうございました。それではこれで……」

と、対談を終わらせた。

大原関は腰を上げ、録音テープを止めた。

資料を揃え、狭間と尾崎たちが黙礼し合うのを待って、マイクを片づける。

今日も朝から頭が重く、体調があまりよくない。できれば佐々に診てもらいたかった。

だが、佐々は角井組の金森と平を往診して「エボラ出血熱の疑いあり」と届け出たため
——先夜、原の言っていた二人を診た町医者とは佐々のことだったのだ——ウイルスの潜伏期間が過ぎるまで、荏原病院に隔離されてしまっていた。

——もし昔の爽快感を再び味わいたかったら、一日玄米二食にするんだな。

佐々の、髭の剃り跡の濃い顎が浮かんだ。

——さもなくば、断食……。

フン、そんなこと死んだってできるか、ヤブ医者め！

思わず口に出してつぶやきそうになりながら、壁のコンセントからコードを乱暴に引き抜

こうとしたとき、隅に置かれた電話が鳴った。

　大原関は重い身体を運び、受話器を取った。

「こちら、中央日報の……」

　言いかけるや、

「終わったの？」

　いきなり相手が言った。

「終わりました、たった今。兵藤の声だった。部長に代わりますか？」

「あ、いや、君に用があった。今夜、二時間ほど時間が空いてないかね？」

「空いてないことはありませんが、なんですか？」

「うん、じゃ、八時に赤坂のニューワールドホテルの喫茶室へ来てくれ」

「ですから、どんな用件……」

「大きなネタがあるんだ。そのとき具体的に話す。必ず来てくれよ。今のところ、この件は誰にも……狭間部長にも話さんようにな。じゃ……」

　兵藤が電話を切った。

　彼の一方的な言い方、やり方に腹が立ったものの、大きなネタという言葉に、大原関は少なからず興味をそそられた。

3

大関原が兵藤から電話を受けたのより少し前——。

由希子は、国道十六号線沿いの歩道を微医研へ向かいながら、仁科洋次たちと交わした話を頭のなかで反芻（はんすう）していた。『ピッコロ』で一緒になった杉岡弥生と、叶たちより一足先に店を出てきたのである。胸には複雑な感慨があった。

横に並んで歩いている弥生も、何かを思い、考えているようだ。何も言わないが、時々由希子のほうへいたわるような優しい笑みを向けてくる。

——兄貴が死んだ日の昼、一緒にドライブしたのは水城さんのお姉さんじゃなかったんですかね。もし違うんなら、いったい誰だったんでしょう？

仁科洋次の言った言葉が、何度も由希子の耳朶（じだ）に甦（よみがえ）ってくる。これは、彼女の胸の底に七年間ずっとわだかまりつづけてきた疑問だったからだ。

松本市の西郊を流れる梓川の土手に駐（と）められた車のなかに、仁科登と亜也子の心中と見られる死体が見つかったのは、七年前の九月二十六日早朝だった。

死亡したのは前夜の十時前後。

缶入りコーヒーに青酸カリを混入して亜也子が先に、仁科登が後から飲んだらしく、中身のわずかに残った缶が登の横たわっていた運転席の右下に転がっていた。

車は、松本市内のレンタカー会社から仁科登が借り出したものである。二十五日の午前十時頃、松本駅に近い中央支店から十二時間の契約で借りたのだ。

そのとき、仁科登は一人で現われたが、応対した社員が何気なく窓から見送っていると、百メートルほど離れた道路脇に若い女が立っていて、車に乗り込むのが見えたという。

これより先、二十四日の夕方、仁科登と亜也子は前後して松本市浅間温泉の同じホテルに到着した。二泊の予定で別々の部屋にチェックイン。そして、死亡した二十五日の朝、九時半過ぎに相次いで外出したのだった。

レンタカー会社の社員が見た仁科登の車に乗り込んだ女は、「中肉中背で白っぽいスーツかワンピースを着て、サングラスをかけていた」。

これは、ベージュのワンピースを着て、ハンドバッグのなかにあったサングラスをつけた亜也子の姿に重なっている。当然、誰もが、登と亜也子は別々にホテルを出た後で合流し、最後のドライブを楽しんでから心中したのであろう、と考えた。

仁科登がプール熱の病原ウイルスを漏らした疑いで、中央日報を急先鋒とするマスコミに攻撃されてノイローゼ気味になっていたこと。その静養のために(謹慎の意もこめて)三日間の休暇を取っていたこと。妻の清美とは離婚係争中で、しばらく前から別居中だったこと。由希子が微医研の事務員をしている関係から、亜也子が吉祥寺で営っていたスナックに彼も行ったことがあること。亜也子が由希子に、「由希ちゃんもよく知っている人と近いうちに結婚できるかもしれない」と嬉しそうに話し、「相手の名前はもう少し待って」と何か事情があるらしい事実を仄めかしていたこと。亜也子の身体に死の直前に持ったと思われる情交の跡——精液から判明した血液型は仁科登のA型に一致——があったこと。

——なども、心中説を裏づけていた。

そこで警察は、

〝病原ウイルス漏出事件でまいっていた仁科登に、妻と別れたら結婚すると言われて密かに交際していた亜也子が同情して心中したもの〟

と結論し、由希子も納得していたのである。

ところが、一週間ほどして、由希子が亜也子の葬式を終えて秋田から帰ると、姉の住んでいた吉祥寺のスナック宛に一通の封書がきていた。

差出人は、豊橋市に住む中村真美という女性だ。

封筒に入っていたのは、「先日はありがとうございました。写真ができましたのでお送りします」とだけ書かれた絵入りの便箋と、一枚のカラー写真である。

写真には、由希子も見知っている、教会風の尖塔を持った赤レンガの建物を背にした亜也子の少し気取った姿が写っていた。

由希子は怪訝に思い、中村真美の電話番号を調べて事情を尋ねた。

すると、予備校生だという真美は、

――独り旅に出た先月二十五日、安曇野の碌山美術館でお会いし、カメラのシャッターを押していただいたんです。

と、答えた。

――では、姉の写真も中村さんのカメラで？

由希子はさらに訊いた。

――はい。

――それは二十五日の何時頃でしょう？

――お昼少し過ぎだったと思います。

――姉はそのとき、一人だったんでしょうか？

――ええ。

――連れのいるような様子はまったくなかった？

――と思いますけど、あの何か……。

真美は亜也子の死を知らないらしく、不審そうな声を出した。

由希子は写真の礼を言って電話を終えたが、胸には大きな疑問がふくらんでいた。姉は仁科登と心中した日の昼、彼と一緒ではなかったのか……。

とにかく、由希子は翌日大室たちに事情を説明し、どうすべきか相談した。

——中村という人が見たとき、仁科君はたまたまトイレにでも行っていたんじゃないのかね。

——そんなことないでしょう、連れがいれば感じでわかりますよ。

——そう、写真を撮ったり撮られたりして、話もしているようだし。

——でも、それじゃレンタカー会社の人が見たとき、仁科君の車に乗り込んだ女の人は誰なんです？　水城さんのお姉さんじゃなかったら、なぜ名乗り出ないんですかね。

五、六人集まっていた登の仲間の研究員たちの間で、こんな会話が交わされた。

だが、大室や尾崎、江幡の出した結論は、ようやくマスコミも退（ひ）いて騒ぎが収まりかけたのに、それを呼び戻すようなことはしないほうがいいのではないか、というものだった。

亜也子が碌山美術館に一人で行ったと決まったわけではない。たとえそうだったとしても、仁科登と亜也子は同じ日に松本へ行って、同じホテルに泊まり、同じ車のなかで毒を飲んで死んでいた。しかも、死の直前に持ったと思われる情交の跡さえ認められた。こうした事実から、二人が心中したのは、どうにも動かしがたい現実なのだから——。

確かに彼らの言う通りだった。由希子にしても、姉がこれ以上好奇の目に晒（さら）されるのを見るのは忍びない。

そこで、彼女は——弥生と、当時はまだ東央大の大学院生として微医研に来ていた隆子などは再調査してもらうべきだと強く勧めたが——叶をいれて仁科洋次と話し合い、結局、写真の件は警察へ知らせない、ということに決めたのだった。

仁科登とドライブをした女——。

それが姉の亜也子でないとしたら、誰だったのか。洋次によると、登の妻の清美でなかったことは確かだという。その日清美が東京にいたのは、はっきりしているからだ。

その後、研究所内の女性ではないかと言う者もいて、仁科登と噂のあった弥生、彼に想いを寄せていたらしい隆子も、親睦会の宴席で、酒癖の悪い研究員に絡まれたりした。しかし、二人にはその日研究所に出ていた、という由希子も知っている立派なアリバイがあった。

こうして、その女については、亜也子だったのかそれとも別人だったのか、もし別人なら仁科登とどういう関係の女だったのか、誰だったのか——はっきりしたことが何一つわからないまま、七年が過ぎてしまったのだった。


「七年ね」

大型トラックやダンプカーの多い十六号線を逸れて左へ入ったところで、弥生が半ば独り言のように言った。彼女も、どうやら由希子と同じように七年前のことについて考えていたらしい。

「ええ……」

「なんだかとても昔のような気がするし、ついこの前の出来事だったような気もするわ」

「私もです」

「さっき仁科洋次さんにお会いしたときは本当にびっくりした……。お兄さんそっくりなんですもの」

弥生が言って、目を笑わせた。

その顔を見ながら、この人は仁科登とどういう関係だったのだろうか、と由希子は訝(いぶか)った。彼を真剣に愛していたのだろうか。それで結婚しないでいるのだろうか。

いや、そんなはずはない。だったら、登が死んで一年経つか経たないかのうちに、江幡と関係を持つわけがないだろう。

由希子は、いつの日か彼女の心の内を聞いてみたいと強く思った。姉に対する仁科登の気持ちを確かめるためにも。

二人は微医研の正門に通じる坂を登って行った。ここまで来ると、十六号線の車の音も途中の丘に遮られ、静かだった。さっきまで陽が射していたのに急にかげり、風が冷たくなった。

門衛に黙礼して、玄関へ向かった。

ガラスのドアを入り、二階の所長室へ帰る弥生と階段の下で別れようとしていたとき、上から足音が降りてきて、ジーパンをはいた高見沢隆子が姿を現わした。大きくふくらんだセーターの胸の横に、実験器具の入った段ボール箱を抱いている。

「仁科さんの弟さんが来たんだって？」

彼女は二人の前へ来ると、いきなり言った。

「ええ」

由希子は答えた。

「残念だったな。兄さんにますます似てきたっていうから、一目会いたかったのに」

隆子が仁科登に好意を寄せていたことは、由希子も知っている。こちらは弥生と違い、冗談めかして平気で口に出していたからだ。ただ、それは、彼女の一方的な想いのようであったが。

「まだ、叶さんと『ピッコロ』にいらっしゃるわ」

弥生が微笑みながら言った。

「本当! じゃ、行ってみるか。うん、でも、だめだ、会ったってどうせもう結婚してるんだろうし」

隆子が大きな胸を揺すってアハハ……と笑った。

由希子はふと、この前尾崎か江幡のほうへ向けられた彼女のなまめいた目を思い出した。

一見あけっぴろげなようで、彼女もよくわからない人だった。

4

その晩、大原関は八時十五分前に赤坂のニューワールドホテルに着いた。

二重のガラス扉を入ってすぐのロビーには、外国人も交じった七、八人の男女がゆったりと置かれた椅子で煙草を吸ったり、新聞を読んだりしていた。

大原関が入って行くとそのうちの一人が、彼のほうへ向けた顔を慌てて逸らした気がした。黒いコートを着て黒いサングラスをかけた、赤茶色い髪をした女だ。

知った感じの女ではない。

女の前には、テーブルを挟んで、やはり黒いサングラスと大きなマスクをかけた男が座っていた。少し長めの黒い髪をぺったりとオールバックに撫でつけ、ベージュのコートの襟に顎を半分埋めて、新聞を広げている。

女の赤茶色い髪と、二人とも素顔を隠しているらしい点に、大原関は多少ひっかかるものを感じないではなかった。

が、彼は心持ち足をゆるめただけで、右手奥の低い階段を上った。赤い髪の女など東京の街には五万といるし、自分から顔を背けたように見えたのも気のせいだったのだろう、そう思いながら。

兵藤の指定した喫茶室は、広い廊下を進んだ突き当たりにあった。室とはいっても、廊下との境は観葉植物の垣だけだ。ここもロビー同様テーブルとテーブルとの間が広く、ゆったりとしていた。

大原関は、ちらほらしかいない客たちに目をやりながら奥まで行き、入口のほうを向いて腰をおろした。水を運んできたボーイにコーヒーを注文し、コーヒーを持ってきたとき、水をお代わりした。

砂糖を入れない苦いコーヒーを飲み、水をさらにもう一度お代わりしても、兵藤は現われなかった。

やがて約束の八時を十二、三分過ぎ、大原関は次第に苛々してきた。

兵藤の言った「大きなネタ」は気にならないではないが、詳しい説明もなしに一方的にこんなところへ呼び出され、おもしろくない。

もっとも、そろそろ空腹になりかけているという個人的事情も、その苛々には多分に関係していたが。

頭を椅子の背にのせられるまで身体をずり落として座り、目を入口へ向けているものの、意識はつい、横の席でサンドイッチをつまんでいる二人連れの若い女の方へ行ってしまう。

彼は、「断食」とも「玄米二食」とも、依然決心がつきかねている。それでいて、佐々の言葉は無視しがたく、妥協の産物として、夕食を多少控えめにしていた。

アメリカでは、今や肥満は罪悪視され、仕事の業績とともに、自己の体重管理が評価の対象になっているらしい。だから、人々の恐怖は肥満による不健康より、むしろ肥満者への社会的差別に移っている、という。

しかし、日本ではまだ肥満が理由で出世できなかったという話は聞かない。

いや、たとえそうなっても、大原関はいっこうにかまわなかった。元々出世しようなどという気はさらさらない。恰好が悪いと笑われたっていい。それくらいなら、食べたいだけ食べるほうをとる。だが、健康だけは、いかんともしがたかった。血圧が高く、毎日頭痛がし、少し歩くと息をきらす。かつての爽やかな目覚めというのがない。これらの元凶が食べ過ぎであり、その結果としての肥満だ、と言われているのだから。

八時半になり、大原関が、もう十分待って来なかったら帰ろうと思ったとき、観葉植物の垣の切れ目に兵藤の姿が現われた。

一人ではない。

女が一緒だった。

黒いコートに黒いサングラス。ロビーで見た女だ。

背は一六〇センチくらいで、すらりとしていた。さっきは顔を背けてしまったので、よくわからなかったが、唇をことさら強調するように太く、濃く、鮮やかな朱色に塗っている。

髪は、襟を高く立てたコートの肩まで垂れている赤茶色だ。

大原関が椅子に沈めていた上体を起こすのと同時に、女が足を止めた。

兵藤も立ち止まり、女のほうへ顔を向ける。

女が大原関に半ば背を向けるように位置を変え、兵藤に何やら言った。

兵藤は時々大原関の方へ目を向けながら女と一、二分話していたが、やがてうなずいて女と別れ、一人で近づいてきた。

女は、元来たほうへ歩み去って行く。

黒いコートの肩に揺れる赤毛……。

大原関が腰を上げかけたとき、

「やあ、遅れてすまん」

と、兵藤が前に立った。

「誰ですか、あの人？」

大原関は女の去ったほうを目顔で指して、訊いた。

「実は君に会わせようと思ったんだが、そこまで来て決心がぐらついたらしい」

兵藤が大原関の問いには答えずに言って、腰をおろした。

襟にワインカラーのスカーフを覗かせている。

「決心？　誰なんですか、いったい」

大原関はもう一度訊いた。

「いずれわかる。今度は必ず会わせるから」

「まさか例の赤毛の女じゃないでしょうね」

「いや、まあ……ああ、コーヒーをくれ」

ちょうど水を持ってきたボーイのほうへ兵藤が逃げるように顔を上げ、ブレザーのポケットからパイプを取り出して、ライターで火を点けた。

「兵藤さん、どうなんですか?」

「ノーコメント、ということにしておこう」

「でも、兵藤さんは、エボラウイルスの感染経路を調べているんでしょう?」

「まあね」

「それで、あの女を突き止めたんじゃないですか?」

兵藤はかつてスクープ屋と言われた。いくつかの特ダネをものにしたことがあったからだ。ただ一方で、個人プレーの目立つハッタリ屋、との陰口も社内では聞かれた。

「俺にもまだはっきりしたことはわからないんだが、まあそう考えてくれていい。それで、君の前ですべてを話す、というんで連れてきたんだが……」

「俺の前って、あの女は俺を知っているんですか?」

大原関は思わず声を高めた。さっきロビーで慌てて自分から顔を背けたように見えたのは、気のせいではなかったのか。

「あ、いや、そういうわけじゃない。誰か、俺の他に立会い人のいる席で、という意味だ」

兵藤が言い換えた。どこか言い訳めいていた。

女は自分を知っているのかもしれない、と大原関は思った。ということは、もしかしたらこっちも女を知っている……。

「じゃ、とにかく兵藤さんの知っていることを話して下さい」

「それが今言ったように、俺にもまだはっきりしない部分が多すぎる」

「もちろん、摑（つか）んでいる範囲でいいですよ」

「すまんが二、三日待ってくれ。裏に男がいるのは確かなんだが」

「男？」

大原関は、マスクとサングラスをかけた男の顔を思い浮かべた。

「何か、君に心当たりでもあるのかね？」

「あるわけないでしょう」

兵藤の探るような視線を撥（は）ね返し、「それじゃ、わざわざ呼び出しておいて、このまま帰れっていうんですね」

「すまんが、約束なんだ」

「あの女との？」

「うん」

「なら、帰りますよ」

大原関は立ち上がった。腹も立てていたが、もしかしたらあの女、そして男がまだロビーのあたりにいるかもしれない、と思ったのだ。

「そんなに慌てて帰らんでもいいじゃないか」

「こう見えても、俺だって忙しいんです」

コーヒー代を乱暴に置き、大原関はテーブルに背を向けた。

喫茶室を出て、廊下を急ぐ。

しかし、ロビーまで行って、注意して見回してみたものの、どこにもさっきの女と男らしい姿はなかった。

仕方なく外へ出ると、雨が降り出していた。空気も一段と冷えてきている。ブレザーだけでは地下鉄の駅へ着く前に濡れ鼠になってしまうだろう。

畜生！　彼は胸のなかでつぶやき、待っていたタクシーに乗り込んだ。

「四ツ谷駅」

と、怒鳴るように言った。

雨に光る街の明かりの奥に、いま見た女の姿が浮かんだ。

赤い唇。黒いコートの肩に揺れる赤茶色い髪。そして、女といた、髪をオールバックに撫でつけたマスクの男……。

兵藤がどうやって女を突き止めたのかは、わからない。が、大原関は、なぜかこれはガセではないような気がした。

ということは、あれは例の〝赤毛の女〟なのだ。

第四章　目　撃

1

十二月二日（日曜日）の午後、中央線国立駅前の大学通り——。

人通りが多いので、三村は、百合と由希子に二、三歩遅れてゆっくりと歩を運んだ。

百合と由希子は手をつないでいた。

百合がたえず由希子に何やら話しかけ、由希子が上体を屈(かが)めて答えている。

百合が時々足を止め、三村がいるのを確かめるために後ろを振り向くと、由希子も一緒に微笑(ほほえ)みを向けてくる。

三村は幸福だった。このように胸のなかが温かく満たされたことは、妻の陽子がいなくなってから絶えてない。それだけに、自分が陽子の件を由希子に話したら、この幸せはたちまち崩れてしまうのではないか、という不安も一方に強くあった。

このところ、彼は仕事を離れると、それをどのように由希子に打ち明けたらいいか、という問題ばかり考えてきた。どう切り出し、これまで嘘をついていた理由を、なんと言って説明したらいいのか。

　こうした個人的事情をあらためて明かすということは、由希子に対する婉曲なプロポーズである。由希子は戸惑うのではないか。迷惑に感じるかもしれない。彼女は三村に対するそうした感情は全然なく、ただ母のいない百合を哀れに思い、可愛がってくれているだけなのかもしれないのだから。

　スーパーの横に出ていた焼き芋屋で、百合にねだられて石焼き芋を買った。

　一橋大学の構内に入り、池の前のベンチに座って、それを三人で食べた。

　昨日から師走に入ったというのに、風がなく、陽射しが暑いくらいだ。一昨日の夜から昨日の昼近くまで久し振りに雨が降ったので、木立の下の土だけ、まだ多少黒ずんでいる。

「裏の雑木林のほうへ行ってみましょうか」

　由希子が言い、百合が「ウン」とベンチから降りたので、三村も立ち上がり、百合の赤いジャンパーを脱がしてセーターにしてやった。

　ゴミを屑籠に入れてきて歩き出すと、

「お父さんも」

　百合が、空いているほうの右手を差し出した。

「お姉ちゃんにつないでもらっているんだから、お父さんはいい」

三村は微かな狼狽を覚えて言った。

「いや！　お父さんも」

百合は手をおろさない。

「そんな我儘を言うと、もうお姉ちゃんが連れてきてくれないぞ」

「くれるよね？」

由希子が微笑いながらうなずいた。

三村はそれを彼女の了解の印と受け取り、

「仕方ないな」

と、半ば嬉しく、半ば照れくさい気持ちで百合の小さな手を握った。

周りには、十人近い人々が暖かい陽射しを楽しんでいた。バドミントンをしている父と娘、芝生で子犬と戯れている母と子供たち、一人でゴルフのクラブを振っている男……。

彼らの目には、自分たちは仲睦まじい夫婦、親子と映っているに違いない。三村はそう強く意識することによって、ふとそれが現実であるような妙な錯覚を味わった。

図書館の南へ回り、少し行ったとき、誰かに名を呼ばれたような気がした。

由希子にも聞こえたらしい。足を止めて三村を見た。

「史郎」

また聞こえ、二人は同時に振り返った。

母の益代だった。手を上げて、急ぎ足で近づいてくる。

何かあったな。三村はそう直感し、百合の手を離して走り寄った。

「ああ、よかった、見つかって……」

太り気味の益代が荒い息を吐きながら、切れぎれに言った。

「連絡か？」

「そう。すぐ係長さんに電話しておくれ」

三村の勤務する警視庁刑事部捜査一課の殺人班には、二から九まで八つの係がある。ただし、二係は主に未解決事件の継続捜査に当たるので、凶悪な殺人事件が発生した場合は、他の七つの係が順番に担当する。三村はそのうちの五係の主任（警部補）で、彼の係が今度の事件番に当たっていたのだ。

殺人事件といっても、もちろん捜査一課の殺人班がいつも出て行くわけではない。三村たちが出動するのは、所轄署と機動捜査隊の初動捜査で簡単に片づきそうにない事件のときだけである。だから、いま五係々長の関根守警部から連絡が入ったという事実は、今回もそうした事件だということを意味していた。

三村は由希子たちのほうへ駆け戻ると、彼女に事情を説明し、百合を頼んだ。彼の場合、休日が日曜日に重なるときはそう多くなく、由希子が「日曜日のお散歩」を百合に約束してくれた数日前から、彼自身も今日を心待ちにしていた。だが、事件ではやむをえない。

「刑事さんて、大変ですのね」

由希子が同情するように言った。

「いえ、こんなことは滅多にないんです」

三村は慌てて言い訳した。いつ呼び出されるかわからない刑事の妻は大変だ、と彼女に思われたくない――無意識のうちに働いたそんな自分の気持ちに、彼は言ってから気づいた。

「お父さん、行っちゃうの」

百合が淋しそうな顔を向けた。

三村はうなずいて、持っていたジャンパーを着せてやった。

「百合、つまんない」

「お父さん、お仕事なんですって。だから百合ちゃん、今日はお姉ちゃんで我慢して」

由希子が腰を屈めて言ったが、百合は下を向いて、返事をしない。

こんな娘を見るのは三村も辛かったが、

「それじゃ、申し訳ありませんがお願いします。百合、お姉ちゃんの言うことをよく聞いて、お利口にするんだぞ」

百合の頭に軽く手を置き、返事を待たずに益代の立っているほうへ再び駆け出した。

――赤坂二丁目にあるニューワールドホテルの一室で、中央日報編集委員、兵藤卓の撲殺死体が発見された。

これが、電話で聞いた事件の最も簡単な概要だった。

三村は益代より先に家へ帰ると、すぐ身仕度をし、中央線、地下鉄と乗り継いで赤坂へ向かった。

外堀通りから南へ百メートルほど入ったところに建つ十二階建てのニューワールドホテルへ着いたのは、三時十分過ぎである。近寄ってきた顔見知りの記者を振り切ってエレベーターに乗り、九階まで上がった。

事件のあったのは、九二四号室。

ドアが開き、絨毯の上へ足を踏み出すと、左右にくの字形に伸びた廊下の右側に四、五人の男の姿があり、なかの一人が三村に気づいて近寄ってきた。

五係の若い刑事だ。

「ご苦労さまです」

「その部屋かい？」

三村は三つ目のドアへ顔を向けて、訊いた。

「そうです」

「係長は？」

「見えてます」

三村は、他の刑事たちとも二言三言ことばを交わしてから、

「遅くなりまして」

と、部屋のなかへ入って行った。

「やあ、ご苦労さん」

関根が振り向いて言い、他の三人の男たちも目顔で迎えた。

部屋は、奥の窓際にダブルベッドの置かれた洋室だった。入ってすぐ右側がトイレとバス。ベッドの手前に小さな机と倒れた椅子、鏡台、スタンド、それに小型のテーブルとスツールがあった。すでに死体は運び出され、現場鑑識もほぼすんだ後らしく、倒れた椅子の横に赤茶色い染みがなければ、殺人のあった部屋とはわからない。

「椅子に座っているとき殴られたんですかね」

三村は、何やら検討し合っていたらしい四人の話がすむのを待って、訊いた。

「うん。頭蓋骨の陥没状況から見て、鉄のバールか大型スパナのようなもので二度ほど後ろから殴りつけられたらしい。それで、椅子と一緒にここに崩れ落ちたんだろう、という話だ」

中国の鄧小平に似た、平べったい顔をした関根が言った。

「後ろから?」

「ああ」

「凶器は見つかっていないですね?」

「いない。まあ、わかっていることを簡単に説明しよう」

関根が瞬きをし、これまでの捜査状況と判明した事実について話し出した。

それによると、ホテルから警察へ一一〇番の電話が入ったのは午前十一時十八分だという。

その少し前、チェックアウトの時間が過ぎたので、ルームメードが掃除とベッドメーキングのため、九二四号室のドアをノックした。しかし、返事がなく、朝刊はドアの下に差し入れられたままだった。不審に思い、フロントから電話してもらったが、それにも応答がない。

そこで支配人がマスターキーでドアを開けたところ、なかに死体が転がっていた。

以上の通報を受けるや、所轄赤坂東署刑事課の捜査係と鑑識係、機動捜査隊が急行し、殺人事件と断定して捜査を始めた。

その結果、被害者は二日前の十一月三十日からここに泊まっていた兵藤卓（四十四歳）、死因は頭蓋陥没骨折に伴う脳挫傷らしい、と判明した。

死亡時刻は昨夜の九時から十一時頃の間。

争った跡はなく、被害者が椅子に座っているとき背後から鈍器で強打された模様である。

被害者はこのホテルを時々仕事場として使用しており、凶器に類した物を持ち込んでいたとは考えられないため、それは犯人が準備し、持ち去った可能性が高い。

また、以上の状況から、犯人は被害者が部屋へ入れた相手、つまり顔見知りか、少なくとも被害者が訪問を予期あるいは約束していた相手であり、犯行はそうした人間の計画的なものと推定された。

動機はまだ不明だが、ワードローブに下がった被害者のブレザーには、現金三万八千円とカード類の入った財布が残っており、物盗りの線は薄い。

「昨夜、この部屋へ出入りした人間を見た者はいないんですか？」

関根の説明が一通りすんだところで、三村は訊いた。

「実は、その点に関しては幸運で、非常にはっきりした目撃者がいるんだ。今、チョウさんたちが下で訊いているはずだが、行ってみるかね」

「ええ」

三村は関根の言葉に二つ返事で応じた。死体もない狭い部屋にこれ以上いても、新しい発見があるとは思えなかったからだ。

部下たちに行き先を告げ、三村と関根はエレベーターで一階へ降りた。

寄ってきた記者たちを、

「まだ何もわからんよ」

と追い払い、ホテルが用意してくれたという喫茶室の手前にある部屋へ行った。

そこは、テーブルの周りに二十人分ほどの椅子が並んだ小会議室といった部屋だった。チョウさんこと務台部長刑事が白いテーブルクロスに片肘をつき、首を伸ばして前の二人に尋問していた。彼の並びには同じ五係の刑事と、たぶん所轄署の刑事だろう、三村の知らない顔が一つあった。

神妙な顔をして前に座っている男女を務台が紹介し、三村たちも身分と名を告げて、協力の礼を述べた。

二人はホテルの従業員だった。三十歳前後の色白の男は黒川(くろかわ)という昨夜のフロント係、四十五、六の丸顔の女は森(もり)かよ子という九階のルームサービス係である。二人とも勤務明けで帰宅していたところを、少し前、わざわざ来てもらったのだという。

「それはどうも」

務台の説明に関根が改めて礼を言い、「で、お二人が、昨夜九二四号室へ入って行く男の姿を目撃されたわけですね?」

「いえ、私は直接見たわけじゃないんです」

フロント係が少し慌てて答え、

「部屋へ入って行くところを見たのは森さんで、黒川さんは、その男がエレベーターホールの方から歩いてきて外へ出て行くのを目撃されたんです」

務台が引き取り、これまでに二人から聞いた話を伝えた。

それによると――

昨夜九時二十分頃、女性客の一人から「九階のエレベーターホールに煙草の吸い殻と灰が散っている」という電話がフロントへ入り、黒川が、すぐ掃除するよう森かよ子に連絡を取った。そこで、かよ子が小型掃除機を持って九階へ行き、エレベーターを降りると、ちょうど一人の男が九二四号室の前に立っていた。男はかよ子のほうを振り向き、一瞬ハッとしたようだったが、すぐに顔を元に戻し、さり気ない素振りで彼女に背を向け、歩み去ろうとした。しかし、すでにドアをノックしてあったのだろう、男が歩き出すのより早くドアが開き、何やら言う声にうなずいて部屋のなかへ入って行った。

「男が九二四号室へ入って行った時刻はわかりますか？」

務台の話が終わるのを待って、関根が森かよ子に問いかけた。

「時計は見ていませんけど、黒川さんの連絡を受けてから五分とは経っていなかったと思います」

かよ子が緊張した顔で答えた。

「すると、九時二十分から二十五分頃か……」

関根がつぶやき、「なかの人間の言ったことで、一言でも二言でも覚えている言葉はありませんか？」

「よく聞き取れませんでした」

「男の入って行った部屋が九二四号室だったというのは、間違いありませんね？」

「はい」

「係長、九二四号室の隣はエレベーターの方から見て手前が九二二、先が九二六号室なのですが、九二二号室は昨夜は空室だったんです。また、九二六号室に泊まった客とは少し前に連絡が取れて、昨夜来客はなかった、と言っています。この事実からも、部屋の取り違えはなかった、と思います」

務台が付け加えた。

「そうか」

関根がうなずき、かよ子へ顔を戻して質問を継いだ。

「では、それはどういう恰好をした、いくつぐらいの男だったんですか?」

「廊下はあまり明るくありませんし、その人は大きなマスクと色の濃いサングラスをかけていたので、歳はよくわかりません。恰好は、長めの髪をポマードのようなものでぺったりとオールバックにし、ベージュのコート、グレーのズボン、それに黒いメッシュの靴をはいていました。身体つきはあまり大きくなく、一六四、五センチくらいじゃなかったかと思います」

かよ子が説明した。

「黒川さんの目にされたのも、同じマスクとサングラスの男だったんですね?」

関根が黒川へ目を向けた。

「そうです」

「それは、何時頃ですか?」

「九時五十五、六分でした。時計を見て、もうじき十時だな、と思った覚えがありますから」

「黒川さんから見た男の特徴、年齢、背丈などはいかがでしょう?」

「コートのポケットに両手を突っ込み、立てた襟に半ば首を埋めるようにして歩いて行きましたから、私にも顔はほとんど見えなかったんです。身長は一六〇から一七〇センチの間くらいで、二、三十代からせいぜい四十代という感じでした。あと覚えているのは、歩き方が少し威張ったような外股だった、という点ぐらいですね」

兵藤の部屋に出入りした時刻、部屋の前に立っているのを森かよ子に見られて歩み去ろうとしたこと、サングラスに大きなマスク、さらにはコートの襟で顔を隠していた事実——こうした点から見て、十中八九この男が兵藤を殺した犯人に間違いないだろう、と三村は思った。おそらくコートの下に凶器を隠し、ポケットに入れた手で押さえていたのだろう。

尋問がすみ、黒川とかよ子を解放して三村たちも部屋を出かけたとき、二件の新しい情報が相次いでもたらされた。

初めは、所轄赤坂東署の刑事が、

——一昨夜、被害者が喫茶店で太った男と話しているのを見た。

というボーイを連れてきたことである。

三村と関根の前にたったボーイは、胴がひょろりと長い二十歳前後の若者だった。

「君が被害者を見たというのは、一昨夜の何時頃かね？」

関根が彼の顔を見上げるようにして訊いた。

「八時半頃です。三、四十分前から太った男の人が待っていて、そこへ刑事さんに見せられた写真の人が見えたんです」

若者が心持ち肩を丸め、長い指をもう一方の手でしごきながら答えた。

「その太った男について、もう少し具体的に説明してくれないか？」

「身長は一八〇センチくらいあって、すごく太って腹の出た人でした」

三村は、オヤッと思った。大原関の姿が浮かんだのだ。彼も兵藤と同じ中央日報の記者だからだ。

「年齢はどうだろう？」

「髪の毛が薄くなりかけていたから、四十過ぎかな」

「他にその男について気づいたことは？」

「やぼったいブレザーからしわくちゃのハンカチを出して、何度も顔を拭いていました。あ、お冷やも三、四回お代わりしています」

大原関に間違いない、と三村は確信した。彼なら四十二、三歳に見えないこともない。

「二人がどんな話をしていたかは聞かなかったかね？　小耳に挟んだ言葉の断片でもいいんだが」

「お冷やを持って行ったときチラと聞こえたんですけど、太った方が、『誰なんですか、あの女？』――そんなふうに言ってました」

「あの女？」

「ええ、写真の人は、女の人と喫茶室の入口まで来たんです」

「入口まで、というと？」

「女の人は、そこでちょっと立ち話をして帰ってしまったんです。黒いサングラスをかけて黒いコートを着た、赤っぽい髪の女でした」

「ふーん。すると、太った男は当然その女について訊いたわけだな」

「だと思います」

「係長」

三村は待ちきれなくなって言った。「実はその太った男について私に心当たりがありますので、電話で確かめてみます。参考になる話が聞けるかもしれませんから」

――こうして三村が部屋を出ようとしたとき、今度は部下の五係の刑事が二件目の情報をもたらしたのだった。

「たった今、鑑識から、九二四号室にあったレターペーパーに、《エボラ、持ち出しの真相!!》と書かれた文字の跡が判読できた、と連絡がありました」

その刑事は、関根がボーイを帰すのを待って報告した。

「肉眼では一見凹凸の認められない白紙だったそうですから、二、三枚上の紙に書かれた圧痕じゃないかという話です。無理かもしれないが一応筆跡の鑑定をしてみる、と言っています」

三村は関根と顔を見合わせた。今、「兵藤と赤毛の女が話していた」と聞いたばかりだったからだ。

2

大原関が兵藤の死を知ったのは、自宅から二キロほど離れた碁会所にいるときだった。三村からの電話が家にあり、至急帰るように、と妻の頼子が連絡してきたのである。

もし兵藤の死を聞かなかったら、彼はすぐには妻の言葉に従わなかったに違いない。このところ負けの込んでいた魚屋の親父が相手の、久し振りの勝ち碁だったのだから。

相手が「いいですよ、また打ち直しましょう」と言ってくれないので、彼は仕方なく投了し、ミニサイクルに飛び乗った。

道路脇にいた女子中学生が三人、大声を上げて笑い、

「潰(つぶ)れないかしら」

という挑発の言葉を投げてきた。

しかし、大原関は今日のところは見逃し、懸命にペダルを漕いだ。

兵藤が殺された！

妻の声が、まだ耳朶のあたりに残っている。

どういうことか？　誰に、どこで、殺されたのか？　なぜか一昨夜の赤毛の女と、マスクの男が意識に絡みついてくる。

大きな公団団地のなかほど、自分の住む号棟の前に自転車を停めた。エレベーターが上へ行っていたので、階段を三階まで駆け上った。

ハーハー、息を弾ませながらドアを開けると、

「あなた、いつもそれくらい運動して下さればいいのに」

笑みを浮かべた妻の浅黒い顔が迎えた。

「うるさい！　三村は？」

「三十分ほどしたらまた電話するって言ってらしたから、もうじきかかってくると思うけど」

「なんだ、さっきはすぐかけてくるような話だったじゃないか」

「だって、そうでも言わないと、あなた、なかなか腰を上げないでしょう。それに急いで自転車に乗ってきて、運動になっていいじゃない」

妻はいつも彼の碁に文句をつける。不健康きわまりない趣味だというのだ。普段あまり健

康的とはいえない生活をしているのだから、せめて休日くらい、テニスとかゴルフとか釣りとか、太陽の下へ出て身体を動かす趣味を持ってほしい――。

しかし、大原関は糞食らえだった。およそ食べることと寝ることしか楽しみのない彼にとって、唯一とも言える趣味まで、とやかく言われてはたまらない。

彼が汗をかいたシャツを替えるのを待って、妻が三歳になる長男の真之(まさゆき)を連れて買い物に行った。

珍しく階段など駆け上がったので、彼は少し気持ちが悪くなった。

台所で水を飲み、居間の布張りの椅子にぐったりし、それでも頭のなかでは兵藤のことを考えていると、三村から電話がかかってきた。

「兵藤さんが殺されたっていうのは本当か？」

相手が用件を切り出すより先に大原関は言い、居間の隅に置かれた電話台の前に、どっかと胡座(あぐら)をかいた。

「ああ」

と、三村が少し硬い声で答えた。

「いつ、どこで殺されたんだ？」

「赤坂のニューワールドホテル、九階の部屋だ。発見されたのは今日だが、殺されたのは昨夜(ゆうべ)九時半頃らしい。それでお前に訊きたい件が……」

「一昨夜のことか？」

遮って言った。

「やっぱりそうか。喫茶室で太った男と話していたというんで、もしかしたらお前じゃないかと思ったんだが」

「さすが刑事だな。これじゃ、うっかり女とも会えん」

「お前の場合は特別さ。どこからでも目につくし、印象に残る。で、実はその女の件なんだが、お前に会う前、兵藤さんは赤毛の女と一緒に喫茶室の入口まで来た、というのは本当か？」

三村が本題に入った。

「うん」

「お前の知った女か？」

「知らん。あ、いや、わからなかった」

もしかしたら自分の知っている女かもしれない、と思いながら大原関は答えた。「かなり離れていたし、相手は黒いサングラスをかけていたからな」

「どういう女か、兵藤さんはお前に話しただろう？」

「それが話さんのだ。ま、ほとんど話さんと言っていい」

「兵藤さんは、女と一緒のところを偶然お前に見られた。それで、女を帰してお前のところへ来た。こういうわけか？」

「違う。俺は兵藤さんに話があるといって呼び出されたんだ。その女も交えての話だったらしい」

「女も交えての？　だったら、なぜ女だけ帰った？」

「気が変わったということらしい」

「ふーん」

三村が何やら考えるように少し間を置いてから、

「話というのは、もしかしたらエボラ出血熱に関する件だったんじゃないか？」

「そうだが、お前らにどうしてわかった？　兵藤さんの殺された事情に、それが絡んでいる証拠でも見つかったのか？」

「まあ、女が赤毛だって聞いたからな」

三村の口調はいま一つ歯切れが悪い。

「嘘つけ」

何か隠していると直感し、大原関は言った。「それだけじゃあるまい」

「それだけさ」

「フン、じゃ勝手にしろ。俺もこれ以上は喋らん」

「そう言わないで、兵藤さんとどういう話をしたのか教えてくれ。犯人を追う重要な手掛かりが見つかるかもしれないんだ」

「お前が摑んでいるネタを教えてくれたら、話す」

「非常に重大な意味を持っているので、俺だけの判断で漏らすわけにはいかないんだ。特にお前はブン屋だしな」

「なら、俺も話さんぞ」

「無理言うなよ」

「俺は、お前が公表するなと言えばせんよ。ただ知りたいだけだ」

「うーん、仕方ないか。じゃ、先にお前の話を聞かせてくれ。そしたら、俺も話す」

「いいだろう」

取引きが成立し、大原関は一昨夜の兵藤とのやりとり、彼の様子、赤毛の女の容姿、兵藤と会う前に女が大きなマスクとサングラスをかけた男とロビーにいたこと、などを話した。

「な、なんだって！」

マスクの男に触れるや、三村が叫んだ。「そ、その男について、もう少し詳しく教えてくれ」

「詳しくったって、そのときは女が兵藤さんと現われるとは思っていないし、なんとなく女が自分から顔を逸らしたようだったんで、目に留まっただけだからな」

「髪型と服装だけでもいい」

「髪はオールバックで白っぽいコートを着ていた……おいっ、この男についても、何かわかっているのか？」

「まあ、これは今夜のニュースに出るだろうから話すが、今お前の言ったのとそっくりの男が、兵藤さんの殺された時刻に部屋へ出入りしていた」

「じゃ、その男が犯人？」

「かもしれない」

「で、事件がエボラに関係しているかもしれないと考えたのはどういうわけだったんだ？」

交換条件の質問に移った。

「それは……」

三村が一度言葉を切り、「兵藤さんの殺された部屋にあったレターペーパーに、《エボラ、持ち出しの真相!!》という文字の跡が残っていた」

「持ち出し！」

「とにかくそう書かれたボールペンか何かの圧し跡だ」

「じゃ、お前たちは、マスクの男と赤毛の女が、エボラウイルスを実験室から持ち出して峰田らに故意に感染させ、それを兵藤さんに突き止められたので殺した――こう考えているわけか？」

大原関は胡座の脚を組み替えた。

「そこまではっきり考えていたわけじゃないんだが、お前の話を聞いて、その疑いが非常に強まった気がするよ。男の方がどこかからエボラウイルスを持ち出し、女を使って彼女と寝た男たちに感染させた。それを兵藤さんに突き止められ、女が口を割りそうになる。で、男は自分の口から真相を話す、というような口実で兵藤さんの部屋を訪ね、彼を殺した——」

「しかし、ウイルスを持ち出すといっても、日本では微医研以外にはないからな」

「だから、微医研から持ち出したんじゃないのか。すでにそういう疑いがあるんだろう？」

「外国から入ってきたというはっきりした証拠がないんで、興味本位に騒ぎ立てている奴はいるが、研究者……それも微医研のなかにそんな人間がいるとは、俺にはちょっと考えられん」

大原関は、一部の週刊誌やテレビの取り上げ方には反対であった。

「俺だって、考えたくはないが……」

「それじゃ、もしお前の言う通りだったとして、犯人はどういう目的、動機からウイルスを持ち出し、女を使って峰田らに感染させたんだ？　そんなことをして、犯人に何かメリットがあるのか？」

「そこまでは、まだわからん」

大原関とて、自然科学者の世界が純粋で無欲な善人たちの集まりだ、などとは毛頭考えていない。

論文盗作、データ捏造（ねつぞう）、卑劣で形振り（なりふ）かまわない先着権（プライオリティ）争い、他人より少しでも優位なポストを得るための誹謗、中傷、あげくは奸計……と他の世界同様の不正や悪、欲望が渦巻いているのは三村などよりよく知っている。

これは、微医研も例外ではないだろう。

が、そうはいっても、三村の言う犯罪は、やはり尋常一様な悪や不正とは次元が違うような気がした。科学者の世界には科学者の世界の禁忌、タブーというものがある。

大原関が黙っていると、

「じゃ、また何か気づいたり思い出したりしたことがあったら、教えてくれ」

三村が言って、電話を切った。

大原関は受話器を置き、ヨイショと声を出しながら立ち上がった。

椅子に戻って身体を沈め、考えつつづけた。

兵藤は〝赤毛の女〟を伴ってホテルの喫茶室へ現われ、ぼかしながらも、「エボラウイルスの感染経路について真相を摑んだ」と大原関に認めた。その翌日、《エボラ、持ち出しの真相!!》という文字の跡を残し、同じホテルの一室で殺された。しかも、その部屋には、ちょうど彼の殺されたと推定される時刻、前夜赤毛の女とロビーにいたと思われる男が出入りしていた――。

これだけ材料が揃っている以上、彼の殺された動機がエボラウイルスの感染経路の解明と関係なかった、とは考えがたい。

また、ウイルスが外国から入ってきたもので、犯罪に関わりがなかったならば、たとえ兵藤が感染経路を突き止めたとしても、殺される理由がない。

ということは、彼の殺された裏には、三村の言うような〝ウイルスの持ち出し〟という、さらに大きな犯罪が隠されているのだろうか。

第五章　壁

1

由希子は仕事の手を休め、窓のほうへ目を向けた。

外には夕闇がおりはじめている。

大室が尾崎と連れだって部屋を出て行ってから、すでに二時間たつ。遠山所長を囲んだ部長、室長会議はまだつづいているらしい。会議の内容は由希子にはわからないが、それが三村たち刑事の来訪と関係していることだけは確かだった。

三村たちは、今朝十時少し過ぎに微医研へやってきた。全員揃(そろ)っているところを見たわけではないが、五、六人はいたようだ。三村がリーダーらしく、彼が大室に話を聞いているとき、別の部屋でやはり事情を聞いていたらしい刑事が二人、前後して何やら報告に来た。

三村は大室部長室へ現われたとき、一瞬、由希子に親しみのこもった目を向け、何か言いたそうな素振りを見せた。

だが、結局、個人的な話はしなかった。

きびきびした態度で大室に質問を重ね、由希子は、昨日の午後百合の手を取って照れていた彼とはまるで別人を見るような気がした。

三村たちは、一昨夜兵藤という新聞記者が殺された事件について捜査していた。

兵藤というのは、七年前、「仁科登によく似た男がプール脇に立っているのを見た」という坂本エリの言葉を武器に、登を追いつめた記者である。

その彼が今度はエボラウイルスの感染経路を探っていたらしく、例の赤毛の女を突き止めたために、殺されたらしい。

そして、まだ公表されていなかったが、由希子が大室に聞いたところによると、問題のウイルスが微医研から故意に持ち出された疑いも具体的に出てきたのだという。

そこで三村たちは、兵藤を殺した犯人――新聞やテレビによるとマスクとサングラスをかけ、髪をオールバックにした男――あるいは〝赤毛の女〟がこの微医研にいる可能性もあると見て、朝から乗り込んできたのだった。

三村にではなかったが、由希子も――赤毛の女である疑いがあるからだろう――二人の刑事に簡単に事情を訊(き)かれ、最後に過去二度の日時に関して所在を尋ねられた。峰田攻一が赤毛の女と関係を持った十一月二日の夜と、赤毛の女が兵藤と一緒にいたという三日前、十一月三十日の夜八時半頃についてである。峰田同様、赤毛の女から病気をうつされたと見られている二人の暴力団員の場合は、記憶が曖昧で、女と接触した日がはっきりしなかったらしい。

三日前の金曜日の夜は家に一人でいたのでアリバイはなかったが、文化の日の前夜についてはアリバイが成立した。

その日は仕事が立て込んで九時半過ぎまで居残っていた事実が、予定を書き入れたカレンダーから明らかになったのだ。やはり残っていた杉岡弥生と一緒に八王子駅前まで行って遅い夕食を取り、京王線の調布まで帰る彼女と別れたのが十時四十分頃である。これでは、峰田が歌舞伎町で赤毛の女に声をかけられたという十時には、翼があっても間に合わない。

由希子が時計を見てボールペンを握り直したとき、

「いいかい？」

と、江幡がドアを引いて顔を覗かせた。

「はい」

「僕は午後から大学へ行っていたんだけど、みんな、どこへ行ったのかな？」

言いながら入ってきた。彼は東央大学の助教授との併任なのだ。

「大室先生と尾崎先生は会議ですけど、他の方はいらっしゃいませんか？」

由希子は彼のほうへ椅子を回した。

「うん」

江幡はうなずいてソファに腰をおろし、「会議っていうのは、今朝、刑事たちの来た件かい？」

「そうだと思います」

「迷惑な話だな。研究所の誰かが関係しているなんて、あるわけがないのに」

江幡が何やら考える目をして、彫りの深い顔を顰めた。

彼は尾崎と違って人当たりがよく、由希子なども気軽に口をきく。それでいて、どこかいつも含んだものがあるようで、由希子はあまり好きではなかった。

「すまないけど、手が空いていたらコーヒーを一杯ご馳走してもらえないかな」

彼が由希子のほうへ顔を上げた。

「はい」

「二、三日水城さんの淹れてくれたコーヒーを飲まないでいると、禁断症状を起こすんでね」

由希子は、江幡の如才ない笑顔に曖昧に微笑み返し、隅の小さな流し台の前に立った。

湯を沸かし、フィルターをセットしながら、

「女房がイギリスへ留学していたものだから、うちはミルクティ専門なんだ。

う、以前、江幡の言った言葉を思い出した。

妻和歌子には、由希子も二度会ったことがある。一度目は六年前の江幡と彼女の結婚

式のときであり、二度目は何かの用事で研究所へ赤い外車で訪ねてきたときだ。すらりとして、奇麗な女だった。才媛との噂通り、頭も良さそうだったが、その分気位が高そうで、事務員の由希子などに向ける目には明らかに見下したところが感じられた。

江幡と結婚する前に、和歌子には好きな人がいたらしい。それを、江幡が彼女自身と遠山の妻に懸命に働きかけて結婚し、学問的業績以上のものを手に入れた、と言われている。その代わり、家庭内の主導権は完全に彼女に握られているらしい。

かつて江幡と弥生との仲が噂になったとき、和歌子に知られたらどうなるのだろう、と研究所員たちは、そうなることを期待しないでもない顔で話題にした。と同時に、頭の上がらない女房から得られないものを弥生に求めたのかもしれない、とも囁き合ったのだった。

十分ほどして、江幡が由希子の淹れたコーヒーを飲んで出て行くと、

「あれ、まだ部長たち帰ってないの？」

今度は高見沢隆子が入れ代わりのように入ってきた。

「ええ。でも、江幡先生が大学から戻られましたけど、会いませんでした？」

一瞬隆子の足が止まり、目に微かな翳のようなものが揺れた。江幡という名に対する反応だろうか。

だが、由希子がそう思うか思わないうちに、

「ああ、私は三階から来たから」

隆子は言いながらソファに近づき、

「それにしても、今日は頭にきたよ」

勢いよく腰をおろした。

「どうしたんですか？」

由希子は笑みを向けた。

「水城さんも訊かれたんじゃない、刑事にさ」

「アリバイですか？」

「そう。三日前くらいならいざ知らず、一ヵ月も前の晩、どこで何をしていたか、なんて覚えていられるかい？」

隆子は脚を組み、煙草をジーパンのポケットから取り出しながら、「それで、わからんと言ってやったら、なんとか思い出していただけませんか、なんて、まるで私が赤毛のカツラを被って新宿へ行ったような顔で見るんだからね」

「本気で高見沢さんを疑っていたわけじゃない、と思いますけど」

「本気さ、あれは。ま、とにかく、私は刑事のあの目が嫌いだよ。念のためとか参考までにとか言って、見えすいた愛想笑いを浮かべてさ。それで腹のなかじゃ、こいつが犯人じゃないか、といつも疑ってるんだから。どんなことがあっても、私は刑事とだけは結婚したくないと思ったね。寝ても起きてもあんな目で見られてたんじゃ、心休まるときがないよ。もっとも、誰も私になんか声をかけてくれないから、心配ないかもしんないけど」

隆子がアハハ……と高笑いしてから、ショートホープに火をつけた。

由希子は三村の顔をふと思い浮かべた。

「あ、そうそう」

隆子が煙を大きく吐き出し、「でも、一番偉そうな刑事、ほら四角い顔をした主任とか言われていた刑事さ、あの刑事だけはちょっといかしていたね」

「そ、そうですか」

思わず由希子はどぎまぎした。

「なんだい、水城さん、顔なんか赤くしちゃってさ。……そうか、水城さんもあの刑事に目をつけていたってわけか。フーン、案外隅に置けないね」

「別に私はそういうわけじゃ……」

「いいっていいって、水城さんも私もちょうど年頃、売れ頃……というか、もう過熟気味なんだから、ハハハ……」

「あの、それで、高見沢さんは結局、刑事さんにどう答えられたんですか？」

由希子は三村から話題を逸らすために、話を戻した。

「峰田が赤毛の女と寝た晩は、私も新宿へでも行ってたんじゃないかって言っといたよ。彼氏とね。三日前の金曜日は、独り淋しくアパートでメンデルスゾーン聴いていたけど」

「本当にそう言われたんですか？」

「覚えてないっていうのに、しつこいからね。そしたら、新宿へはどなたと一緒に行かれましたか、なんて真面目な顔をして訊いてきたよ。処置なしだね。もうこうなったら仕方がない、街で拾った一夜かぎりの彼氏だから身許不明だって言っといた」

隆子がまた煙と一緒に笑いを吐き出した。

由希子はこの隆子という女には時々面食らわせられる。よく見れば鼻筋の通った美人だし、気持ちも優しくないわけではない。時には非常に純粋で純情なのではないか、と思うこともある。それなのに、なぜこんな悪ぶった態度を取るのだろうか。

隆子が煙草を灰皿に押しつぶし、

「さて、行ってみるか」

と腰を上げかけたとき、大室と尾崎がようやく戻ってきた。

二人とも、ひどく深刻気な顔をしている。

「終わったんですか？」

隆子が訊くと、

「うん」

大室がうなずき、二人は彼女の前に腰をおろした。

「何か面倒なことでも？」

「ああ。兵藤という記者が殺された部屋に残されていたメモ……正確にはメモの跡なんだが……それがマスコミに知られると、研究所としては非常に困った事態になりそうなんだ。そして警察は、二、三日中に公表せざるをえない、と言ってきているんだよ」

「つまり、そのメモによって、エボラウイルスがうちの研究所から漏れたんじゃないか、という疑いがいっそう強まる？」

「ただ漏れたんじゃない。誰かが故意に漏らしたんじゃないかという怪しからん疑いだ」

「なるほど。それで今日の刑事、私に対してしつこかったのか。故意にっていうことになると、私はウイルスの持ち出し人にも、赤毛の女にもなれる、容疑者の最右翼っていうわけだからね」

ケロリと言う隆子を、尾崎の白い顔が睨むように見つめていた。

2

赤坂東署は、ニューワールドホテルとは三百メートルほどしか離れていない溜池にあった。ネズミ色をした七階建ての縦長のビルで、『ニューワールドホテル内新聞記者殺人事件特別捜査本部』は六階、大会議場に置かれた。

本部長は本庁刑事部長だが、実際の捜査指揮に当たるのは捜査主任官の関根である。

時刻は間もなく午後九時——。

二時間前に始まった捜査会議では、今一つの注目すべき事実が報告されていた。

大原関が兵藤に会い、赤毛の女とマスクの男を見たという先月三十日の夜、黒いコートを着て黒いサングラスをかけた赤毛の女を乗せたというタクシーが見つかったのだ。

乗せた時刻は、女が大原関のいた喫茶室の入口から引き返した三十分後の九時頃。場所はニューワールドホテルから八百メートルほど離れた虎ノ門の交差点近く。降りたのは板橋二丁目の区立第二小学校裏である。

女の容姿は大原関の目撃した赤毛の女に完全に重なっているという。

「女は初め板橋区役所までと言って乗り、区役所の近くまで来たところで中仙道から左の小道へ入らせ、小学校裏の閑静な住宅地で車を停めさせたんだそうです」

担当刑事がつづける。「もし降りたのが渋谷とか新宿でしたら、行き先をくらますためと思われますが、女はホテルから離れた虎ノ門まで行ってタクシーを拾い、住宅地で降りたわけです。そこから、まだ犯行前でもありますし、女の自宅かアジト……少なくとも女となんらかの関わりのある場所が近くに存在するのではないか、と考える次第です」

彼の報告が終わり、次は被害者の家族や友人、知人に当たった別の刑事が立ち上がった。

すでにホテルの聞き込み班、微医研聞き込み班の報告はすんでいた。

うっすらと白くかすんだ部屋に座りつづけ、三村は隣の務台に「煙草を一本くれないか」

と言い出したい誘惑にかられた。

百合が気管支炎に罹(かか)ったのを機に煙草をやめて二年、もう普段はほとんど吸いたいという欲望を感じなくなっている。とはいえ、かつては日に五十本近く吸ったヘビースモーカーである。大きな事件が起き、このように捜査本部詰めになると、やはり辛い。以前大原関に、「煙草をやめるほど簡単なことはない、自分が吸わなければいいのだから」——冗談交じりにこう豪語したが、三村とて本当はそれほど意志堅固というわけではない。

「——さらに、同僚や友人のなかには、被害者(ガイシャ)には密(ひそ)かに交際していた女がいたのではないかと言う者がおりました。しかし、ほとんどは又聞きであり、直接それらしい女と被害者が一緒にいるのを見たという者にしても、ちょっと見かけたというだけで、それがどういう女で、どの程度の付き合いだったのかという点は、わからないそうです。また、被害者の手帳、電話名簿等からも、それらしい女は見つかりませんでした。もしこの女がわかれば、被害者が妻にも話さなかったことを漏らしている可能性があるため、ひきつづき調べてみますが、相手が名乗り出てこないかぎり、発見はかなり困難かと思われます」

報告は終わりに近づいた。

だが、今日のところは、赤毛の女を乗せたというタクシー運転手の話以外、これというめぼしい成果はなかったようだった。

まず、最初に報告された鑑識結果——

《エボラ、持ち出しの真相!!》というレターペーパーの圧痕は、兵藤の文字と見てほぼ間違いないことが判明したものの、他に九二四号室にあった物、机やテーブルの指紋、遺体の解剖結果などからは、犯人を追うための新しい手掛かりは得られなかった。

次に、ホテルとその周辺の聞き込み結果――

十二月一日の犯行時刻前後とその前夜の八時頃、マスクとサングラスをかけた犯人らしい男を見た、というホテルの従業員が新たに二人見つかったが、彼らの話は黒川と森かよ子、大原関から聞いていた内容を出るものではなかった。また、両夜とも、肝心のホテルを出た後の男の足取りは摑めていなかった。

三村たち微医研組にしても、同様である。

彼らは今日、ウイルス持ち出しの可能性について質し、もしウイルスが微医研から盗まれたものだとしたら、その犯人である可能性が最も高い特殊病原体研究室々員の尾崎、江幡、叶、高見沢隆子、兼田の五人と、赤毛のカツラを被って峰田らに近づいた可能性もないではない女子所員を中心に、それぞれのアリバイの有無を調べた。

その結果、兵藤殺しのあった一日の夜九時半頃と、大原関が犯人らしい男を見た前夜十一月三十日の八時頃、尾崎、江幡、叶にはアリバイのないことが判明した。また、同じ三十日の夜と、峰田攻一が赤毛の女と寝た文化の日の前夜、高見沢隆子の居所も不明だった。

しかし、ウイルス漏出の可能性については、遠山所長、大室第一ウイルス研究部長とも

「絶対にありえない」と強い調子で否定し、尾崎がダメを押すように次のように付け加えた。
——昨日の中央日報に載った私たちの対談をお読み下されば、病原体の取り扱いがいかに慎重に行なわれているか、おわかりいただけると思います。誰にも気づかれずに病原ウイルスを持ち出すなど、できるわけがありません。高度安全実験室は、いわば三重にガードされた密室です。しかも、入退室はすべて帳簿に記録され、どんな場合でも、必ず二人以上で入らなければならないのですから。

報告が終わると、質疑応答と討論に移った。

捜査員たちの事件に対する見方は、

〈犯人はマスクとサングラスをかけた男であり、エボラウイルスの漏出と赤毛の女がそこになんらかのかたちで絡んでいるに違いない〉

という点では完全に一致した。

が、具体的な事実関係になると、まだわからない点や疑問点が多すぎた。

こうして十一時半近く、

〈ひきつづきウイルス漏出の可能性を追求すること、ニューワールドホテル周辺の聞き込みをさらに強めること、金曜日の夜赤毛の女がタクシーを降りた板橋第二小学校付近の聞き込みを開始すること〉

などを決め、長い捜査第一日目が終わった。

3

尾崎が言ったように、微医研の高度安全実験室には使用者に関する帳簿があり、その氏名、使用日、使用目的はもとより、入室時、退出時まで完全に記録されていた。

この帳簿をもとに、三村たちが、過去一度でもP_4実験室へ出入りしたことのある者をすべてリストアップしたところ、特殊病原体研究室員五人の他に、遠山、大室、それに微医研と微医研以外の研究者、合わせて十六名であった。

実験室へ入ったといっても、尾崎ら五人以外の者は、エボラウイルスを扱っていたわけではない。

が、三村は、この十六人もウイルスの持ち出しが可能だった第一次容疑者に数え、翌四日の火曜日、部下たちに彼らのアリバイ調べを指示し、自分は微医研へ向かった。

このリストにも多少関連して、昨日の尾崎の話に関して確かめたい点が出てきたからである。

微医研に着いたのは十二時四十分。

由希子の部屋を覗きたいのを我慢し、真っすぐ尾崎たちの控え室を訪ねると、昼休みらしく、彼と叶が雑談していた。

そこで三村は、叶の出してくれた椅子にかけ、さっそく尾崎に訊いた。

「昨日のお話ですと、実験室へは必ず二人以上で入られるということでしたが、これは間違いありませんか？」

「ありません」

と、尾崎が答えた。

「となると、実験に使用中のウイルスを一緒に入室した者に気づかれずに持ち出すのは、確かに難しいかもしれませんが、どこかにウイルスの種(たね)のようなものが置いてあるんじゃありませんか？」

「ああ、ウイルス・ストックね」

尾崎が唇に笑みを滲(にじ)ませた。

どうやら、この男も笑うときがあるらしい。

「ウイルス・ストックというんですか？」

「そうです。プラスチックのアンプルに封入して凍結させた、あなたの言われた、いわばウイルスの種です。私たちはその種を安全キャビネットのなかで取り出し、サルの腎臓由来の細胞に植えて増やし、いろいろな実験、研究をするわけです」

「それはどこに保管してあるんでしょう？」

「P_4実験室内に置かれた大型冷凍庫(フリーザー)に、マイナス七十度で保存されています」

「それだったら、誰かと一緒でも、気づかれずに持ち出せたんじゃありませんか？」

たとえ、直接はエボラウイルスを扱わない者でも——。

そう、三村は考えたのだった。

「いや、無理ですね」

尾崎がにべもなく言った。

「無理？　どうしてです？」

「すべてのアンプルには物質名、製造年月日の他にナンバーが入っていて、使用した場合、ノートのその番号を消し、同時に使用者、使用目的、使用月日を記入するようになっているんです。そのノートとストックの数は私と大室部長が月に一度ずつ点検していますが、不審な点や異常は一度も見つかっていません。ですから、単純に盗み出すのはむろん、実際に使用しないのに使用したかのようにノートに記入し、その分アンプルを持ち出すなどということも、何度も申し上げているように、一人で実験するわけじゃありませんから、絶対に……私にだってできません」

尾崎はこの後、所長の特別許可を取り、叶とともに三村を高度安全実験室へ案内した。そして、エボラウイルスのストック五十八本——種だというから三村はもうすこし少ない数しかないと思っていたのだが——のアンプル番号、数量とも、ノートの記載と相違のない事実を目の前で確かめてみせた。

三村は多少気落ちして、捜査本部へ戻った。するとそれを埋め合わすように、一つの朗報が待っていた。

兵藤を殺したと思われるマスクとサングラスをかけた男が一日の夜ニューワールドホテルを出た後どこへ行ったか、がわかったのだ。

それは、外堀通りを挟んでニューワールドホテルの反対側に建つ赤坂クイーンホテルで、目撃者はそこのベルボーイであった。

目撃の時刻は十時頃。ニューワールドホテルのロビーから出て行くのをフロント係の黒川が見たのが九時五十五分頃だから、その直後だ。ベルボーイが客の荷物を部屋へ運んで一階まで降りてきたところで、その男は彼と入れ違いに一人でエレベーターに乗り、五階まで昇ったらしい。五階というのは、ベルボーイが何気なく階数表示の数字を見ていたら、明かりが⑤のところまで移動して止まったからだという。

三村は、帰署したばかりの四人の刑事を伴って、赤坂クイーンホテルへ応援に駆けつけた。ホテルの従業員と、連絡がつくかぎりの当夜の宿泊客——特に五階の客——に聞き込みを行なうためである。

こうして、夕方までには、男の目撃者が新たに三人見つかった。ベルボーイの目撃と同じ十時頃、外からロビーへ入ってくる男を見たという者が一人と、それよりかなり前の九時十五分頃、ロビーを玄関のほうへ歩いて行く男に出会ったという者が二人、である。

これらに、九時二十五分頃兵藤の部屋へ入る男を見た、という森かよ子の証言を合わせると、男の動きは、次のようになる。

九時十五分（赤坂クイーンホテルを出る）↓九時二十五分（ニューワールドホテルの兵藤の部屋へ入る）↓九時五十五分（ニューワールドホテルを出る）↓十時（赤坂クイーンホテルへ帰る）

つまり、男は赤坂クイーンホテルからニューワールドホテルへ行き、また赤坂クイーンホテルへ戻ったのは確実とみられた。

では、男はクイーンホテルのどの部屋から出て行き、どこへ戻ったのか？

調べたところ、当夜五階に連絡不能の偽住所で泊まっていたのは高知理恵という女が一名だけであり、彼女のレジスターカードは左手で前もって記入されたらしいものであることが判明した。

フロント係によると、赤毛ではないが、身長一六〇センチ前後の、濃いブルーのサングラスをかけた若い女だった、という。彼女は三万円の前金を払って泊まり、翌日メードが掃除に行くと、寝た形跡のないベッドの上に部屋の鍵が置かれていた。

以上の事実から、男はこの「高知理恵」の部屋から出て行き、彼女の部屋へ戻った可能性が極めて高い、と考えられた。

つまり、男は女の部屋で髪をオールバックに撫でつけ、マスクとサングラスをかけてニューワールドホテルの兵藤の部屋へ行った。そして、彼を殺害後、赤坂クイーンホテルの女の部屋へ帰って元の姿に戻り、悠々とホテルの玄関を出てタクシーか電車で逃げた——。

赤毛の女と同一人と思われる「高知理恵」も、その後でホテルを出たにちがいない。

4

しかし、幸運はそこまでだった。赤坂クイーンホテルの「高知理恵」の部屋はすでに別の人が泊まった後であり、二人の身許を示すような物は何も見つからなかったのだ。

さしたる進展がないまま二日が過ぎ、七日の金曜日になっても、赤坂クイーンホテルを出た後の男と「高知理恵」の足取りは摑めず、板橋第二小学校付近の聞き込みからも、赤毛の女の素性、アジトを探る手掛かりは得られなかった。

同様に、三村たち微医研班の捜査も行き詰まりを見せていた。

いくらウイルスが微医研から持ち出された可能性が高いといっても、それは三重の〝密室〟のなかにあり、〝持ち出し不可能〟の厚い壁が前に立ち塞がっているかぎり、どうしようもない。

それとは別に、P_4実験室へ出入りした研究者のうち、誰が犯人であっても、ウイルスを持ち出した肝心の動機がわからなかった。

〝世間を騒がせて喜ぶ愉快犯的な動機〟〝世に受け入れられない人間の妬みか恨み〟〝なんらかの警告〟

——こういった場合も考えられないわけではないが、いずれもしっくりこない。

さらに、

〝一種の人体実験〟〝誰かに罪を被せて陥れようとした〟〝自分の研究が脚光を浴び、より高い評価を得るようにした〟

——といった動機も考えられるし、最後の点については、三村たちが最も強い疑いを抱いている尾崎、江幡、叶について一応当てはまる。

三人とも学界では知られた存在だったかもしれないが、今度のエボラ騒動が起きるまで、国際伝染病の名同様、一般にはほとんど無名といってよかった。それが、今やマスコミに引っ張りだことなり、特に室長の尾崎は日本における国際伝染病研究の第一人者として喧伝されている。また、エボラワクチンに道を開くかもしれないという研究をアメリカでしてきた叶も、次第に大きな注目を集めつつあった。

しかし、尾崎でも叶でも、そして江幡でも、こうした動機だけで今度の犯罪を計画し、実行に移したと考えると、やはり弱い感じがするのである。

三村が注目すべき話を聞いたのは、こういうこだわりを感じながらも、四度目に微医研を訪ねた七日の午後だった。

昨日、《エボラ、持ち出しの真相!!》というメモの跡を公表したため、研究所員たちは概して冷淡で素っ気なかった。だが、どこにも、アウトサイダーを気取った皮肉屋はいるものらしい。三村が当たったその三十五、六歳の研究員もそうしたタイプらしく、

――ウイルス・ストックなど、別の中身の入ったアンプルと差し替えておいても、元のラベルさえ貼っておけばわからんですよ。

と、人を小馬鹿にしたような笑みを唇の端に浮かべて言ったのである。

――ストックは五十本以上あるわけだし、冷凍庫の下の方に入れておけば、その偽物が使われる確率はきわめて低いですからね。いずれ、余分のストックを作って再び本物と差し替えておく機会だって生まれるかもしれない。

――本当ですか！

三村は思わず声を高めて訊き返した。

すると、研究員は、しまった、まずかったか……という顔をしたものの、すぐに虚勢ともとれる笑みを唇に戻し、「そうだ」と認めた。

これは、かなり重大な意味を持っていた。もし、彼の言う通りなら、ウイルス・ストック

の数量、ナンバーがいくらノートに合っていようと、〝ウイルスが誰にも持ち出されていない〟という証明にはならないからだ。

三村は五階へ上がり、控え室にいた尾崎と江幡に、この話をぶつけた。

尾崎が白い顔をこわばらせ、江幡の方は口許を歪めながらも、その通りであることを認めた。

「アンプルの中身がラベル通りかどうかを調べるには、どうしたらいいんですか？」

三村は二人の顔に等分に視線を当て、その反応を観察しながら訊いた。

「血清学的検査なら簡単ですが、百パーセントの正確さを期するなら、一本一本別々に培養して調べる以外にないですね」

江幡が三村の視線を正面から迎えて言った。

「その点検をやっていただくわけにはいきませんか」

江幡と尾崎が、どこか互いの心の内を探り合うように顔を見合わせた。

「ストックが五十八本もあって、大変だとは思いますが」

「いや、今回日本の患者から検出されたウイルスはスーダン株に近いものでしたから、点検は、ザイール株、スーダン株と二種類あるうちの片方だけですみますがね」

江幡が言い、どうする、と尾崎に目を向けると、

「うん」

尾崎の白い顔が考えるようにうなずいた。

「このまま、いつまでもあらぬ疑いをかけられているより、すっきりさせたほうがいいんじゃないか」

「それはそうだが……ただ、我々だけじゃ決められん」

「わかりました。それでは私のほうも上司に相談し、所長さんに申し入れるようにします」

三村は言った。

これで、〝持ち出し不可能〟の壁だけは破れるかもしれない、と胸に微かな昂り(たかぶり)を感じながら。

5

その頃、会社を早めに出た大原関は新宿で途中下車し、S・Sクリニックのある花園神社の方へ向かって歩いていた。

エボラウイルスに感染しているおそれがあるというので荏原病院に隔離されていた佐々が、ようやく解放され、診療を再開したからだ。

それにしても、この新宿という街は、いつ来てもごみごみしたところだと思う。エボラ騒ぎで少しは人が減っているかと思うと、まるでそんな様子はない。髪を赤茶色に染めるのが大きな流行になり、ホステスのなかには、「私があの赤毛の女よ」などと囁いて客の人気を得ている者もいるというから、不思議だ。

ところで、エボラ出血熱の患者は、今では九人を数えていた。うち死者は五人で、患者、死者ともまだ増える気配を見せている。四谷、新宿地区を担当していた生ゴミ収集会社の作業員が死後エボラ出血熱と判明し、すでにそのときは彼の妻、彼を診た医師と看護婦が感染、発病していたからだ。作業員が死亡しているので、彼への感染経路を辿るのは難しいが、発病日から逆算して感染は峰田、金森、平とほぼ同時期と見られ、彼ら同様、赤毛の女からうつされた可能性が高いらしい。

エボラについて、非常に恐ろしい病気という初めの「宣伝」にしては、十人足らずの患者と五人の死者しか出ておらず、たいしたことないではないか、といった声も最近聞かれる。しかし、これは大間違いである。いわば、陰性な病気のエイズなどと違って、感染後すぐに激しい症状を示す陽性な病気のため、比較的発見しやすく、極めて厳重な隔離が行なわれているので、この程度ですんでいるのである。もし油断したら、新宿など恐怖の街と化すだろう。

大原関は靖国通りを渡り、ゴールデン街と背中合わせの四季の道へ入って行った。疎らな木立に挟まれた石畳の歩道の公園だ。

ウイルスの感染経路、さらに兵藤の事件について考えながら、歩いて行く。

途中、法事帰りらしい黒い式服の女二人と擦れ違い、一昨日の兵藤の葬式が思い出された。殺されたという事情から、誰もが表面沈痛な面持ちをしていたが、裏では女の話などが興味本位に囁かれていた。

兵藤には女がいたらしい。その女は今日の葬式に来ているだろうか。横浜のホテルで一度見かけたが、三十くらいの奇麗な女だった。警察にも、その女の素性はわからないらしい……。

大原関は兵藤があまり好きではなかったが、そうした囁きを聞いたとき、死んだ彼が可哀相になった。

目を真っ赤に泣き腫らした兵藤の妻の顔がちらついた。中学生と高校生だという二人の娘の姿が浮かんだ。彼らは、これからどのように生きていくのだろうか。

そう思ったとき、彼らの像は妻の頼子の顔に重なり、

――あなた、私と真之のためだと思って玄米二食にしてちょうだい。

という声が耳朶に甦った。

大原関はちょっと慌てて、

「フン」

鼻を鳴らしてその妻の声と顔を振り払い、再び思考を兵藤の事件に集めた。

今日の朝刊は、昨日警察が公表した現場の部屋にあったメモについて一斉に報道した。

《エボラ、持ち出しの真相!!》とレターペーパーに書かれた文字の圧痕だ。直接書かれた文字ではないため、筆跡鑑定は難しかったらしいが、兵藤の書いたものと見てほぼ間違いないという。

この報道に合わせ、中央日報を含めたほとんどの新聞が、エボラウイルスはこれで故意に実験室から持ち出された可能性が強まった、と書いていた。犯人を微医研内部の人間と断定しているものこそなかったが、エボラウイルスは微医研以外にはなく、その持ち出しは外部の者にはほとんど不可能である、とも。

つまり、事件の筋は三村が初めに電話で大原関に言ったようなものであろう、とマスコミの多くが暗示していたのである。

犯人は、微医研からウイルスを持ち出した男と、そのウイルスを峰田らに感染させた女の二人。このうち、女の方を兵藤が突き止め、真相を聞き出そうとしたため、男によって殺された。兵藤が男をホテルの自分の部屋へ入れている事実から、男は兵藤と顔見知りか、あるいは、女に代わって自分の口からすべてを話すといった口実で、彼の部屋を訪ねたに違いない――。

大原関も、今ではこの見方にほとんど異論がない。

といって、全然、疑問がないというのではなかった。

もしこの通りなら、女はなぜ誰かの立ち会いのもとに話すなどと言い、殺人の前夜わざわざ自分の前へ姿を現わしたのか、と思う。自分がニューワールドホテルへ行ったとき、なぜ男まで一緒にいたのか。二人はロビーで何をしていたのか……。

彼は四季の道を出、二、三十メートル先に建つ六階建ての小さなビルへ入って行った。赤毛の女はひょっとしたら自分の知っている人間かもしれない、と思いながら。

薄暗い階段を上り、磨り（す）ガラスのはまったドアを押した。

細長いガラスのテーブルとソファを置いた待合室には、誰もいない。

「あら、大原関さん」

と、受付カウンターの奥にいた斎藤明美が、週刊誌から顔を上げて迎えた。

「エレベーターくらい付けろって、明美ちゃん、管理人に言っといてよ」

大原関はブレザーのポケットからしわくちゃのハンカチを取り出して、顔の汗を拭（ぬぐ）った。

「相変わらずね。もう十二月よ。あ、それより、しばらく見ないうちに、また一段とお腹（なか）が出たんじゃない」

明美がいたずらっぽく目を笑わせた。

「バカ言え、これでも涙ぐましい努力をして二キロ痩せたんだぞ。明美ちゃんこそ特別休暇をもらって、太ったんじゃないの」

佐々が隔離されている間、当然この医院は休みだったのだ。

「そうなの。お友達はいないし、やることがないから、毎日テレビばかり観ていたでしょう、やんなっちゃう」

明美はそこでニヤリとして声をひそめ、「でも、先生ほどじゃないわ」

「そんなとこだと思ったよ。どうせ、毎日美味(うま)いもの食って、週刊誌でもパラパラやってたんだろうからな。俺もたまにゃ隔離でもされて、のんびりしたいよ」

「大丈夫、大原関さんも今に隔離してもらえるわ。ただし、断食道場にだけど」

「おいおい、何をいつまで無駄口たたいとるんだ」

二人が話していると、白いカーテンを分けて佐々がのっそりと姿を現わした。確かに、頬のあたりに前より肉がついている。

「ああ、先生、無事でしたか。いえね、このクリニックはいつ来ても待合室に人がいたためしがないんで、いつ潰(つぶ)れるかって明美ちゃんと話してたんですよ」

大原関は澄まして言った。

「ほう、天下の中央日報さんがうちなんかの心配してくれるとは、ありがたい」

佐々が顎(あご)を撫でながら応じた。「ただね、それなら、せめてS・Sクリニックの医師がエボラ熱の疑いで隔離された、なんていう記事は取り消してくれんかね。あのおかげで、どうやらしばらく開店休業だよ」

「それで、松枝さんも見えない？」

「早く帰ったよ。どうせ来るのは断食道場の紹介状を書けばすむ患者だけだからね」

言って、佐々が診察室へ入るよう促したので、

「もうちょっと休ませてくださいよ」

大原関は手を振り、後ろのソファに腰をおとした。「まだ休み足りないって心臓が文句言ってますし、これじゃ血圧がはね上がっちまいますからね。それより先生、エボラ患者のヤクザを診たときの話をしてくれませんか」

「話たって、君が新聞で読んだり、テレビで観たりした通りだよ」

「厚生年金会館裏のマンションへ行って、二人のヤクザの手を取ったり、胸を開いたりして診たわけですか？」

「そりゃ診たさ。何もしないですぐ届け出たわけじゃない」

佐々も大原関の前のスツールに腰をおろし、煙草に火を点けた。

「その前に、車で迎えにきた角井組の奴が、もしかしたら例のエボラ熱じゃないかって言った、というのは本当ですか？」

原から聞いた話を確かめた。

「ああ。金森と平は赤毛の女と寝たと言っているし、ひょっとしたらエボラかもしれない、それで二人を同じマンションの一室に寝かせて誰とも会わないようにしてあるから、もし僕が診てその疑いが濃かったら届け出などよろしく頼みたい。そう言われた。実はそれより前、親分の角井自身から、多少気になる事情があるので頼む、という電話があったんだが」

「赤毛の女と寝た、と言っているからって、彼らによくそこまで気が回りましたね」

「彼らだって伝染病は恐いから、用心したんだろう」

「峰田は発病の十日前に赤毛の女と寝たと覚えていた……というか、はっきり思い出したらしいのに、金森と平は女と寝た日にちなど、かなり記憶が曖昧だったようですが」

「うん、僕は車で迎えにきた角井組ナンバー3（スリー）の和久沼という男から、その日の八日前の日時を聞いていたんで、二人に『そうか？』と訊いたら、二人とも『そうだ』とうなずいたんだが……」

「それが、隔離されてからの調べで、平はその晩新宿にいなかった事実がわかった。そして結局二人の記憶は一致せず、女を拾った場所と十一時頃という時間はわかっていても、肝心の日にちがはっきりしなくなった？」

「日にちだけじゃない。病院に入っているとき読んだ新聞によると、二人の場合、赤毛の女に関する記憶も曖昧というか、細かい点は言葉をにごしていたみたいじゃないか」

何か含んだような佐々の物言いに、大原関は問うように彼の顔を見つめた。

「いやァ、毎日することがないんで、ひょっとしたら二人は何か隠しているんじゃないか、と勘ぐったりしたんでね」

佐々が笑って、煙草を灰皿の上へ伸ばした。

「隠すって、何をです？」

「考えられるのは、赤毛の女と寝た日か、女そのものについてくらいだが……」

「日にちが曖昧なのは、俺だって何かした日が先週の火曜だったか水曜だったかわからなくなるなんてのはしょっちゅうだから不思議じゃないとしても、自分が寝た女の顔くらいは覚えていますね」

「うん」

「ということは、金森や平は、女について何かを隠していた？」

「いや、まあ、これは僕が退屈まぎれに考えただけのことだから、なんとも言えんよ」

確かに証拠はない。

だが……と大原関は思った。金森と平が赤毛の女の素性を知っていたということは、ありえないだろうか。もしなんの関わりもないのなら、二人揃って曖昧な答え方をしたのはなぜか。すでに二人とも死んでしまっているので、彼らの口から確かめようはない。それだけに、彼はいっそう気になった。

「どうだね、それより君の特大の心臓はそろそろ落ち着いたかね？」

佐々が煙草をつぶして訊いた。

「ええ、まあ」

「じゃ、ヤクザの話は終わりにして……」

佐々が腰を上げ、大原関もつづいた。

緊張して診察室へ入り、上半身はだかになって座る。

佐々が腕にバンドを巻き、ゴム球を押しながら二度水銀柱の上がり下がりを読んだ。二度目は、ゆっくり深呼吸するように促してから。

バンドを解いた佐々の顔を、大原関は窺った。このときだけは、完全に医師と患者である。佐々は顎を左手の三本指でつまみ、何やら考えるような目をカルテにじっと向けている。いつもながら、どうにも嫌な時間だ。

「いくつですか？」

大原関は我慢しきれなくなって、訊いた。

「うん……」

「上がったんですか？」

「いや、上のほうは少し下がっている」

「下のほうは？」

「……」

「いくつなんですか？」

「一七二と一〇三だ」

大原関は目の前がフーッと暗くなるのを感じた。

「どうだろう？」

少しして佐々が顎から手を離し、大原関の方へ真剣な目を向けて言った。「冗談じゃなく、前に言った一日玄米二食にしてみる気はないかね？　くろくて見た目には悪いが、圧力釜で炊いた玄米なら結構香ばしくて美味い。噛めば噛むほど甘みが出るし、一杯をよく噛んで食べると、白米二、三杯分の腹ごたえは十分ある。ビタミンB_1、Eは豊富で栄養学的にも申し分ないし、繊維分も多いので通じもよくなり一石二鳥、いや、三鳥くらいにはなると思うんだがね」

「本当に痩せて、血圧も下がりますか？」

断食よりはましかもしれないと思いながら、大原関は訊いた。

「間食をしないで二ヵ月もすれば、かなり腹がへっこむし、血圧も下がるはずだよ」

大原関は、身体から力が抜け落ちていくような気がした。朝と夜一杯ずつの玄米ごはん。昼食、間食一切なし。それが二ヵ月……いや、もしかしたら、これから一生つづけなければならないかもしれないのだ。大好きなラーメンも手打ちうどんも食べられない。それならいっそ断食して、普段は好きな物を食べた方がいいんじゃないか。

「では、断食をしたらどうですか？」

「もちろん断食もいい。ただし、その後でまたこれまで通り食べれば、すぐ元に戻ってしまうがね」

「じゃ、三週間もかけて断食しても、その後、節食ですか？」

「そりゃそうさ」

佐々が当たり前じゃないか、という顔をした。他人の問題だと思って。自分は隔離されている間に太ってきたくせに。

大原関は、目の前の髭面が少し憎らしくなった。畜生、もうどうにでもなれ、と半ばやけ気味に思った。ああ、顔中に汗を浮かべて食べる、あの大盛ラーメンのない人生なんて……。しかし、一七二と一〇三の血圧、毎日つづく頭痛、肩こり、階段をちょっと上っただけで感じる息切れ。やっぱり、このままポックリなんて、まだいきたくない。秋田支局時代のように、自分の身体を意識することなく飛び回りたい。妻と真之だって……。

「先生、もう俺のことはいいですよ。それより、今晩は先生の出所祝いに一杯やりましょう」

脳裏に浮かんだ妻と息子の顔を振り切って、彼は言った。

「まあ、一杯は大歓迎だが、ただ君の場合は飲むというより次から次へと料理を……」

「今晩ぐらい、いいじゃないですか。食い納めですよ、食い納め。明日からは玄米でも断食でもやりますから」

「うむ……。しかし、いくらアルコールの誘惑に弱い僕でも、多少は医師としての良心を持ち合わせているからね」

「良心も血圧も糞食らえですよ、先生。今夜はとにかく何もかも忘れてやりましょう。明美ちゃんも誘って三人で大いに愉快に、アハハ……」

大原関は淋しかった。

―

第六章　大きすぎた穴

1

警察の指定したウイルス学者立ち会いのもとに、微医研にあるエボラウイルス・スーダン株のストック三十一本のすべてについて点検が終わったのは十二日、翌週の水曜日だった。

結果は、

〈ラベルと中身の異なるアンプルは、一本も存在しない〉

期待していた三村は、少なからずがっかりした。ウイルスが微医研から持ち出されたと仮定してかかるのは間違いかもしれない。そんな迷い、弱気さえ頭をもたげてきた。

これは、〝持ち出し不可能〟の壁が破れなかったためばかりではない。事件に対する彼らの見方では説明しきれない疑問点がいくつか、依然そのままになっていたからでもあった。

その第一は、やはり動機である。

誰を犯人と考えても、殺人ウイルスを実験室から故意に持ち出すほどの動機が、いま一つしっくりこない。

二番目は、被害者の兵藤が、なぜ犯人に後ろから殴られるというスキを見せたのか、という点だ。

赤毛の女に代わって真相を話すといって訪れた犯人を、彼が部屋へ入れたのは、わからないではない。が、犯人が殺人ウイルスの持ち出しという重大な犯罪の告白に来たのなら、たとえそれが顔見知りであったにせよ、十分用心して然るべきであろう。それなのに、彼は椅子に座った位置で背後から襲われているのだった。

三番目は、後になって気づいたことであり、ウイルスの持ち出しと直接関係しているわけではないが、犯人がニューワールドホテルで兵藤を殺した後、なぜ赤坂クイーンホテルへ戻ったのか、という点である。

「高知理恵」の部屋で髪をオールバックにし、マスクとサングラスをかけてからニューワールドホテルへ向かったのはいい。しかし、犯行後は、人通りのない薄暗い場所でマスクとサングラスを外し、髪型を適当に変えて逃げればよかったはずである。それなのに、目立つ恰好で赤坂クイーンホテルへ引き返しているのは、なぜか?

そして最後、四番目は、今の疑問にも多少関連して、犯人の男はなぜ前の晩大原関に見られたのと同じ服装、同じ恰好をして兵藤の部屋へ行ったのか、という点である。

別の恰好をして行けば、森かよ子に見られても、赤毛の女とすぐに結びつけられることはなかったはずである。それなのに、なぜ同じ服装、同じ恰好だったのか？　わざと誰の犯行かを示したかったとも思われるが、もしそうなら、どうしてか？

こうした疑問点があるからといって、ただ、三村はこれまでの線を放棄したわけではなかった。

やはり、多くの事情、事実が、〝ウイルスの持ち出し〟を指し示していたからだ。

犯人らしい男と赤毛の女との絡み、二人が名乗り出ていない事実、《エボラ、持ち出しの真相!!》のメモ、兵藤が大原関にウイルスの感染経路を突き止めたと暗示していること、もしウイルスが外国から入ってきたものなら、その感染経路を知られても殺す必要はなかったはずだという点……と。

三村は気を取り直して、ウイルスを持ち出した方法について、再び考えはじめた。

すると、アンプルの点検により、容疑者が前より限定された事実に気づいた。

これまでは、高度安全実験室へ出入りしたことのある二十一人（尾崎ら五人＋十六人）全員が第一次容疑者であり、うちアリバイの成立した十二人を除く九人が第二次容疑者だった。尾崎ら特殊病原体研究室員（アリバイのある兼田を除外して四人）も、今までは最も容疑の濃い人間、にすぎなかった。

ところが、今回の点検によって偽のアンプルとの入れ替えが否定され、たとえ実験室へ入っても、直接エボラウイルスを扱っていた人間以外にはウイルスを盗み出せなかった、とわかった。

となれば、ウイルスが微医研から持ち出されたものであるかぎり、犯人は〈彼ら四人のなかにしかいない〉となったのである。

——実験するときは必ず二人以上で入るので、仲間に気づかれずにウイルスを外へ持ち出すことは絶対にできない。

そう尾崎は言うが、必ずなんらかの穴があるはずだ、と三村は思った。

2

翌十三日（木曜日）の夜——。

その日もこれといっためぼしい成果の報告がないまま、捜査会議は十時半過ぎに終わった。

帰宅する刑事たちは急いで出て行き、三村たち数人が部屋に残った。

そのとき電話が鳴り、部下が出た。

責任者にということだったが、関根がトイレに立っていたので、三村が受話器を取った。

何やらのタレコミらしい。

「お電話代わりましたが……」

三村が言い出すより早く、

「今、テレビで遠山と尾崎が話していたのは、嘘っぱちだよ」

いきなり男の声がかぶさってきた。

「遠山と尾崎というと、微生物医学研究所の遠山所長と尾崎博士のことですか？」

多少面食らいながらも、三村は訊いた。

「ああ。今あいつら、ウイルス・ストックの数も中身も帳簿通りと確認されたし、実験室には必ず二人以上で入るんだから、エボラウイルスが実験室から持ち出されたなんてありえない、そう何度も言ってやがったのよ」

どうやら遠山と尾崎がテレビに出ていたらしい。

三村はそう思いながら、

「あなたはどなたですか？」

「俺のことはどうでもいいじゃねえか」

男が少し声を荒らげた。酔っているようだった。

「では、とにかくウイルスは高度安全実験室の外へ持ち出せた、というんですね？」

電話が切られてしまうのをおそれ、肝心の質問をした。

「少なくとも、実験室のなかにいつでも二人以上の人間がいる、なんてのは嘘だ」

「ということは、管理人室のノートには二人以上の名が書いてあっても、実際は一人で入ることもある？」

「いや、入るときは必ず二人以上だが、出るときはバラバラのこともあるってことよ」

「ノートはどうするんですか？」

「最後に出る者が退出時刻を記入していく」

もしこの話の通りなら、と三村は胸の興奮を抑えながら思った。実験室に残った人間にとって、余分のウイルス・ストックを作って持ち出すのは、さほど困難ではなかったに違いない。

「決してご迷惑はかけませんから、あなたのお名前と……」

もう一度三村が言いかけるや、男は電話を切ってしまった。

3

翌日の昼過ぎ、三村は赤坂東署の大越（おおごし）という若い刑事と、町田の先にある小田急線相武台前（そうぶだいまえ）駅に降り立った。

昨夜電話をかけてきた男は、話の内容、様子から、どうやら遠山や尾崎に反感を抱いている高度安全実験室の事情に詳しい人間らしい、と見当がついた。

そこで、三村たちが微医研へ行って聞き込みを行なったところ、去年の七月に依願退職した高度安全実験室の元管理人、山木善男（やまきよしお）という男が浮かんできたのである。

微医研で聞いてきた山木の住所は、駅から歩いて五分ほどのモルタルアパートだった。三部屋並んだ一階の真ん中である。木製のドアには、マジックで『山木』と書かれた薄汚れた広告の紙が画鋲で留められていた。

ノックすると、なかから、

「開いてるよ」

という、男のなげやりな調子の返事。

三村がドアを開けるのを待って、部屋の中央に置かれた炬燵から、のっそりと一人の男が立ち上がってきた。よれよれのジャンパーを着た四十五、六歳の男だ。男が前に来ると、アルコールの臭いが鼻先に漂った。

「なに？」

男が、胡散臭いものを見るような目を向けて、訊いた。

「山木善男さんでしょうか？」

男の問いには答えず、三村は先に確認した。

男の目に警戒の色が浮かんだが、

「山木さんですね？」

三村がもう一度問うと、男はうなずいた。

三村たちは身分を名乗り、尋ねたい件があるのだがいいかと断わって、狭い三和土に身体を入れた。

三畳分ほどの台所がついているが、部屋は六畳一間らしい。男の立ってきた炬燵の周りには、競輪か競馬の予想紙、スポーツ新聞、週刊誌、空の丼、日本酒のカップ瓶などが散乱していた。

「昨夜、警察へお電話下さったのは、山木さんですね？」

三村は男の濁った目に視線を当てて訊いた。

「ああ」

山木があっさりと認めた。

この男に間違いないと三村は確信していたのだが、「電話など知らない」と言い張られたら面倒だと思っていたので、ホッとした。

「山木さんのご協力には大いに感謝しています。ついては、昨夜の話をもう一度詳しく聞かせていただけませんか」

「詳しくったって、あんだけだよ」

山木が面倒くさそうに言った。

「お話は事実なわけですね？」

構わず、三村は質問に入った。

「事実だ」

と山本が肯定した。

「では、山木さんが管理人をしておられた頃、実験室内に誰かが一人で残っている、ということはよくあったんですか？」

「よくってほどじゃないが、あったよ」

「そんな場合、残った方は最長どれくらい一人でいたようですか？」

「もう忘れちまったが、二、三十分じゃないかな」

「この事実は、遠山所長や大室部長も知っていたんですか？」

「当然知ってたんじゃないの」

「管理人の山木さんたちが報告したわけじゃないんですね」

「しなくたって、自然に気づくだろう」

「山木さんたちとしては、規則を守ってほしいと申し入れることはなかったんですか？」

「あちらさんは偉い専門家の博士様たちなんだ、俺たちにそんなこと言えるわけがねえじゃねえか」

「じゃ、管理人さんたちは、それで今も口を噤（つぐ）んでいる？」

「まあ今は、尾崎か、もっと上の奴にはっきり口止めされてんのかもしんないけどな」

「規則を破って誰かが一人で実験室にいるとき、万一事故が起きたら大変だとは考えなかったんですか？」

「俺が？」

「ええ」

「まさか！　だいたい、誰かが持ち出してもしねえかぎり、菌が外へ逃げ出すなんてことァ絶対にねえんだよ」

「話は少し違いますが、山木さんはどうして警察へ電話して下さったんですか？」

「ど、どうしてって……」

山木が口ごもった。三村が意外に感じたほど、目に落ち着きがなくなった。

「そりゃ……」

山木が三村の視線を外した。「そりゃ、遠山と尾崎がでたらめ言ってやがって頭にきたからよ」

「電話番号はどこで調べたんでしょう？」

「案内で聞いた」

「捜査本部と言って？」

「ああ……いや、赤坂署と言ってだったかな」

捜査本部の置かれているのは赤坂署ではない。赤坂東署だ。

三村はふと、誰かに頼まれたのではないかという気がした。微医研のなかには、当然遠山や尾崎の主流派に冷や飯を食わされている者もいるだろう。といって、所内の人間が自ら夕レこみ、話の内容から警察に突き止められたら具合が悪い。それで、尾崎たちに反感を持っているらしい山木に目をつけ、なんらかの礼を条件に通報させたのではないか。当然、依頼の事実を口止めして。

「もしかしたら、山木さんは誰かに電話するように頼まれたんじゃありませんか？」

「な、なんで俺が……。そんなことァねえ」

山木の顔に、明らかに狼狽の色が浮かんだ。

三村は確信した。

だが、これ以上山木を追及しても益にならない。肝心なのは、実験室の出入りに関する彼の話が事実かどうかだし、通報を頼んだ人間はたぶん彼の前に姿を見せていないだろうから。

三村はそう思い、

「では、山木さんは、なぜ微医研を辞められたんでしょう？」

「酒よ。あいつらは平気で規則を破ってやがるくせに、俺が夜ちょっと酒を飲んだからって
……畜生！」

山木の口から酒臭い唾が飛んできた。

三村は山木に礼を言い、大越とふたり、狭い玄関を出た。

外の空気がひどく新鮮なものに感じられた。

これで一つの山を越えた、と思った。目の前に立ち塞がっていた厚い壁。それは、意外な

部分に意外な穴が空いていた。その穴はむしろ大きすぎて、かえって今まで見落としていたのだった。

実験室には必ず二人以上で入る、と何度も強調していた尾崎の白い顔が浮かんだ。

あれは、室長としての立場からだったのだろうか。それとも、個人的な理由からだったのだろうか。


重なるのは悪いことばかりではないらしい。三村たちが本部へ戻ると、もう一つ、努力が実を結んでいた。赤毛の女がタクシーから降りた板橋第二小学校付近の聞き込みを、当初より範囲を広げてつづけていた班が、多少気になる事実を摑んだのだ。

きっかけは、小学校から五、六百メートル離れた池袋本町二丁目のアパートに住む中年の女性が、

――隣室に、ほとんど帰ってこない女が三週間ほど前から住んでいる。

と、話したことだった。

これを聞いた二人の刑事は、あるいはと思い、近くに住む家主と周旋屋を訪ねた。

その結果、わかったのは、

〈借り主は年齢二十六、七歳、身長一六〇センチ前後、赤毛ではないが長い髪をした水商売風の色っぽい女〉

だという事実である。

女は、勤め先の寮にいるので徐々に荷物を運んで移ってきたいと言い、契約時に敷金、礼金、十一月分の家賃の半端と十二月分の家賃を前払いした、という。

名は、坂井江梨子。赤毛の女と同一人と思われる女が赤坂クイーンホテルに部屋を取ったとき使った名、高知理恵と似ていなくもない。

刑事たちは、契約書に記載されていた本籍地、勤務先のいずれにも該当する女が存在しない事実を確かめた後、家主に頼んで、彼女の借りた四畳半に台所のついた部屋を入口から覗(のぞ)かせてもらった。

すると、なかには何一つ荷物がなく、生活のにおいがまるで感じられなかった。

4

同じ日の夕刻——。

人通りのない狭い通りに薄闇が漂い、その建物の一階の窓には灯がともっていた。

新宿六丁目の裏通りに建つ、三階建ての小さなコンクリートビルだ。一階の半分がガレージになっていて、メルセデスベンツが通りに尻を向けて入っている。

ガードレールのない反対側の歩道を歩いてきた大原関は、建物のドアの『角井商事』の文字に、ここか……と口のなかでつぶやき、足を止めた。

――エボラ熱で死んだ金森と平は、赤毛の女について何か隠していたのかもしれない。佐々のこの言葉が気になり、もし彼の想像通りだったら、ひょっとして角井組の連中も赤毛の女に関して何か知っているのではないか……大原関はそんなふうに思った。

そこで、近くのT医大へ取材に来たついでに、角井組の事務所を見てみよう、と少し回り道をしたのである。

二階と三階の窓は暗く、明かりのついている一階にも人の動きは感じられない。

外から事務所を見たくらいで何か摑めるわけがないし、そう期待してきたわけではないが、これではどんな人間が出入りしているのかも、わからなかった。

一、二分立っていると、寒くなってきた。師走も半ばなので当然かもしれないが、彼は昼抜きの空腹のせいだと思った。佐々と飲み……というか食べ歩いてから思い切って玄米二食に踏み切り、今日で一週間目だったのだ。

いつまでもこんなところに立っていたのでは、怪しまれる。

彼は通りの左右を見、ブルッと身体を一震えさせて歩き出そうとした。

そのとき、ビルのドアが勢いよく開き、二人の男が飛び出してきた。

「テメェ、何してやがんだ!」

男たちは彼の進路と退路を断つように、左右斜め前に立った。

左側はパンチパーマをかけた三十前後の肩幅の広い男、もう一方は、つるつるの坊主頭をした十八、九の目の細い男だ。二人とも、黒いダブルのスーツを着ている。

「何って、通りかかっただけですよ」

まずかったか、と思いながら大原関は言った。

「そこに立って、ずっとうちの様子を探っていたじゃねえか」

年上のパーマが、凄(すご)みをきかせた声で言った。

よく見ると、左目の上にひきつれた傷痕(きずあと)がある。

こいつら、なかから窺(うかが)っていたのか。そう思い、大原関は緊張した。

「探るなんてとんでもない。疲れたので少し休んでいたんです」

「野郎、舐(な)めんじゃねえ！」

スキンヘッドが息巻いた。

「嘘じゃない。こんな身体(からだ)だから、すぐ息切れがして疲れるんだ」

「でたらめ言いやがると、ためにならねえぜ」

傷が顔を近づけ、睨(ね)め上げた。

「本当ですよ」

「よし、そんならとっとと行け！　もし今度ウロウロしているのを見たら、ただじゃすまねえからな」

大原関は放免され、歩き出した。

三、四十メートル行って角を曲がるとき、さり気なく窺うと、男たちはまだ立っていた。追ってくる気遣いはないはずなのに、明治通りに出、人混みに紛れて交差点を渡り終わったときは、ホッとした。

角井組については、原に頼んで調べてもらおう。そう思いながら、新宿駅まで歩くために左の道へ入った。新大久保の方が少し近かったが、乗り換えが面倒だったからだ。

歌舞伎町のホテル街である。道の両側は、紫やピンクの灯が目立つラブホテルばかり。人通りはあまりないし、静かで、薄暗い。一人ではなんとなく通りにくい場所だが、後学のために適当に左右へ目をやりながら歩いて行くと、四、五十メートル前方の角を曲がってきた女が、一瞬、驚いた気配を見せて足を止めた。まるで、具合の悪い場所で知った人間に出会ったかのように。

大きなサングラスをかけているし、離れているので、顔の細かい作りはわからない。年齢は二十二、三からせいぜい七、八か。服装の色はワインレッドで統一している。ブーツ、ミニスカート、革のブルゾンと。ブルゾンの下は黒の丸襟ブラウスで、遠目にも胸が豊かにふくらみ、その間に金色のネックレスが光っていた。

女はすぐに何事もなかったかのように歩き出したが、手前の路地へ逃げるように入ってしまった。

誰だろう、自分の知った女だろうか。大原関は怪訝に思いながら足を速め、女の入って行った路地の入口まで行き、奥を覗いた。

すると、真っ先に女の大きな尻が目にとまった。急いでいるせいか、男のような歩き方だ。それを見て、彼の脳裏に一人の女の姿が浮かんだ。その女がスカートをはいているのを、彼は見たことがない。化粧した顔も。だが、一五六、七センチの身長と大きな尻、豊かな胸に共通点がある。

女の姿が消え、自分の想像を確かめようがないまま、彼は再び歩き出した。

少し行くと、急に賑やかな通りへ出た。七、八十メートル先は、もうコマ劇場である。金曜日なので特に人の出が多いようだ。

右へ折れたとき、彼は、通りの反対側を歩いてくる一人の見知った男を認めた。薄い茶のサングラスをかけた微医研の江幡英彦だ。

江幡の方はこちらに気づかず、たった今彼の出てきたホテル街へつづく道へ入って行く。

その後ろ姿を見送り、大原関は確信した。

赤いミニスカートとブルゾンの女――あれは高見沢隆子だったに違いない。

二人が人目を忍んでラブホテルへ行く仲だったらしいことは、かなり意外であったが。

第七章　過去からの声

1

十二月十五日、夜——。

電話が鳴った。

由希子は読んでいた雑誌から顔を上げ、時計に目をやった。

十一時十八分。土曜日とはいえ、かなり遅い電話だ。

郷里の両親はもう寝ているだろうし、誰だろうか。

そう思い、何人かの友人の顔を思い浮かべながら、本立ての横に置いてある電話台の前に立ち、受話器を取った。

「もしもし、水城ですが」

——無言。

いや、一拍の間をおいて、

「水城由希子さんね？」

少しかすれた、どの知人のものでもない女の低い声が伝わってきた。早口の、囁くような声だ。

「はい」

誰だろうと怪訝に思いながら、由希子は答えた。

「あたし、坂本エリ。ほら、七年前、微医研でアルバイトをしていた……覚えている？」

「ええ」

坂本エリならもちろん覚えている。誰が忘れられよう。だが、あの坂本エリがどうして突然……と由希子が奇異に感じている間もなく、

「じゃ、聞いて」

相手は聞きとりにくい早口でつづけた。「時間がないから」

男好きのするエリの顔が浮かんだ。同時に、彼女のハスキーな声も耳朶におぼろに甦る。といって、電話の声が、坂本エリの声とはっきり重なったわけではない。

「結論を先に言うわ。あんたのお姉さんのことで重大な事実を教えてあげる。だから、すぐタクシーで目白のあたしのアパートまで来て」

「姉の何を……」

「七年前のこと」

由希子は生唾を呑み込んだ。

「七年前、あんたのお姉さんは殺されたのよ、仁科さんと一緒に」

エリがさらに声をひそめた。

「殺された……？」

坂本エリの言葉を、由希子は頭の裏に響く遠い声のように聞いた。

しかし、すぐに、それは彼女をとらえ、全身を包み込んだ。

由希子は手が痛くなるほど受話器を強く握りしめた。あたりの空気が希薄になってしまったようだ。口が渇き、舌が張りついてしまう。

「これは、本当よ」

エリがつづけた。

「で、でも、どうしてそれを坂本さんが？」

由希子はやっと言った。

「仁科さんらしい人がプール脇に立っていた、って言ったのはでたらめ。ある人に頼まれて、あたしが嘘をついたの。そのうえ、あたしは何も知らないで殺人も手伝わされたのよ。あなたのお姉さんたちが死んだ日、昼、仁科さんのレンタカーに乗っていたのは、このあたしなの」

「あれが坂本さん……」

由希子は碌山美術館を背にした姉の写真を思い出し、「じゃ、誰が姉たちを殺したんですか？」

「七年前小学校のプールに結膜炎のウイルスを入れ、今度はもっと恐ろしいウイルスを実験室から持ち出した人」

「もっと恐ろしいウイルスって……エボラ？」

「そう」

「そ、それは、誰なんですか？」

由希子は息が詰まりそうだった。

「名前は後で言うわ。待ってるから、すぐに来て」

「でも、それを今頃なぜ私に……？」

「もう隠しているのが苦しくてたまんないのよ。それに、自分のしたことが恐くなったの。この前も思い切って、七年前に知り合った兵藤っていう記者に話そうとしたんだけど……。もしあんたが来なかったら、ひょっとして誰にも話せなくなるかもしんないわ。じゃ、アパートの場所を言うからね」

エリが一度言葉を切り、

「雑司（ぞうし）が谷（や）の鬼子母神に近い目白二丁目の……」

とつづけたときだった。

突然、電話の奥で「グッ！」という小さな声が上がり、次いで、

「た、たすけて……」

喉の詰まったような声が伝わってきた。

「ど、どうしたんですか？」

由希子は驚いて訊いた。「坂本さん、何かあったの？」

しかし、返事はなく、微かに呻くような声。

「坂本さん！　坂本さん、どうしたの？」

由希子は懸命に呼んだ。

と、受話器を落としたのかカシンという音が響き、つづいて何か擦れるような音がしたかと思うと、電話が切られた。

誰かがいるのだ。どうやら坂本エリは電話中に襲われたらしい。彼女が囁くような早口で話していたことから考え、彼女を襲った犯人は初めから隣室にでもいたのだろうか。

由希子は動転しながらも、とにかく警察へ知らせなければならないと思った。電話を一旦切り、一一〇番をプッシュしかけた。

が、途中で受話器を置いてしまった。果たして警察は自分の話を信用してくれるだろうか。坂本エリのアパートの名前さえわからないというのに――。

由希子は改めて受話器を外し、三村の自宅の番号をプッシュした。彼に処置を頼もうと思

ったのだ。もし坂本エリの話の通りなら、彼の担当している事件にも関係があるはずだから。

「三村ですが」

ベルが二度鳴って、三村の声が出た。幸い今夜は帰宅していたらしい。

由希子は簡単に事情を説明し、急いで坂本エリのアパートを探してほしいと頼んだ。詳しくはこれから行って話すから、と。

「わかりました。すぐにアパートを探し、パトカーを急行させます。それから、お話は私が行って伺いますので、万一の用心のため、水城さんは部屋から出ないで下さい」

三村が、いつもより幾分硬い声で言った。

受話器を置いたとき、由希子の身体(からだ)は止めようもなく震え出していた。寒いのか、緊張しているのか、恐いのか、よくわからなかった。

それでもガウンを脱ぎ、パジャマをセーターとスラックスに着替えて五、六分待っていると、三村が息を弾ませてやってきた。

坂本エリのアパートがわかり次第、ここへ連絡がくる手筈になっているという。

三村が由希子の部屋へ上がるのは初めてだった。

百合を迎えに来ても、いつも玄関で帰るからだ。

一瞬ためらいを見せたが、今夜は由希子に勧められるまま靴を脱ぎ、炬燵(こたつ)の横の座布団に座った。

由希子は、以前、簡単に話してあった姉の事件と合わせ、坂本エリとのやりとりと自分の想像を説明した。

「すると、坂本エリは七年前の事件の真相を告白しようとしたために、部屋のなかのどこかにいた人間に襲われたのではないか、そして、その人間は、当然坂本エリの明かそうとしていた七年前の事件と今度のエボラ事件の犯人ではないか——こう考えたわけですね？」

由希子の話が一通り終わるのを待って、三村が言った。

「はい」

由希子はうなずき、「あ、でも、今お話ししていて、もしかしたら、すべてが誰かの悪いいたずらだったんじゃないか、そんな気もしてきたんですけど」

「いたずらですか、それにしては、かなり手がこんでいますね」

「電話の相手が坂本さんだったという証拠はありませんし、案外何も知らずに元気でいるかもしれませんわ」

由希子としては、この新しい想像のほうが当たっていることを願った。

「しかし、坂本エリのハスキーな声と電話のかすれ声は、似ていたわけでしょう？」

「坂本さんの声は七年も前に何度か聞いただけですし、電話の声は低くて早口でしたから、本当ははっきりしないんです」

「そうですか」

三村が考える目をして口を噤んだ。

「それに、姉が殺されたなんて、私にはやはり信じられないんです」

由希子はつづけた。

三村が来てくれて少し落ち着いた今、彼女にとっては姉亜也子の件が一番大きな問題であった。姉の死にはもともと不審な点が残っていたとはいえ、七年間信じてきた〈心中〉が〈殺人〉だったかもしれない、と考えるには、どうしても感情的な抵抗があるのだった。

「水城さんのお気持ちは、わからないではありませんが」

と、三村が再び口を開いた。「ただ、七年間もわからなかったという仁科さんのレンタカーに乗り込んだ女の人……それが、彼を陥れる証言をした坂本エリだったなんて、かなり信憑性が高いとは思われませんか？」

「ええ……」

「しかも、坂本エリにそれを命じた犯人が、七年前はプール熱のウイルスを持ち出し、今度はさらに危険なエボラウイルスを……」

三村の話の途中で、電話が鳴った。

由希子は小さく身震いし、立ち上がるのをためらった。

そんな彼女を見て、

「僕が出ていいですか？」

うだ。

今頃自分に電話してくる者はいないだろう、と思ったが、やはり三村あての連絡だったよ

「お願いします――」

三村が言った。

「……そうですか……わかりました、とにかく私もすぐそちらへまいります……ええ、今詳しい事情を伺ったところです……」

三村は相手とそんなふうに話し、受話器を戻して由希子に顔を向けた。

そこには、恐いような緊張の色があった。

「水城さんの初めに想像された通りでした」

彼は言った。「交番の住民カードから、坂本エリの住む太平ハイツというアパートを探し出して警官が出向いたところ、エリと思われる女が電話台の前で首を絞められて殺されていたそうです」

2

三村は、怯(おび)えている由希子を自宅へ連れて行って益代にあずけると、関根警部に連絡を取り、タクシーで太平ハイツへ向かった。

由希子にかかってきた電話がいたずらでないとわかり、彼の胸には強い興奮が湧き起こっていた。電話がいたずらでなかった以上、坂本エリの話にも十分信憑性がある。ということは、彼女を殺した犯人こそ、三村たちが現在必死になって追っている、微医研からエボラウイルスを持ち出した人間――兵藤を殺した犯人――である可能性が高いのだ。

タクシーは青梅街道へ出てしばらく走り、田無を過ぎたところで、左の目白通りへ岐れた。あとは石神井公園の横を抜け、環八、環七、山手通りと突っ切って行けば、目白駅前へ出る。明治通りの手前、学習院大学と向き合った目白警察署の付近で左へ入れば、おそらく太平ハイツの近くに着けるだろう。

午前零時を過ぎた今、都心へ向かう車は少なかった。タクシーの運転手は警察官を乗せているとも知らず、七十から八十キロで飛ばした。

太平ハイツは、ほとんど三村が頭に描いていたあたりにあった。明治通りを挟んで鬼子母神とは反対側、多少池袋寄りの閑静な住宅街である。狭い通りには、パジャマの上にガウンやジャンパーをひっかけた野次馬たちが集まり、警官の制止の外からアパートの入口を見守っていた。

アパートは、白壁の小奇麗な造りの二階家だった。上下四室ずつあるうちの一階一番道路寄りが、坂本エリの借りていた部屋のようだ。

三村がドアの開け放たれた玄関へ近づいて行くと、所轄目白署の刑事課長が部下に何やら言いながら出てきた。安井という頭の禿げた男で、三村とは顔見知りである。

「やあ、三村君」

彼は三村を認めて言った。

「ご苦労さまです」

三村も挨拶した。

「君の通報だってね」

「私は通報者の代理人といったところです」

「ホトケさんはこの部屋の住人で池袋のクラブホステス、坂本エリとわかったよ。それで、君に詳しい話を聞きたいと思ってね」

「もちろんそのつもりで来たんですが、その前にホトケさんと部屋を見せてもらえませんか」

「うん、じゃ……」

身体を回した安井につづいて三村は玄関へ入り、足跡などを消さないように敷かれたシートを踏んでダイニング・キッチンへ上がった。

部屋は、他にオレンジ色の絨毯が敷き詰められた和室と洋室、それに風呂とトイレの付いた、いわゆる二DKの造りのようだった。右手の洋室の奥にベッドが据えられ、和室の白いカラーボックスの前に、赤いガウンを着た女が仰向けに倒れていた。

誰かが瞼だけは閉じてやったらしいものの、乱れた髪、首に巻かれた太い電気コード、折り曲げた右膝、裾のめくれたガウン……と死体の状態はまだ元のままのようだ。

その横にはカラーボックスの上に置かれていたらしい電話機が転がり、由希子の想像した通りの状況を呈していた。

三村は、忙しく立ち働いている鑑識係員たちの邪魔にならないようにしながら、女の苦悶の表情を覗き、首のコードとその索溝などを観察した。

「凶器は洗濯機のコードらしい。風呂場の入口に置かれた洗濯機から、女の眉剃り用のカミソリで切られていた」

安井が説明した。

「眉剃り用のカミソリ?」

三村は訊き返した。

「プラスチックに小さな刃のはまったやつだ。そこから刃だけ外して切ったらしい」

「そんなものがどこに?」

「洗濯機の横に落ちていた。壊れていないのが風呂場に残っていたから、もとはそこにあったんだろう」

これはかなり重要な事実だった。坂本エリが電話をしているとき、犯人がどこにいたかを暗示しているからだ。

いよいよ由希子の想像通りだったらしい。

三村はそう思いながら、目を横に転じた。

鏡台や簞笥の引き出しが抜かれ、指環、ネックレス、イヤリング、ブラシ、化粧品、それに洋服や下着などまで散乱していた。

どうやら、犯人は自分の身許を示す品でも捜したようだった。

彼はさらに、寝乱れた跡をとどめているベッド、浴室、洗濯機置き場、トイレなどを覗いてから、安井と一緒に外へ出た。

パトカーのなかで由希子から聞いた話を安井にしているとき、関根から連絡を受けたという務台と赤坂東署の刑事が到着した。

3

『太平ハイツ内ホステス殺人事件特別捜査本部』の第一回捜査会議は、翌十六日（日曜日）の夜、兵藤事件の本部から三村と務台も特別に出席して、目白署で開かれた。

すでに遺体の解剖結果が出、他にもかなり重要な諸事実が明らかになっていた。

三村は、その一部は知らされていたものの、初めて聞く事柄も多く、緊張して捜査主任官・石山警部の報告に耳を傾けた。

城』ホステス。本籍地は茨城県の水戸市で、現住所は殺人現場である太平ハイツ一〇一号室。
——事件の被害者は坂本エリ（二十六歳）。職業は東池袋一丁目にあるクラブ『ガラスの城』ホステス。本籍地は茨城県の水戸市で、現住所は殺人現場である太平ハイツ一〇一号室。

死因は、電気コードで首を絞められたことによる窒息。

解剖結果から推定された死亡時刻は前夜十一時前後だが、水城由希子の証言により、それは、エリが彼女に電話していた十一時二十三分頃と考えられる。

凶器のコードは、断面直径五ミリ・八ミリの楕円形で、長さは八十九センチ。犯人はそれを被害者宅の洗濯機から眉剃り用のカミソリで切り取り、被害者の背後から近づいて首にかけ、交差させて一気に絞めたものと思料される。

被害者の血液からかなり高濃度のアルコールが検出されたが、その酔いのためほとんど抵抗できなかったらしい。性器には精液が付着していた。

精液から判明した性交相手の血液型は分泌型のA型（精液からはＡＢＯ式の血液型しかわからない）。

精液の付着、乾燥状態から見て性交は死亡時の数十分前に行なわれており、その相手が犯人である可能性がきわめて高い。

被害者は、七年前、微生物医学研究所で半年ほどアルバイトをしていた経歴がある。そのとき、同研究所研究員の仁科登に似た男が咽頭結膜熱の流行している小学校のプール脇に立っているのを見た、と中央日報に知らせた。その結果、仁科登は病原ウイルスを実験室から持ち出した容疑者として中央日報をはじめとするマスコミに追及され、水城亜也子と松本市郊外で心中した。

ところが、亜也子の妹由希子の証言によると、坂本エリは昨夜、突然電話をかけてきて、七年前の自分の話は嘘だった、と誰かの耳をはばかるような小声で告げた。病原ウイルスをプールに入れた真犯人は別にいる、その犯人は仁科登と亜也子を心中に見せかけて殺し、今またエボラウイルスを実験室から持ち出した、真相を詳しく話すのですぐ自分のアパートへ来るように——。

しかし、さらにエリが、もし来なければ話せなくなるかもしれないと言い、アパートの場所を説明しかけたとき、誰かに襲われたような気配が伝わってきて、電話が切れてしまった。

以上の事実、証言から見て、被害者と犯人は当然顔見知りであり、坂本エリが由希子に電話をかけているとき犯人も室内のどこか——たぶん浴室——にいたと思われる。

つまり、犯人は被害者と酒を飲み、ベッドをともにした後、風呂へ入ったのではないか。被害者が由希子に「すぐ来い」と言っている事実から、犯人はじきに帰る予定になっていたのであろう。犯行が計画的でなかったことは、被害者と性交渉を持ち、危険な証拠となりかねない精液を残している点からも窺(うかが)われる。ところが、風呂から上がり、被害者の電話を耳にして驚倒する。ここで初めて殺意を固め、眉剃り用のカミソリを壊して洗濯機のコードを切り、被害者の背後へそっと近寄って行った。

――こうした状況が想像される。

七年前の件に関しても、今度のエボラ事件に関しても、坂本エリの言葉を裏づける証拠は見つかっていない。また、前から由希子に告白しようと思っていたにせよ、エリがなぜ犯人のいるとき電話したのか――性交後に口論でもし、酔いも手伝ってダイヤルしたのだろうか――疑問がないわけではない。

とはいえ、これまで由希子たちにとって大きな謎だったという、松本で仁科登のレンタカーに乗り込んだ女が自分だと述べている点、坂本エリが殺されたという事実、さらには七年前亜也子の身体に付着していた精液と今回エリの身体に残っていた精液がともに同じ分泌型A型だったという事実、などを考え合わせると、「七年前の情交・心中は偽装であり、七年前と今回の病原ウイルス持ち出し、殺人はすべて同一犯人によるもの」という彼女の話は、かなり信用がおけるものと思われる。

被害者の昨日の行動としてわかっているのは、午後二時頃どこかへ出かけ、夕方「風邪をひいたので休む」と勤め先に電話している事実だけである。

隣室の住人が入院中という事情もあり、被害者の部屋の物音や出入りに関して、今のところなんの情報も得られていない。

ただ、犯行直後と思われる十一時三十五分頃、被害者のアパートのほうから足早に曲がってきた男と擦れ違った、という女の匿名電話が今朝、目白署にあった。男は中肉中背でサングラスをかけ、顔を背けるようにして明治通りのほうへ去って行った、という。

被害者の部屋からは犯人を特定するようなものは見つかっていない。

が、電話帳に被害者の源氏名(げんじな)の名刺が挟まれ、裏に水城由希子の自宅と仁科登の弟、洋次の勤め先の電話番号が記されていた。

この事実から、被害者は二人のうちのどちらかに七年前の「真相」を話すつもりでいたことが窺われる。

ハンドバッグに入っていたキーホルダーに、自宅アパートの鍵と勤め先のロッカーの鍵の他、もう一つ箱錠用のものと思われる鍵が付いていたが、それがどこで使用されていたかは不明である。

部屋のなかから採取した髪の毛などの検査は、現在続行中。

「――では、次に、本事件と重要な関わりがあると考えられる、赤坂の新聞記者殺しの捜査状況について、三村君のほうから報告してもらいます」

石山が報告を終わり、ぎょろりとした目を三村のほうへ向けた。

三村は、つと緊張した。

すでに彼らは、二つの事件が同一犯人によるものという仮定に立ち、兵藤殺しの容疑者である尾崎、江幡、叶の三人について、昨夜の所在と血液型を調べてあった。

それによると、江幡には、妻の証言ではあったが、家族とともに保谷(ほうや)市の自宅にいたという一応のアリバイが成立したものの、尾崎と叶にはアリバイがなかった。

子供のいない尾崎は、妻が外出中だったために自宅に一人でいたというし、前日から関西へ出張していた叶は、午後一人で京都の街をぶらつき、夜十一時四十六分着の新幹線で東京へ帰った、という話だったからだ。

血液型は、尾崎がO型で、江幡と叶が分泌型のA型。

――以上から、もし坂本エリの話が事実なら、「叶が犯人の最右翼」ということになる。

三村は、その点も含めた報告をするために、もう一度手許(てもと)のメモを見てから立ち上がった。と、メモの文字から、これまで見落としていた一つの事実に突然気づいた。

高知理恵、坂井江梨子、坂本エリ。

これら、三つの名の相似だ。

高知理恵は、赤毛の女と思われる女が赤坂クイーンホテルに部屋を取るとき使用した名であり、坂井江梨子は、赤毛の女がタクシーを降りた地点に近い池袋本町に妙な部屋を借りた女である。そして、坂本エリは、エボラウイルスを実験室から持ち出した犯人を知っていると言って、自分が赤毛の女であることを由希子に仄(ほの)めかした。

理恵―江梨子―エリ。

坂本竜馬の出身地の高知―坂井―坂本。

三村は、十中八九、三つの名を持った女は同一人、つまり坂本エリに違いないと思い、

「申し訳ありませんが、ご報告する前にお願いがあります」

石山と正副本部長の顔を等分に見ながら、言った。

「なんだね？」

石山が訊いた。

「坂本エリのキーホルダーに使用箇所の不明な鍵が一本付いていた、というご報告でしたが、それを、ある部屋のドアに試してみたいのです。場所は、ここから二、三キロしか離れていない池袋本町二丁目にあるアパートです。もしかしたら、例の赤毛の女がカツラを取ったりつけたりするためにでも借りたのではないかと考えている部屋ですが、もし鍵がそのドアに合えば、二つの事件は完全に結びつくからです」

石山が判断を仰ぐように本部長の顔を見た。

「試してみたまえ」

本部長である刑事部長が言った。

三村は、鑑識課へ回っている鍵が到着するまでの間に兵藤殺しの捜査状況を報告。それが着くや、務台と二人の刑事を伴って「坂井江梨子」のアパートへ向かった。

家主立ち会いのもとに鍵をドアの鍵穴に差し込むと、それはきっちりと収まり、回った。

坂本エリの写真も、部屋を借りた女「坂井江梨子」に似ているという。

三村たちは家主の許可を得て、部屋のなかを調べた。

これまで坂井江梨子が赤毛の女であるという証拠がなかったため、家宅捜索をしていない。

といっても、四畳半に台所のついただけの狭い部屋、一見して何もないのがわかる。

ところが、押し入れの隅にあった段ボール箱を務台が出してきて開いたとき、三村たちは一斉に小さな声をもらした。

黒いコートと黒いサングラス、女性用の赤毛のカツラが入っていたのだ。

第八章　こだわり

1

「よくわからん」

大原関は、坂本エリの写った三枚の写真を重ねてテーブルの上に投げ置き、ウエイトレスの運んできた水を飲んだ。

「彼女が赤毛のカツラとサングラスをつけ、黒いコートを着た姿を想像してみてくれ」

三村がそれらのカラー写真を大原関のほうへ向け、一枚ずつ並べた。

「無理言うな。俺の頭は合成写真を作る機械じゃない」

「じゃ、とにかくもう一度よく見てくれないか」

言われて、大原関は再び三枚の写真を手に取り、赤毛の女との相似点、あるいははっきりした相違点を探ろうとした。

が、やはり、わからなかった。男と一緒にロビーにいたときは言うまでもなく、兵藤と現われたときもすぐ目の前で見たわけではないし、女はじきに顔を背けてしまったからだ。

「どうだろう?」

「似ているかと言われれば似ているような気がしないでもないが、正確なところはなんとも言えん」

「そうか」

坂本エリが殺された翌々日十七日(月曜日)、午前十一時過ぎである。

大原関は神田駅前の喫茶店で三村と会い、赤毛の女が坂本エリに似ていたかどうか、訊かれているのだった。

「俺の他に赤毛の女を見た喫茶室のボーイやタクシーの運転手は、どう言っているんだ?」

彼は逆に三村に尋ねた。

「みんな、お前と似たような答えだった。どうやら、女は細かい顔の作りを相手の記憶にとどめないよう、用心していたらしい」

「しかし、俺たちがどう言おうと、坂本エリに十中八九、間違いないんだろう? ただ、彼女が赤毛の女なら、前に言った、俺を見知っている女かもしれん、という予想は外れるが……」

「その点、多少ひっかからんでもないが、絶対に違うというお前たちの証言もないし、少なくとも俺はそう見ている。坂本エリが赤毛の女なら、七年前の兵藤さんとの関わりから見て、彼が彼女を探り出した事情もわかるような気がするんだ」

「池袋のアパートで見つかったという赤毛のカツラには、本物の髪の毛がついてたんだろう」

「ああ」

「その検査結果は？」

「今日の午後にはわかると思う」

「じゃ、それが坂本エリのものと出れば、決まりか」

「まあね」

「で、お前たちは誰を犯人と考えているんだ？　もう尾崎、江幡、叶の三人のうち、はっきり一人に的を絞っているんだろう？」

大原関は、なぜともなく金曜日の夕方歌舞伎町で見かけた江幡の姿を思い浮かべながら、言った。江幡と、あの男のような高見沢隆子ができていたらしいのは、かなりの驚きであった。

「いや、そこまではいってない」

「本当かね」

三村の顔を覗き込むと、

「ああ」

と彼が目を逸らし、手帳と写真をポケットに収めた。「じゃ、悪いが少し急ぐんで……」

「フン、用がすんだら、おさらばか」

「すまん」

「勝手にしろ。俺は一休みしていく。腹が減って動きたくない」

「なら、先に帰るが、正月にでもゆっくり会おう」

三村が伝票を摑んで立ち上がり、出口へ向かって歩いて行った。

大原関はそれを見送り、砂糖なしの冷えたコーヒーを啜って、身体をずり落とした。が、すぐに椅子の背に載せた頭を起こし、座り直した。

エボラで死んだ金森と平に関する佐々の言葉が、また気になったのだ。

――二人は、赤毛の女について何か知っていたのではないか。

赤毛の女がわかり、犯人もいよいよ明らかになるときが近づいたらしい。それはいいのだが、金森と平が赤毛の女について本当に何かを隠し、その赤毛の女が坂本エリだったとしたら、いったいどういう事情になっているのだろう、と思った。彼らはエリの何を隠そうとしたのだろうか。彼女と角井組の間に、何らかの関係があるのだろうか。

とにかく社へ戻って原を摑まえるために、彼は文字通り重い腰を上げた。角井組について調べてくれるよう、頼んであったからである。

夕刊最終版の締め切りが過ぎて一時間ほどした頃、大原関はやっと原澄夫を社の近くの軽食喫茶へ誘い、ミートソースを唇につけながら話す彼の報告を聞いた。警察(サツ)回りの皆川(みながわ)という友人から仕入れてきた角井組に関する情報である。

しかし、残念ながら、それは、組の構成や組長角井の前科など、十日前佐々と飲んだときに聞いた一般的な事情をほとんど出るものではなかった。

「つまり、現在は特にこれといった問題を起こしていない小さな組の一つだ、ということのようです」

原がスパゲティの細片とソースをフォークで掻(か)き集めながら、結論づけるように言った。

「そうか」

大原関は小さくうなずき、原のフォークが口へ運ばれるのと一緒に、大きく生唾(なまつば)を呑(の)み込んだ。

彼の昼食抜きは、こうして辛(かろ)うじてつづいている。

原がフォークをおいて水を飲み、どんぐり眼(まなこ)で時計を見た。今日にも兵藤と坂本エリを殺した犯人の逮捕があるかもしれない、というので、彼は来たときから時間と電話を気にしているのだ。

「すると、最近の角井組で一応目についた点といえば、組員からエボラ患者が三人出て二人死んだという事件と、覚醒剤(シャブ)で一人挙げられたことぐらいだというんだな」

大原関は原の話を頭のなかで反芻しながら、言った。

「それに、正式の組員じゃなく準構成員といったところだったらしい虎山というバーテンが、完全に組を離れて郷里の岐阜へ帰った、ということです」

「あ、そうか。しかし、準構成員のバーテンが一人足を洗って郷里へ帰ったからってどうということもなさそうだし……女についての情報はまったくないのかね」

「ないようです、残念ながら」

原がまた時計に目を走らせた。「でも、赤毛の女と目されている坂本エリが角井組となんらかのかたちで結びついていたとすれば、犯人の逮捕によって、じきにはっきりするんじゃないですか」

原の言う通りだった。いや、はっきりもなにも、角井組との関わりなど、そもそも何もないのかもしれない。

そう思いながらも、大原関は気になった。赤毛の女と寝たヤクザ二人の証言が揃って曖昧だった、という点が。

十年間の新聞記者生活で身についた〝特別な嗅覚〟とでもいったらいいかもしれない。もしかしたら、そこには、犯人逮捕によっても表に出ない何かが潜んでいるのではないか。事件には、意外な側面があるのではないか。

漠とした感じながら、そんな気がするのである。

「行くか」

原が自分に遠慮しているらしいのを見て、大原関は先に腰を上げた。帰りにS・Sクリニックへ寄り、もう一度佐々と話し合ってみよう、と思いながら。

2

その頃、三村たちの許へ、「坂井江梨子」のアパートで発見された赤毛のカツラについていた髪の毛は坂本エリのものにほぼ間違いない、という鑑識結果が届いた。

それは、〈赤毛の女＝坂本エリ〉を証拠立てると同時に、彼女が由希子に電話で話した内容が事実であったことをも間接的に証明していた。

三村たちは、ここで叶裕樹を七年前と今度の事件の有力容疑者と考え、任意同行を求めるために八王子へ向かった。

ところが、叶を伴って三村たちが目白署へ戻ると、そこには意外な事実が待ち受けていた。

坂本エリの殺された晩、家族とともに自宅にいたと言っていた江幡の証言が嘘だ、と判明したのだ。

妻の和歌子が、「自分が家にいたのは間違いないし、無用の疑いをかけられたくないから」という江幡の言葉を信じ、二人の幼児を連れて伯父の遠山宅へ泊まりに行っていた事実を隠し、嘘をついていたのである。

また、これより少し前、「土曜日の夜坂本エリのアパートの近くでサングラスをかけた中肉中背の男と擦れ違った」という女の電話を手掛かりにタクシー会社の聞き込みをつづけていた班が、それらしい男を明治通りで乗せたというタクシーを見つけ出し、運転手に尾崎、江幡、叶の写真を見せていた。

運転手の証言は、

――江幡英彦に似ている。

三村たちは俄然江幡への疑いを強め、別の刑事たちが連れてきた彼を、叶につづけてタクシーの運転手に面通しした。

すると運転手は、マジックミラーのはまった取調室の小窓から順に二人を見て、

「一昨日(おととい)の夜はサングラスをかけていましたけど、後で見た方に間違いありません」

と、はっきりと言った。

3

同日午後三時、S・Sクリニック――。

「食当たりだな」

佐々は触診した手を洗って腰をおろすと、傍らでシャツを着ている肩幅の広い男に言った。

「盲腸じゃないんで……あっ、いてて」

男は下腹に両手を当て、顔を顰めて身体を折った。

「盲腸なんかじゃない。まあ今夜一晩、何も食べないでいればよくなる」

「いてて……薬は？」

「じゃ、念のために一日分だけ出しておこうか」

男はシャツの裾をズボンのなかに入れ、右手を下腹に当てたまま座った。前に金森と平の往診を頼まれたとき車で迎えにきた、和久沼という角井組のナンバー3である。年齢は三十一歳。左目の上にひきつれた傷痕のある目つきの鋭いおあにいさんで、喧嘩は平気だというのに、子供の頃から病気にだけは弱い、というおかしな男だ。

「もう久保さんはすっかりいいようだね」

佐々は処方箋のメモを松枝ふさ子に渡してから、言った。久保というのは、死んだ金森か平に病気をうつされた、角井組三人目のエボラ熱患者である。

「あいつが助かったのは、先生にすぐ金森と平の病気を届けてもらったおかげです」

和久沼がぴこりと首を沈めた。

角井組長が往診を頼んできたとき、すでにエボラの疑いを抱いていたのだから、佐々だけの手柄ではない。とはいえ、彼の届け出によって久保の病気も早期に発見され、他への感染を防いだことは確かであった。

その後、生ゴミ収集員が死後エボラと判明したが、そのときは病原ウイルスを妻や医師にうつしてしまった後だったため、現在患者は十一人、死者は七人を数えるまでになっていた。

「退院は、どこからも病原体が見つからなくなるまで駄目だろうが」

「そうなんす。先生も知ってると思うけど、まだあれにだけ残っているもんすから」

和久沼があれと言うとき、口許に卑猥な笑みを滲ませた。

久保の場合、血液や発疹部分の滲出液、尿などからは病原体が消えたものの、精液だけ陽性なのだ。

この病気のウイルスは、なぜか精液に最も長く残るのである。

「角井商事さんも大変じゃないかね。大事な働き手を一度に二人も亡くし、久保さんもまだ入院中となると」

角井組にこだわっていた大原関のことを思い浮かべ、佐々は軽く探りを入れてみた。

「なんとかやってますよ」

和久沼が素っ気なく答えた。

「あ、そうそう、虎山さんは元気かな？」

これは佐々に他意があったわけではない。角井組の準構成員で名前に似合わない優男のバーテンをふと思い出し、訊いてみたにすぎない。

ところが、和久沼は、

「虎山？」

と、どことなく警戒する表情になり、次いで佐々の真意を探ろうとしてか、鋭い目を向けてきた。

「金森さんと平さんを診る十日くらい前だったかな、頭が痛くて割れそうなのですぐ来てくれ、って電話してきたことがあったんでね。もっとも僕が出かける前に、薬を飲んだら収まったからいい、と言ってきたんだが」

佐々は和久沼の目に言い訳した。

「そういえば、あの頃ひどい風邪をひいたって言ってたな」

和久沼の目が少し和んだ。「もちろん、今じゃピンピンして働いてますがね」

「そりゃよかった」

「じゃ、俺はこれで」

「今晩は何も食べんようにな」

和久沼は腰を上げたとたんまた顔を顰め、右手で下腹を押さえながら診察室を出て行った。

次の患者はいなかった。

そこで佐々も椅子を離れ、白いカーテンを分けた。

和久沼がカウンターで薬の袋を受け取り、明美に一万円札を渡していた。冗談だろうが、佐々の顔を窺いながら、明美に誘いをかける。

「和久沼さん、うちの明美ちゃんにだけは手を出さないで下さいよ」

佐々は寄って行きながら言った。

「俺の好みなんすけどね」

「明美ちゃんに手ェ出すと、いくら角井さんでも、お父さんにひどい目にあわされるよ」

「そんなに恐いんすか？」

「ああ、鬼より恐い税務署のお役人だからね」

「はい、お釣り」

明美が、笑いながら釣り銭をカウンターの皿に置いた。

そのとき、入口のガラスドアが開き、

「なんて急な階段なんだ」

と、いつもの決まり文句を言いながら、大原関の巨体が入ってきた。

「うん？　今日は君の来る日じゃないだろう」

佐々が言うのへ、

「ええ、今日はちょっと例の角井組の件で……」

バカ！　と思ったが、もう遅い。

釣り銭を財布に入れていた和久沼が振り向き、

「あっ、テ、テメェ！」

と、腹痛も忘れたように、さっと身構えた。

このへんは、反射的に行動をしつけられた闘犬のようだ。

大原関も和久沼の顔に見覚えがあったらしい、ハッとしたように言葉と足を止めた。

「先生、こいつは誰なんです？」

和久沼が佐々の方へ顔を振り向け、詰問した。

「大原関君という僕の患者だよ」

「患者？　先生、嘘は身のためにならねえぜ」

和久沼の目には狂暴な光があった。もう医師と患者ではない。

「嘘じゃない」

「しかし、こいつはこの前、うちの事務所を探ってやがった」

「あれは、息切れして休んでいただけですよ。説明したじゃないですか」

大原関が言った。

「なら、今、角井組がどうこうと言ったのはなんのことだ？」

「それはね、和久沼さん」

佐々が引き取った。「この人は中央日報の科学部記者なんだ。それで、エボラ熱の患者について話を聞いて歩いてるんだよ」

「ブン屋か」

「でも、社会部じゃない」

「本当ですね、先生？」

「もちろんさ」

「よし、今日は一応先生の言葉を信用しとくが、もし変な真似しやがったら、ただじゃおかねえからな。先生もよーく覚えといて下さいよ」

和久沼が大原関を睨め上げて出口へ向かい、

「あ、いてて……畜生！」

急に腹を押さえ、肩でドアを押して出て行った。

その後、佐々は大原関から虎山が郷里へ帰ったと聞き、怪訝に思った。和久沼は「ピンピンして働いている」と言っていたからだ。

4

翌十八日（火曜日）の昼近く、三村たちは江幡英彦に対して逮捕状を執行し、彼の身柄を目白署に収監した。

直接の逮捕容疑は〝坂本エリ殺し〟である。

昨日の任意の取り調べ以来、彼は全面的に容疑を否認していたが、それでも逮捕に踏み切ったのは、彼を犯人とする新たな証拠が見つかったからだ。

坂本エリの部屋から掃除機で集められたゴミのなかには、数種類の髪の毛が入っていた。そのうち、ベッドの近くで採取された二本が、江幡のものである確率がきわめて高い、と鑑定されたのである。

現在、個人識別する方法として、血液型の他に酵素型というものがある。これは、毛髪の根っこの部分から酵素を分離して調べる。

PGM1座
- 1型……①
- 2型……②
- 2－1型……③

PGM3座
- 1型……ⓐ
- 2型……ⓑ
- 2－1型……ⓒ

Es－D座
- 1型……α
- 2型……β
- 2－1型……γ

酵素型には、ＰＧＭ1座、ＰＧＭ3座、Ｅｓ－Ｄ座と呼ばれる三つのモデルがあり、人は誰でもこの三つの座をすべて持っている。

ただ、それぞれのモデルはさらに、1型、2型、2－1型の三つに分かれるため、その持ち方は3×3×3＝27通りになる。

つまり、いま仮にＰＧＭ1座の型を①②③、ＰＧＭ3座の型をⓐⓑⓒ、Ｅｓ－Ｄ座の型をⓐⓑⓒとすると、ある人は①—ⓐ—ⓐ、またある人は①—ⓐ—ⓑ、①—ⓐ—ⓒ、①—ⓑ—ⓐ……となり、③—ⓒ—ⓒまで全部で二十七通りの組み合わせができるのである。

これにＡＢＯ式の血液型、Ａ、Ｂ、AB、Ｏ型の四通りを合わせると、27×4＝108となり、人間の煩悩の数と同じ百八通りもの酵素型に分類される。

だから、この百八分ノ一にぴったり一致したときは、確率的に見てほとんど同一人と見ていい、ということになる。

そして、江幡が一度も行ったことがないと主張した坂本エリの部屋には、彼の髪の毛を入手して対照検査したところ、彼の酵素型《②—ⓐ—ⓑ—Ａ》と完全に一致する酵素型の毛髪が落ちていたのだ。その髪の色、形状が江幡の髪に酷似していたことは言うまでもない。

江幡の逮捕と同時に行なわれた彼の自宅、微医研、東央大学の捜索からは、エボラウイルスのストックと思われるアンプル、変装に使われたマスク、兵藤殺しの凶器などの物証は発見できなかった。

また、逮捕後も、彼は坂本エリ殺しだけでなく、すべての容疑を否認しつづけた。自分は坂本エリを殺していない、兵藤卓も殺していない、坂本エリのアパートへなど一度も行ったことがない、もちろんエボラウイルスを実験室から持ち出していないし、七年前のプール熱騒動、心中事件にも一切関与していない——。

しかし、三村たちは、江幡が犯人であることを、今やほとんど疑わなかった。

エボラウイルス持ち出しの動機がいま一つはっきりしない点をはじめ、以前感じた二、三の疑問が残っていないではないが、毛髪の証拠に加え、七年前江幡と坂本エリが密かに関係を持っていたらしいこと、仁科たちの死の直後、エリが前から行きたがっていたヨーロッパへ行っていること、十ヵ月後江幡の結婚式に招待もされないのに姿を見せていること、などが明らかになったからだ。

七年前、おそらく坂本エリは、江幡の犯罪に協力した報酬で外国旅行を楽しみ、さらに金をせびりに彼の結婚式に現われたのであろう。

なお、死亡時、坂本エリには、十数社のサラ金から合計三百数十万円の借金があった事実が判明し、今回、江幡の犯罪に加担した動機も、その金のためではないか、と推測された。

第九章　新たな主張

1

十九日（水曜日）――。

由希子は朝から電話の応対に追われていた。

昨日、江幡が逮捕されたからだ。

直接の容疑は坂本エリ殺しだが、彼こそ七年前、姉と仁科登を殺し、今度兵藤卓も殺した犯人であるのは、間違いないらしい。

新聞によると――

七年前、江幡は、東央大学助教授に推挙されようとしていた仁科登を亡き者にして自分がその地位を得ようと、まずアデノウイルスを盗み出してプールに入れ、坂本エリに嘘（うそ）の通報をさせた。

その後、窮地に陥った仁科登に松本行きを勧め、結婚すると騙（だま）して密（ひそ）かにつき合っていた水城亜也子――彼女が由希子に交際をほのめかした相手は仁科登ではなく江幡だったのだという――も、彼と同じホテルに泊まらせた。もちろん適当な理由をつけ、仁科登に気づかれないように用心させて。

さらに、彼は坂本エリを使い、証言を取り消すからとでもいった口実で仁科登のレンタカーに乗り込ませ、「亜也子とのドライブ・心中」という構図を作り上げた。

こうした下準備をしたうえで、江幡は夕方、微医研を出て、車で松本へ向かった。仁科登には朗報を持って行くからとでも言って、レンタカーを捨てさせずにどこかで待たせ、亜也子とも落ち合う場所を決めておいたものと思われる。あとは、一人ずつ別々に青酸カリ入りのコーヒーを飲ませて殺し――仁科登と自分が同じ血液型である事実に目をつけて亜也子とは直前に性交渉を持ち――心中の状況を偽装したのであろう。

由希子はショックだった。先週の土曜日の夜、突然坂本エリからかかってきた電話を受けて以来、自分が今まで暮らしてきた日常世界から別の世界へ迷い込んでしまったような感じだった。三村だけでなく、他の刑事たちにも繰り返し事情を訊かれ、心が一種浮遊状態にでもあるような、妙に落ち着かない興奮した状態がつづいていた。

とはいえ、今、彼女には自分の個人的なショックや混乱にじっくり関わっている余裕はない。当然ながら、昨日今日の微医研は、彼女以上の大混乱に陥っていたからだ。

室長以上の幹部は会議会議の連続。マスコミ関係者の建物内立ち入りを禁じたものの、昨日は江幡の使用していた部屋の捜索、今日は関係者からの事情聴取……と刑事たちが大勢来ていたし、電話はどこもかしこも昨日の午後から鳴りっぱなしだった。一般市民からの問い合わせ、抗議、非難といった電話はすべて交換台でストップしているにもかかわらず、である。

もろちん第一ウイルス研究部長室も例外ではなく、大室が額に皺を寄せて対策会議に飛び回っている間、由希子は一人で対処しなければならない。大半は大室の研究者仲間や友人が見舞いと称して詳しい事情を尋ねてくるものだが、外国人も少なくなく、彼女はしばしば冷や汗をかいた。

午後一時近くなり、話していた電話をちょうど終えたとき、

「いいかしら？」

杉岡弥生が顔を覗かせ、

「水城さんのところも大変ね」

と、言いながら入ってきた。

「杉岡さんのところは、もっと凄いんじゃありませんか」

由希子は受話器を置き、弥生のほうへ身体を向けた。

「そうでもないけど、ちょっと逃げ出してきたの。水城さん、まだだったら、お昼をご一緒しようかと思って」

弥生が少しいたずらっぽく微笑った。

「実は、私も思い切って立とうと思っていたところなんです」

「じゃ、よかったわ」

弥生が言って、ふっと真剣な顔になり、「それより水城さん、少しは落ち着いた？」

「はい、なんとか……」

「まだお友達の家にいるの？」

「ええ」

由希子は土曜日の夜以来、自分の部屋で寝ていない。一人でいるのがなんとなく恐く、「どうせ史郎は帰らないのだから」という益代の言葉に甘え、三村家に泊めてもらっていた。それを、弥生には「友達の家」と言ってあるのである。だが、自分が泊まっているために三村が帰宅できないでいるような気がし、今夜からアパートへ帰るつもりであった。

「もし水城さんさえよかったら、私のところへ来てもいいのよ」

弥生が昨日の言葉を繰り返した。

弥生と知り合って八年、由希子は昨日初めてそうした誘いを受け、もちろん嬉しかったが、同時に戸惑いも感じた。

研究所のなかで、弥生は由希子に対し、特別の親しみと優しさを見せてきた。それでいて、彼女のにこやかな笑みの奥には、自分の私生活にだけは触れられたくない——そうした無言のガードのようなものが、常にあったのだ。

「ありがとうございます」

由希子は言いながら、弥生の心の内を推し量った。

よくわからなかった。

ほんの一時期とはいえ、弥生は江幡と関係があったのである。その江幡が、やはり彼女と噂のあった仁科登を殺したらしいと聞き、どう感じているのだろうか。現在の一見屈託のない彼女の表情を、どう理解したらいいのだろうか。

つづいてかかってきた二本の電話を受け、由希子は腰を上げた。

時刻は一時を過ぎたところだ。

弥生と並んで地下の食堂へ降りて行くと、兼田が隅のテーブルで、カキフライ・ライスを食べていた。たいてい高見沢隆子が一緒なのに、今日は一人である。

由希子たちは配膳口でいくつかの皿を受け取り、盆を兼田の前へ運んで行った。

「いいかしら？」

由希子が訊くと、

「どうぞ」

彼はフォークの動きを止めて答えた。

「高見沢さんは？」

「休みですよ、聞いていませんか？」

「聞いてないわ」

由希子たちは椅子を引いて座った。

「今朝、電話で、一週間ほど休むからって言ってきたんです。どうせざわついていて実験なんかできないだろうからって」

「一週間も？」

由希子は少し驚いて訊き返した。

「旅行するという話でしたけどね」

「どこへ行かれたのかしら？」

弥生も心持ち首をかしげて言った。

「さあ、訊いても言わなかったから」

兼田はフォークを宙に構えたままだ。

「ごめんなさい」

それに気づいて、弥生が謝った。

兼田が、再びカキフライ・ライスを勢いよく食べ出した。

由希子は弥生と顔を見合わせた。いくら研究ができないからといって、こんなとき、突然行き先も告げずに旅行に出る。隆子の行動は無責任を通り越し、ひどく奇異な感じがした。

2

時刻は午後十時を回っていた。場所は、四ツ谷駅から七、八百メートル新宿方向へ寄った荒木町のバー街である。

もう帰るところなのか、それとも忘年会の二次会に流れてきたのか、すっかりできあがったグループが何組もすれ違う。

背中の皮と腹の皮がくっつきそうだというのに、なんで四ツ谷なんかで降りてしまったのか、自分もずいぶん物好きになったものだ。

大原関は半ば自嘲的にそう思いながら、狭い通りの両側にぎっしりと並んだバーやスナックの看板に目を向けて歩いて行った。

『樹』という目当てのバーは、通りのなかほどにあった。黒い樹脂板のドアの横に、緑の文字が浮き出ている。客引きはいない。

足を止めたものの、大原関はドアを押すのにためらいを感じた。下戸の彼としては、こういう場所に慣れていないうえ、いまは「ヤクザの準構成員がバーテンをしていた店」という条件も加わっていたからだ。

大原関が角井組の準構成員、虎山圭介という男に注意をひかれたのは、一昨日十七日の月曜日だった。

その日、彼は虎山の名を二度耳にした。

初めは昼、原の口からで、

——組を離れて郷里の岐阜へ帰った虎山というバーテンがいる。

次は夕方、和久沼に威された後で、佐々の口からだ。

彼が、原から聞いた話をすると、

——虎山が郷里へ帰ったって？

佐々が怪訝な顔をして言ったのである。

——先生は虎山という男を知っているんですか？

大原関は少し興味を感じて訊いた。

——ああ、以前淋しい病気の治療に、一週間ほどここへ通ってきたことがあるんでね。

——で、その男が郷里へ帰っちゃ、おかしい事情でもある？

——別にそんなものはないが、さっき和久沼は違ったふうに言っていた。

——まだ東京にいると……？

——そうはっきり言ったわけではないんだが……。実は、金森と平を診る十日くらい前だったかな、虎山からも往診の依頼があったんだ。頭が痛くて割れそうなのですぐ来てくれってね。ところが、僕が待っていた患者を診て、出かけようとしていると、薬を飲んだら痛みが収まったのでいい、と断わってきた。で、その後どうしたかと思って、さっき和久沼に訊いたところ、ピンピンして働いてるっていう返事だったんだ。

——確かにそれは、相変わらず東京で、というニュアンスですね。

——うん。それに、僕が虎山の名を出すと、和久沼はなんとなく警戒した様子だった。

——警戒ですか。ということは、虎山について何か知られたくない事情があった……。彼が岐阜へ帰った事実を隠したかったんでしょうか？

——そうかもしれん。

——しかし、どうしてでしょう？

——わからんが……。

大原関は黙った。

エボラ騒動と時を同じくして一人の準構成員が角井組から足を洗い、郷里へ帰った。それを和久沼は隠そうとしたらしい。なぜだろう？

彼が考えていると、顎（あご）をつまんでやはり考える目をしていた佐々が、指を離して言った。

——ひょっとして、虎山もエボラに罹っていた、とは考えられんだろうか。

「いらっしゃい」

大原関が思い切ってドアを押すと、カラオケの音を越えて、ひときわ高い声が黒いロングドレスと一緒に近寄ってきた。

照明は思っていたほど暗くない。

店は狭い長方形で、入って右側がカウンター、その奥に十人ほど座れるテーブル席がある。カウンターのなかに立った高校生のようなバーテンと、彼の前に座った黄色いミニスカートの女も、「いらっしゃい」と笑顔を振り向けた。

客はカウンターに三人いるだけだ。そのうちの一人が立って下手な演歌を唄い、二人がミニスカートを挟んで座っている。

大原関の前に立ってきた女は三十を越している感じだが、ミニの女は二十歳前後か。ちょっと受け口の下脹れの顔が、舌ったらずの甘ったるい喋り方をするなんとかいうタレントに似ていなくもない。

大原関は、ドレスの女に導かれるまま奥のテーブルへ行って座り、ビールを注文した。コート嫌いの彼はまだ厚地のブレザーだけなので、何も脱ぐ必要がなかった。

女が熱いタオルを広げて寄こし、次いで、ビールを持ってきて横に座った。痩せていて、骨っぽい感じのする女だ。大原関としても若いミニの方がいいのだが、仕方がない。

「前に一度いらしてくれたことがあったかしら、ね？」

女がビールを注ぎながら大原関の顔を覗き込んだ。

「いや、初めてだよ」

大原関はかたちだけコップに口をつけ、「僕はこれから人と会わなきゃならないんだ。それで、あまり飲めないんだが、君は好きなものを飲んだらいい」

虎山について訊くには多少金離れのいいところを見せなければならない。

「そーお、じゃ、遠慮なくいただくわ」

女が立って行ってバーテンに何やら言い、小さなグラスに入った緑色の液体を手に戻ってきた。

「いただきます」

大原関のコップに触れ合わせ、軽く口をつけた。どうせ色つきの砂糖水だろう。

女の話に合わせながら虎山について切り出すチャンスを狙ったが、うまくタイミングが摑めないまま、ビールが一向に減らないことを指摘された。

そこで、彼は仕方なくウイスキーのボトルをキープし、女が水割りを作って寄こすのを待って、思い切って言った。

「そうだ、前にここのバーテンをしていた虎山さんは、どこへ行ったんだろう？」

「お客さん、虎山さんを知ってるんですか？」

女が探るような目を当てた。組に関わりのある人間かどうか、気になったのかもしれない。

「知り合いっていうほどじゃないが、一、二度友達と一緒に会ったことがあるんだ。そのとき、この店の名前を聞いたんだよ」

「そうだったの」

どことなく安心した声を出した。「でも、残念ね、虎山さんは岐阜へ帰っちゃったわ」

「帰ったって、郷里(いなか)が岐阜だったのか」

大原関は惚(とぼ)けた。

「私もはっきりとは知らないんだけど、そうみたい」

「急に帰ったの？」

「十月末頃だったかしら、一週間くらい休んだと思ったら、四、五日出てきて、また二、三日来ないので休みかなって思ってたら、岐阜へ帰っちゃったっていうの」

「休みかなって、いつも彼は、そんなに無断で休んでいたわけ？」

「そうね、マスターには連絡していたのかもしれないけど、私たちには何をしてるのかよくわからなかったわ」

「岐阜に帰ったっていうのは……？」

「後でマスターに聞いたの」

「じゃ、本当に帰ったのかどうかは、わからないわけだ？」

女が口を噤(つぐ)み、大原関の言葉の真意を探るように彼を見つめた。

「あ、いや、なんで急に郷里へ帰ったのかと思ってね。マスターは、君たちになんて説明したの？　もちろんその理由だけど」

彼は言い訳した。

「実家の事情だって言ってたわ」

「ふーん」

彼はうなずき、「で、ちょっと話は違うんだけど、虎山さんの親しくしていた女の人、知らないかな？」

もし佐々の言う通り、虎山がエボラ熱に罹っていたのだとしたら、当然彼も赤毛の女に感染させられたに違いない。そして、金森と平が赤毛の女に関して何か知っていたのなら、虎山と女の間にもなんらかの関わりのあった可能性が高い。

「女の人？」

目の前の女の顔が、いっそう訝し気な表情に変わった。

「うん、ここへ出入りしていたとか、彼が君たちに話したとか……」

女のなかには、明らかに警戒心が頭をもたげはじめたようだ。少し性急に訊きすぎたか、と大原関は反省した。

「お客さん、誰？」

女が心持ち険しい目をして言った。「虎山さんについて何か調べているの？」

「いや、別に何も調べてなんかいないよ。ちょっと訊いてみただけさ」

「本当？」

「ならいいけど。虎山さんのこと、あまり訊き回ったりしないほうが、お客さんのためよ」

「ああ」

「わかってる」

大原関は言い、水割りを舐めた。

それから話題を変えて十分ほど辛抱し、人と会う時間だから、と立ち上がった。

「虎山さんには、特に親しい女の人はいなかったみたいよ」

ドアの外まで送ってきたロングドレスが、別れ際に耳許で囁いた。「それより、またいらしてね」

「うん」

もちろん二度と来る気はなかったが、初め見たときよりは骨っぽい女が好きになって、大原関は彼女に背を向けた。

地下鉄の駅へ向かって歩きながら、安くない出費に見合った収穫は果たしてあったのだろうか、と考えた。

どうやら虎山はマスターとだけ連絡を取りながら、何か裏の仕事でもしていたらしい。そして彼は『樹』を辞めたものの、本当に岐阜へ帰っているかどうかはわからない。

佐々の想像を裏づけることはできなかったが、大原関は虎山という男にますます臭うものを感じた。

3

江幡の逮捕から二日経った二十日木曜日——。

それまで全面否認をつづけていた彼が、坂本エリの部屋へ行った事実を認めた。

しかし、三村たちがこれで一気に落とせると思ったのも束(つか)の間、江幡は意外な主張を展開しはじめた。

「じゃ、坂本エリはお前が殺(や)ったんだな?」

江幡がエリのアパートへ行った事実を認めるや、すかさず石山がたたみかけた。

目白署の取調室である。

江幡の尋問に当たっているのは石山と関根の両警部、それに三村と目白署の部長刑事が一人だ。

石山は背丈こそ高くなかったが、目がぎょろりとしていて声が大きく、こわもてするタイプだ。任意の取調べのときのあなたはあんたになり、今はお前に変わっていた。

「違う。部屋へ行ったとはいっても玄関までで、私は彼女を殺していない」

江幡は彫りの深い顔を青白くひきつらせ、慌てて言った。

「なにッ」

石山が目を剥いた。「部屋へ行ったが殺してはいないだと」

「そうです。私が行ったとき、彼女はすでに死んでいた」

「ふざけるな！　たまたまお前の行った部屋に、お前の血液型と一致する精液をつけた女の死体が転がり、ベッドの下にはお前の髪の毛が落ちていた――こんな偶然があるか」

「確かに偶然じゃないと思う。誰かが私を罠にはめようとしたんだ」

「ほう、部屋へ行った事実をどうにも認めざるをえなくなったので、今度は罠か」

「本当だ、本当です」

江幡が必死の態で言った。

「それなら、お前は何をしに坂本エリの部屋へ行った？　誰の罠だと言うんだ？」

江幡が口を噤み、顔に迷いの色が浮かんだ。

「口から出まかせはそのへんにして、そろそろ正直に話すんだな、江幡」

それを見て、関根がやんわりと追い討ちをかけた。

「出まかせじゃない、本当です」

「貴様ッ！」

石山がテーブルを叩いて立ち上がった。

すると、江幡の顔がはっきりと心を決めたらしい表情に変わり、

「すべて、ありのままにお話しします。私は、女の電話に呼び出されて、坂本さんの部屋へ行ったんです。兵藤さんが殺された一日の晩、アリバイがないのも、同じ女に呼び出されて映画館へ行っていたからなんです」

――こうして、彼は順を追って話しはじめた。

「初めに電話があったのは……正確な日にちは覚えていませんが、十一月二十日過ぎでした。相手は、現在のあなた方と同じように、つまり、七年前の仁科君と水城さんの心中を私の殺人ではないか、と一方的に疑っている人間です。明らかに作り声と思える女の声で、話し合いたいので来月一日の夜九時に新宿の京急シネマへ来てくれ、そう言ってきたのです。

私としては、いわれのない疑いをはっきり晴らしておこうと思い、九時少し前に京急シネマの相手の指定した場所へ行きました。

しかし、一時間以上待ってもそれらしい女は現われず、翌日、誰かのいたずらだったのだろうと思っていたところ、ちょうど私が呼び出されていた頃、七年前仁科君を激しく追及した兵藤記者が殺された、と知ったのです。

そして、今度です。私は同じ女の声に呼び出されて坂本さんのアパートへ行き、鍵のかかっていないドアを引いてなかを覗きました。

すると、坂本さんは殺されていた――いや、上がって確かめたわけじゃないが声をかけても返事はないし、倒れている姿からそう直感し、あらぬ疑いをかけられたら面倒だと思い、逃げ出してしまったのです。

その前に何もなかったら、もちろん私だって逃げたりせずに届け出たんですが……。それから、坂本さんのアパートの近くで私と擦れ違ったと警察に知らせたらしい女、あれも私を呼び出したのと同じ女だと思います。私はタクシーに乗るまで誰とも出会っていませんから」

「できすぎた話だが、仮に……まあ仮に今の話が事実だったとして、あんたは、自分にそうした罠を仕掛けそうな人間の心当たりがあるのか？」

江幡の話が終わるのを待って、関根が訊いた。

「具体的にはありません。いや、あったんですが、人違いのようでした」

「あった？」

「仁科君の弟の洋次君と、水城亜也子さんの妹の由希子さんです。でも、由希子さんにはあなた方の調べたアリバイがあるようですし、兵藤さんが殺されたとき、洋次君も大阪にいたようですから」

「では、あんたに電話してきたという女は、坂本エリの部屋へ呼び出すとき、どう言ったんだ？」

「坂本さんはあなたに頼まれて七年前嘘の通報をした、と言っている。だから、あなたの家へ行って三人で話し合い、事実をはっきりさせたいから、十五日の土曜日の夜、家に一人でいてくれ——二、三日前にそう言ってきたので、私は妻を遠山先生のお宅へやり、待っていたんです。するとあの晩十時頃、都合で話し合いは坂本さんの部屋に変更したので十一時半に彼女のアパートへ来てくれ、という電話があったんです。もちろん私は坂本さんのアパートを知りませんでしたが、女が詳しく場所を説明し、それに従って訪ねると、坂本さんは死んでいたんです」

「あんたはロボットのごとく女の言いなりに動き、人殺しもしていないのに、ドアのノブの指紋まで消して逃げた、というわけか」

関根が癖の瞬(まばた)きをし、皮肉な口調で言った。

「女の言う通りにしたのは犯人を突き止めたいと思ったからで、ドアを開けるときはたまたま手袋をはめていたんです」

手袋はいいとしても、もう一方の江幡の主張にはかなり無理が感じられた。

「あんたの言う通りなら、犯人たちはすでに兵藤さんを殺していたはずなのに、どうして警察へ連絡しなかった？　この時点で我々に連絡しても、あんたにはなんら不都合がなかったはずだろう？　もっとも、七年前の件でやましい点がなければの話だが」

「そ、それは絶対にない！」

江幡が叫んだ。目の奥に動揺の色が浮かんでいた。

「それは、絶対にありません。……ただ、たとえ事実無根でも、騒ぎが大きくなって週刊誌などにいろいろ書き立てられたら嫌だ、と思ったんです」

声の調子を戻して言い換えた。

「するとあんたは、兵藤さんを殺した犯人がわかっても、黙っているつもりだったんだな」

「そのときは知らせるつもりでした」

「犯行の動機が調べられ、当然あんたの件も表に出るぞ」

「仕方ありません」

「だったら、坂本エリの部屋へ行く前に連絡しても、同じじゃなかったのか」

江幡が返答に詰まった。

それを見て、

「要するに、罠などというのは、すべてあんたの作り話だったんだよ」

関根が結論づけるように言った。「エリの部屋へ行った事実を認めざるをえなくなったんで、考えたな」

「違う、作り話なんかじゃない！」

江幡がまた声を高めた。今度は、真剣な抗議の叫びといった感じだった。

「作り話でないことは、殺された被害者を見れば、はっきりしているじゃないですか。兵藤さんも坂本さんも、七年前の仁科君と水城さんを心中に追い込んだ人たちなんだ。私の言うことが嘘だったら、こんな符合は絶対にありえない」

「ところがありうるんだよ、お前が犯人ならな」

石山が受けた。「前から何度も言っとるように、お前は七年前と同様に実験室から病原ウイルスを持ち出し、坂本エリを使ってそれを峰田らに感染させた。利用の仕方は違っても、坂本エリを協力者にした点は七年前と同じだ。一方、兵藤も、たまたまこのエボラウイルスの感染経路を追っていた。彼の頭には、当然七年前の事件があったことは疑いない。そんな彼が、赤毛の女に坂本エリを重ね、彼女に会ってみようと思ったとしても不思議はないだろう」

「こじつけだ」

「こじつけだと」

石山が江幡を睨めつけ、「現に、坂本エリはホテルの喫茶室まで彼と一緒に来ておる」

「あれはいわゆる赤毛の女であって、坂本さんかどうかはわからないでしょう」

「赤毛の女は坂本エリなんだよ」

「その点は私にもはっきりとは断言できないが、たぶん違うと思う。すべては、犯人たちが巧妙に仕組んだ罠なんだ。兵藤記者殺し、坂本さん殺し、エボラウイルス漏出……と、何もかも私のせいにするための罠なんだ。もちろん、水城さんが電話で聞いたという話も、でたらめだ。あれは坂本さんとは別人……おそらく私を電話で呼び出した女が、坂本さんの名を騙ったに違いない」

三村は少なからず面食らっていた。江幡の言う罠説をどう判断したらいいのか、よくわからなかった。

「それじゃ、声をひそめた早口も、電話の途中で襲われたらしいという状況も、すべて坂本エリ以外の人間が意図的に作り出したものだ、というのか？」

再び関根が訊いた。

「そうです。だいたい、犯人が部屋にいるとき坂本さんが水城さんに電話した、ということ自体がおかしいでしょう。犯人のうち、男のほうが坂本さんと性交渉を持った後、彼女を殺して部屋の偽装工作をし、一方、女のほうが別の場所から水城さんに電話をかけ、坂本さんが電話中に襲われたように思わせる独り芝居をしたんだと思います」

「いい加減なことを言っても、調べればわかるんだぞ」

「調べて下さい。私は潔白なんだ。私は誰一人殺していない。七年前だって今度だって」

江幡が、奥に微かな不安の色を残した目を向け、胸を張った。

4

その晩開かれた捜査会議では、江幡の主張をめぐって意見が大きく二つに分かれた。

一つは、彼の言う罠説は完全な創作で、捜査を混乱させて延命を図っているにすぎない、という意見である。

そしてもう一つは、話の半分——今回の兵藤殺しと坂本エリ殺し——については事実なのではないか、というものだった。

警察へ届けずに二度も女の言いなりに行動し、さらにそのことを今日まで隠してきた点から見て、七年前の件に関しては虚偽、つまり、七年前仁科登と水城亜也子を心中に見せかけて殺した犯人は江幡であろう。だが、今回の兵藤と坂本エリを殺した犯人は本当に別にいるのではないか、という意見である。

三村は、どちらかというと後者の意見だった。昼の尋問の後でよく考えてみると、江幡の言う罠説にはなるほどとうなずかされる点や、あるいは、と思い当たる点がいくつかあったからだ。

由希子に電話をかけてきたのが坂本エリを装った別人、という主張がその一つだ。あの電話の直後、由希子は怯(おび)えながら、誰かのいたずら電話ではないか、と三村に言ったのである。坂本エリの声は確かにハスキーだが、今のが彼女の声だったとは断言できない、と。

その後、坂本エリの死体が発見され、すべての状況が《電話の主＝坂本エリ》を示していたため、犯人が風呂場にいるときなぜエリは電話したのか、という点に多少ひっかかりながらも、三村は別人の可能性を一度も検討してみなかった。

が、考えてみると、囁くような早口の喋り方は、犯人が室内にいるように思わせるための演技であると同時に、由希子に別人の声だと見破られないための手段だった、と取れなくもない。

「坂井江梨子」の部屋に、坂本エリの髪の毛がついた赤毛のカツラがあった事実、赤毛の女が大原関に目撃された後、タクシーでその部屋に近い板橋まで行っている事実、坂井江梨子、高知理恵という坂本エリに似た名を使っている事実――。

これらも、もしかしたら三村たち警察を《赤毛の女＝坂本エリ》という「真相」へ導くための偽の手掛かりだった可能性がある。

また、事件の被害者が、ともに七年前仁科登と水城亜也子を間接的に死に至らしめた人間たちだった、という事実。

この符合についても、〈七年前の関わりから兵藤が赤毛の女を坂本エリだと気づいた〉と見るよりは、〈兵藤と坂本エリは七年前彼らのした共通の行為のために殺された〉と見る方がすっきりする。

そして、何よりも、江幡の言う罠説に立つと、今まで最大の謎だったエボラウイルス持ち出しの動機が明快になる。つまり、犯人は、七年前アデノウイルス漏出の罪を仁科登に着せて殺した江幡に復讐するため、今度は逆に、より危険なウイルス持ち出しの罪を彼に被せようとした――。

とにかく、江幡の言う罠説を半分正しいと認めれば、これまで考えられてきた事件の筋は一変する。兵藤と坂本エリの殺害は、犯人がエボラウイルスを持ち出した結果として起きたものではなく、二人の殺害自体が犯人の目的の一つだった、ということになるからだ。しかも、それは、目的であると同時に、江幡に殺人の罪を着せて復讐するための手段でもあったことに。

新しい可能性が生まれた以上、それを追求しなければならない。

そこで三村たちは、江幡の主張が半分正しいと見た場合、兵藤と坂本エリを殺したのは誰か、という問題の検討に入った。高見沢隆子が行き先も告げずに昨日突然旅行に出た、という事実が前に報告されていたため、彼女を怪しむ声が少なからず出たが、ひとまず具体名は措いて。

まず犯人は男女二人以上、というより男女一人ずつと見てほぼ間違いない、と思われた。

つまり、〈赤毛の女、江幡を電話で呼び出したという女、高知理恵名で赤坂クイーンホテルに部屋を取った女、坂本エリを騙って由希子に電話してきた女、エリのアパートの近くで中肉中背の男と擦れ違ったと警察へ通報してきた女、エリに坂井江梨子名で部屋を借りさせた女〉これらはいずれも同一人であり、〈兵藤を殺したマスクとサングラスの男、坂本エリと性交渉を持ったのちに殺したと思われる男〉これらも同じ一人の男であろう。

女の条件は身長一六〇センチ前後で二十代か三十代といった程度だが、男の方は身長一六〇から一七〇センチという条件に、血液型が分泌型A型で、坂本エリと性交渉を持つ程度に親しかった、という条件が加わる。

また、男女どちらかは微医研からエボラウイルスを持ち出せた人間であり、適当な口実を設けて坂本エリに坂井江梨子を名乗らせ、赤毛のカツラの置いてあった部屋を借りさせることのできた人間である（エリはサラ金に多額の借金があったので金で動かした可能性が高い）。さらに、二人のうち少なくとも一人は、仁科登と水城亜也子を殺した犯人に深い恨みを抱いていた——。

以上の条件を一つでも満たす者として、尾崎、叶、兼田、高見沢隆子、仁科登の元妻の清美、弟の洋次、亜也子の妹の由希子、の名が挙げられた。

しかし、アリバイや血液型などの条件から尾崎、兼田、由希子が消え、清美も再婚して現在外国にいるというので除かれた。

残るは、叶裕樹、仁科洋次、高見沢隆子、の三人だった。

このうち、叶と隆子のどちらかは必ず犯人のなかにいなければ、エボラウイルスの持ち出しが不可能である。

この条件を考えてできた、犯人の可能性の組み合わせは、
①、叶＋隆子

②、叶＋氏名不明の女
③、隆子＋洋次
④、隆子＋氏名不明の男

の四通りであった。

三村たちは、叶と高見沢隆子については江幡の言うような犯罪を計画し、実行に移すだけの動機があるかどうか、洋次については血液型が何型か、犯行時のアリバイはどうか、といった点を調べることに決め、会議を終えた。

隆子の行方の追及を決めたのは、言うまでもない。

第十章　疑　問

1

二十二日（土曜日）の午後二時過ぎ、大原関が科学部の自分の席でガン新薬に関する解説記事を書いていると、

「わかりましたよ」

と、原澄夫が火のついた煙草を手に近寄ってきた。

「ああ」

大原関は顔を上げ、整理部の席へ行って話しているデスクの平沼の方へチラと目をやった。

科学部の他の記者たちは全員出払い、誰もいない。

「支局にいる後輩に当たってみてもらったところ、虎山が岐阜の実家へ帰ってる、なんていう様子はないそうです」

原が隣の机の灰皿に煙草を押しつけて、言った。

「やっぱりな」

大原関は鉛筆を机に投げ、椅子の背に上体をあずけた。

予想した通りであった。

『樹』を訪ねた翌日（一昨日）、虎山に関して調べてくれるよう、原に頼んでおいたのだ。

「それで、今度は皆川の話ですが」

原が、隣の椅子を引いて腰をおろした。皆川というのは、前に角井組について調べてもらった原の友人である。

「虎山って奴は、歳は二十六で、一見ヤクザには見えない色白の優男のようです。前科は、三年前に大麻の所持と密売で一度軽い実刑を食らっただけ。その後、全然問題を起こしてないので、何をやってたのかわからない、という話です。それから、『樹』のマスターっていう男ですが、彼も角井組の元幹部だそうです」

「ふーん、大麻か」

大原関はうなずきながらつぶやいた。エボラ熱の第一号患者、峰田攻一も大麻を吸って検挙された過去があったからだ。

「ええ、あの土地成金の放蕩息子と一応共通しているんですよね」

同じことを考えたらしい原が言った。

「ただ、峰田の挙げられたのは一年ほど前で、そのときの仲間に虎山はいなかったんだろう？」

「そうですが、なんとなくひっかかりませんか」

「まあ、ひっかかるがね」

言って、大原関はふとある事実に気づき、椅子から背を離した。「ハラちゃん、他にもあったよ。考えてみると、虎山の勤めていた『樹』と峰田のマンションは、四ツ谷駅を挟んで西と東じゃないか」

「そうか！」

原が声を高めた。「こりゃ、佐々医師の言う通り、虎山もエボラに罹っていたのだとしたら、二人の間になんらかの関係があったのは確実ですね」

虎山と峰田――。

まだ二人の結びつきが証明されたわけではない。たとえ結びついても、それが何を意味するのか、見当もつかなかった。

だが、大原関は微かな興奮を感じた。

2

その晩、三村たちの捜査会議では、江幡の主張する罠説によって浮かび上がった仁科洋次、叶裕樹、高見沢隆子——三人についての調査結果が報告された。

それによると、いずれも犯人とするには大きな難点がある、という結論であった。

まず、仁科洋次。

彼は登の弟であり、動機を持つ者としては申し分ない。血液型も兄と同じ分泌型のA型と判明した。しかし彼には、兵藤殺しと坂本エリ殺しのあった夜、大阪にいた、という不動のアリバイがあった。

次に、叶裕樹。

いくら仁科登と同期の友人だったとはいえ、彼には七年前の復讐（ふくしゅう）という動機は考えられない。そこで、共犯者との動機のドッキング……つまり、ライバル江幡の失脚、破滅を狙って復讐動機を持つ者と手を結んだ可能性が追求された。ところが、以前、十一時四十六分東京着の新幹線で京都から帰った、と主張していた坂本エリの殺された晩の行動が確認され、アリバイが成立した。

叶と手を組んだ可能性のある女として、七年前、仁科登と噂のあった杉岡弥生の名が浮かび、彼女についても同時に調べられた。

しかし、彼女の場合、二件の殺人の夜は自分の部屋に一人でいたというだけでアリバイがなかったものの、峰田攻一が赤毛の女と関係した文化の日の前夜は十時四十分頃まで水城由希子と八王子にいたという事実が確認され、容疑者から外れた。また彼女は、仁科登の死から一年経つか経たないかのうちに江幡とも関係があったらしく、恋人の復讐という動機の面からも犯人とは考えがたかった。

最後に、高見沢隆子。

七年前に、まだ東央大学の大学院生として微医研へ来ていた彼女が仁科登に好意を寄せていたのは、確実らしい。証言者の多くは、片想いのようだったと言ったが、彼女の性格からわざとそのように振る舞っていたのかもしれず、噂のあった杉岡弥生より彼女の方が本命だった可能性もある。つまり、仁科登は水城亜也子と結婚を約束していたとずっと考えられてきたが、隆子と密かにその約束を交わしていたのかもしれない。

もし、この想像が当たっていれば、隆子には今度の犯罪の動機があったことになる。

もちろん彼女ならエボラウイルスの持ち出しは可能だし、誰にも行き先を告げずに突然旅行に出たのも、逃げたと見られないことはない。

ところが、こう考えて彼女を犯人と仮定すると、かなりおかしな点が出てくる。

江幡の逮捕後、三村が大原関から聞いた話によると、江幡と隆子は最近できていたのではないか、という。これを江幡にぶつけたところ、半年ほど前から時々密かに外で会っていた事実を認めた。となると、恋人を殺され、七年間も復讐を誓ってきた憎しみの対象に彼女は自分の身体を与えていたということになり、弥生の場合と同様の矛盾が生じる。

六年も前の弥生とは違って現在の話なので、それが復讐計画のために必要だったというのならわかる。

が、どう考えても、そんな必要があったとは思えない。

高見沢隆子はいつも江幡と一緒に仕事をしていたのである。男女の関係を結ばなくても彼の動きは十分探れるし、坂本エリの部屋に置くための彼の毛髪だって、容易に手に入れることができたはずである。

次に、これはおかしな点というより、高見沢隆子を犯人とする最大の難点だが、共犯の男が見当たらない、という点である。犯行動機を持つ血液型A型の男。これらの条件を満たす人間は、彼女の周辺のどこにもいない。かといって、これだけ手のこんだ重大犯罪に、金で雇った共犯者を使ったという可能性は、ほとんどありえないだろう。

――こうして、仁科洋次と叶については容疑が完全に消え、隆子についてもほぼシロ、という見方が有力になった。

この結果からは、当然江幡へ帰らざるをえない。

そこで会議は、江幡の主張する罠説は頭のいい彼が練り上げた創作にちがいない、そう結論し、彼に対するいっそう厳しい取り調べを決めたのである。

しかし、三村個人はというと、必ずしもその結論に賛成ではなかった。これでは、江幡の言う罠説にあったいくつかの合理的な点が、完全に閑却されてしまうからだ。

三村は、他の刑事たちに少し遅れて目白署の玄関を出、駅へ向かって歩きながら考えつづけた。

確かに、調べたかぎり、江幡を罠にかけたと見られる男女は存在しない。この事実から出発すれば、〝江幡が犯人〟でしかありえない。

とはいえ、彼を犯人とする見方にも、前に考えた疑問がそのまま残っている。

その第一は、エボラウイルス持ち出しの動機だ。自分の研究に世間の注目を集め、より大きな価値を付加するため――これが三村たちの考えた動機だが、いま一つすっきりしない。

第二は、兵藤が重大犯罪を告白に来た彼になぜ背を向けたのか、という点であり、第三は、前夜大原関に見られたのと同じ恰好で兵藤の部屋を訪れ、なぜ赤毛の女との結びつきを平気で明かしたのか、という点だ。

そして第四は――これは江幡が犯人の場合にかぎらないが――兵藤殺害後、なぜ赤坂クイーンホテルの「高知理恵」の部屋へ戻ったのか、戻る必要があったのか、という点である。

江幡が犯人であって、しかもこれら四つの疑問に明快な解釈、答えの出ることがあるのだろうか。

学習院大学の塀に沿った薄暗い道で、三村はそう自問した。

それとも、これらの疑問をすべて解決したところにこそ、別の真犯人が浮かび上がってくるのだろうか。

江幡が自白すれば、事は簡単である。が、そうなる可能性は薄い気がした。としたら、彼が犯人であるにしろないにしろ、これらの疑問の意味を徹底的に検討してみる以外、真相に到達する道はないのかもしれない。

目白駅に着いて切符を買おうとしたとき、脳裏を掠(かす)めた高見沢隆子の影が、一瞬彼の手を止めさせた。

いったいどこへ行ったのか？

彼女の行動は、ずっと彼の意識の底に強いこだわりを残していた。

改札口を入り、階段を下った。

ホームには数人の人がいるだけだった。

三村は、なかほどまで進み、学習院の暗い森に目をやった。寒風が時々渦を巻いて身体にぶつかってくる。

高見沢隆子には本当に共犯者がいないのだろうか。

六、七分してようやく電車が来た。

乗り込むと、なかは明るく暖かかった。

三村はふと由希子の顔を思い浮かべた。

〈彼女は今頃、何をしているだろう？〉

心に温かいものが流れた。

3

それから一時間ほどして三村が国立の自宅へ帰り着いた頃、由希子は、杉岡弥生と並んで寝ていた。今日——すでに午前零時を三十分ほど回っているので正確には昨日——の午後、由希子は初めて、調布にある弥生のマンションを訪ねたのである。

二人で買い物に行き、一緒に料理を作り、ワインを飲みながら夕食をし、順に風呂へ入って横になったのが十一時半頃——。

亡くなった弥生の両親のこと、秋田にいる由希子の父母のこと、互いの子供の頃や学生時代のこと……と、いつまでも話は尽きそうになかった。

小球の暗い光を受けた弥生の顔の方へ時々首を向けながら、由希子は何度かそこに姉亜也子の顔を重ねた。こうして枕を並べていると、短大へ入るために上京し、しばらく姉と一緒に暮らしていた頃が懐かしく浮かんでくるのだった。

姉と弥生の間には、多少の因縁がないでもない。今や、姉は結婚を餌に江幡に騙されていたらしいとわかったが、これまでずっと仁科登の秘密の恋人だと信じられていた。だから由希子は、いつか弥生に登との仲について本当のところを訊いてみたい、と考えていたのだった。

「あの、杉岡さんは、どうして結婚なさらないんですか？」

話が少しとぎれたとき、由希子は思い切って言った。

弥生が仁科登や江幡とどういう気持ちで付き合っていたのか、間接的なかたちであれ、やはりこの機会に訊いてみたい、と思ったのである。

「どうしてって、貰って下さる方がいなかったのよ」

弥生が笑いを含んだ声で答えた。

「杉岡さんみたいに素敵な方が、そんなこと……」

「ありがとう。でも、本当なの」

「結婚なさろうと思ったことは、なかったんですか？」

「そうね、なかったと言ったら、嘘になるわね。一度だけあったわ」

弥生が暗い天井に顔を向けたまま、過去を思い起こすように言った。

「好きな方がいらしたんですね」

「ええ」

「その方は……？」

「亡くなったの」

由希子は思わず布団のなかで身体を硬くした。

「ヨーロッパのアルプスで。まだ私が微医研へ勤める前の話だけど」

由希子は弥生に気づかれないよう、そっと息を吐いた。もしかしたら仁科登ではないかと思ったのである。もっとも登なら、死んで一年も経たないうちに江幡と関係することはなかっただろうが。

「すみません、辛いことを思い出させてしまって」

「いいのよ、もう昔の話だから。決して取り戻す術のない、遠い遠い思い出……」

弥生が低く笑った。

その声には言い知れぬ悲しみが籠もっているようで、由希子は胸を衝かれた。

取り戻す術のない遠い過去……。

由希子の脳裏に、さっき風呂上がりに見た弥生の髪がくっきりと甦った。弥生が鏡台の前に座っていたとき、何気なく後ろに寄った由希子は、見てしまったのだ。黒い土を持ち上げた霜柱のように、髪の根元の部分が真っ白だったのを——。

「水城さんは好きな方がいるんでしょう？」

弥生が逆に訊いた。

「い、いえ、決まった人はいません」

由希子は慌てて答えた。答えながら三村の顔を思い浮かべていた。

「そう」

弥生は何か気づいているふうだったが、それ以上は詮索せずに、「もう寝みましょうか？」

と言った。

「ええ」

「じゃ、明かりを消すわね」

彼女は腕を伸ばして小球のスイッチを切り、

「あ、そうそう、今日も刑事さんが見えて、高見沢さんについていろいろ訊いて行ったんでしょう？」

思い出したように訊いた。

「そうなんです」

「警察はどう考えているのかしら？　私も昨日、前に一度尋ねられたことを、また訊かれたんだけど……」

由希子も昨日、弥生のアリバイについて再尋問された。赤毛の女が峰田攻一と関係した文化の日の前夜、確かに弥生と十時過ぎまで八王子にいたかどうか、と。

「もしかしたら赤毛の女は坂本さんじゃない、と考えていて、私や高見沢さんも疑われているのかしら？」

弥生の口調には、由希子がどう見てるかを探るような響きが感じられた。

だが、由希子にも、三村たちの意図はわからなかった。

第十一章　男と女

1

クリスマスも過ぎた水曜日である。

今年も残すところ今日を入れて六日になった。

先週の木曜日以来、江幡は一貫して罠説を主張しつづけ、三村たちは強い焦りを感じはじめていた。

相変わらず、高見沢隆子の行方も摑めない。

この間、三村は二度微医研へ行き、江幡の尋問には連日立ち会った。そして、江幡を犯人とした場合の疑問、犯人の取った行動の疑問について考えつづけた。

犯人の男がなぜ前日大原関に見られたのと同じ恰好で兵藤の部屋を訪れたのか、という点については、江幡の言う罠説を採れば説明がつくことに気づいていた。江幡と坂本エリを犯人に仕立てるためには、犯人たちは、どうしても兵藤を殺した男と赤毛の女との結びつきを誰かに見せておく必要があったのである。

もし江幡の言う罠説が正しく、三村のこの想像が当たっていれば、大原関の現われるホテルのロビーに男と女が目をひく恰好で座っていたのも、兵藤の殺された晩ニューワールドホテルの九階エレベーターホールに煙草の灰が撒かれていたのも、彼らの計画であった可能性が高い。つまり、大原関も森かよ子も偶然目撃したのではなく、犯人に〝目撃させられた〟のだ——。

しかし、あとの二つ、兵藤はなぜ背後から犯人に襲われるというスキを見せたのか、犯人は兵藤を殺した後、なぜわざわざ赤坂クイーンホテルへ戻ったのか——という点については、江幡の言う罠説を採ろうと採るまいと、依然、謎のままであった。犯人が赤坂クイーンホテルへ戻ったのは、「高知理恵」との結びつきを強調するためと考えられなくもないが、犯行後、危険を冒してそこまでする必要はなかったはずである。

その日も、三村は午後から江幡の尋問に加わった。

取り調べの中心者は、午前中の関根に代わって、石山である。

三村たちだけでなく、厳しい取り調べを受ける江幡の方も、日々消耗の度合いを深めていた。不精髭の生えた頰は肉が落ち、目だけがギラギラと光っている。罠説を主張し、七年前の件についても容疑を頑強に否認しつづけているものの、その目の奥には次第に怯えと動揺の色が濃くなりつつあった。

「よしッ、どうしても言わんのなら、それでもいい」

石山が業を煮やして立ち上がった。

取り調べが始まり、一時間ほどした頃だ。

「こっちには、お前を有罪にする証拠は十分揃っているんだ。このまま起訴し、お前を死刑台へ送ってやる」

「私じゃない、私は誰も殺しちゃいない」

江幡が叫ぶように言った。

「お前しかいないんだよ」

「調べて下さい。もう一度調べて下さい」

「さんざん調べたんだよ。それで、お前を陥れるような人間はどこにもいないことがはっきりしたんだ」

「いるはずです」

「貴様」

「本当です。罠なんだ、みんな誰かの罠なんだ」

「でたらめもいい加減にせんか」

「でたらめじゃない。証拠がある。坂本さんの殺された晩、水城さんに電話したのが坂本さんじゃなかった、という証拠がある」

江幡が言った。

が、次の瞬間、息を呑んで、表情を凍らせた。

「電話したのが坂本エリじゃなかった証拠？」

石山が彼の前に首を突き出した。「どういうことだ、言ってみろ」

江幡の目がおどおどと落ちつきなく揺れた。

「また、いい加減なことを言って時間を稼ごうったって、今度は無駄だよ」

「いい加減じゃない」

「なら、言ったらどうだ」

「そ、それは……」

江幡の額には脂汗が滲んでいた。

「何が証拠だ？」

「それは……電話で話したという内容がでたらめだからだ」

「貴様、舐めとるのか！」

石山が顔を赤くして怒鳴った。

だが、江幡は頰を青白くひきつらせ、その後、貝のように口を閉ざしてしまった。自分から証拠があると言っておきながら。

三村は、彼の態度に強い不審を覚えた。

本当に、由希子に電話したのは坂本エリではなかったのではないか。そして、江幡は、その証拠を握っているのではないか。

2

同じ二十六日の同じ頃、大原関は神保町（じんぼうちょう）の喫茶店に座っていた。

「虎山ですか？」

彼が、虎山という名を聞いたことはないかと尋ねると、前に座った重松（しげまつ）という面長の男は、オウム返しに言って首をかしげた。

重松は峰田攻一の友人で、東都大学の学生である。一昨日神田大学の峰田の級友たちに会い、〝峰田と親しくしていた男〟として紹介されたのだ。

「荒木町の『樹』というバーでバーテンをしていた男なんだが」

大原関は『樹』の名を出した。

すると、今度は、

「『樹』ですか、『樹』なら知ってますよ」

重松が即座に答えた。「峰田があそこの美香（みか）っていう女の子に気があって、僕も二、三回一緒に行ったことがありますから」

「二人、女がいたと思うけど、美香っていうのは若い方？」

「当然ですよ」

重松が薄く笑い、大原関は下脹れのなんとかというタレントに似た女の顔を思い浮かべた。

「じゃ、君が行ったとき、二十五、六の優男のバーテンはいなかったかね？」

「いましたよ。ただ、虎山っていう名前だったかどうかまでは覚えていないけど」

どうやら、これで峰田と虎山ははっきりと結びついたようであった。

「そのバーテンと峰田君は、よく話をしていたかい？」

大原関は質問を継いだ。

「まあ、してましたね」

「友達みたいに？」

「冗談言い合ってましたけど、友達っていうんじゃないと思いますよ。馴染みの客っていうだけで」

「馴染みの客か……。で、話は少し違うんだけど、峰田君が去年大麻を吸って捕まったのは、君も知ってるだろう？」

大原関は心持ち声を低めた。

「ええ、まあ……」

「ひょっとして君も一緒に吸ったのかい？」

彼は笑いながらできるだけ軽い調子で言った。

「ぼ、僕は吸りませんよ」

重松が長い顔を反らせ、真剣な口調で抗議した。

「いや、すまんすまん、冗談だよ」

「僕も、あの前、二度ほど誘われましたけどね」

大原関の謝罪に重松も表情を和らげた。

「前？　その後はどうなの？」

「誘われてないです」

「峰田君はどうなんだろう、君を誘わなくなったかもしれないけど、その後も時々吸っていたとは考えられないかね？」

「さあ」

「そんな素振りは見えなかった？」

「気がつきません」

嘘をついている顔ではなかった。

そこで、大原関は礼を言って先に喫茶店を出ると、すずらん通りを駿河台下へ向かって歩いて行った。重松に聞いた話を、頭のなかで反芻しながら。

時刻は三時十分前だ。これから社へ戻る。

陽は出ているのに、風が冷たく、午後になっても気温はあまり上がらなかった。おかげで、汗っかきの彼も、さすがにもう愛用のタオルを持ち歩かなくてすむ。というより、彼も今日からオーバーを着ていた。朝、出がけに、

——マタニティドレスみたい。

妻の頼子に笑われながら。

漂ってきたカレーのにおいを振り切り、駿河台下の交差点へ出た。

通りを渡って、バス停に立つ。

寒風に背を向けながら、考えつづけた。

予想通り、峰田と虎山は結びついた。だが、その先へ進む道が見えてこなかった。

虎山が頭が割れそうだと言って佐々に往診を頼んできたのは、金森と平の発病する十日ほど前だったという。それは、峰田の発病の約一週間前でもある。ということは、佐々の想像通りなら、虎山こそ最初のエボラ熱患者であり、当然、彼も赤毛の女から感染させられたに違いない。

つまり、ここに、虎山、峰田、金森、平と、赤毛の女がエボラウイルスを感染させたと思われる人間四人が、完全に結びついたのだ。

いったい、これはいかなる意味を持っているのか、と大原関は自問する。

坂本エリだったと考えられている赤毛の女は、虎山あるいは角井組と、どういう関係があるのか。金森と平の発病を届け出るよう佐々に頼んだ角井は、なぜ虎山の場合だけ隠したのか。虎山と峰田に共通する前科、大麻に何か関係があるのだろうか。そして、すべての謎を解く鍵を握っていると見られる虎山は、どこへ消えたのか。どこかで生きているのか、それとも、すでに死んでしまっているのか……。

〈せっかくここまで行きついたというのに、あの傷の和久沼でも締め上げないかぎり、もうどうしようもないじゃないか〉

大原関は口のなかでつぶやき、埃(ほこり)を巻いた風に煽(あお)られるようにして、やってきたバスに乗った。

3

その夜、三村は十一時半過ぎに新宿で中央線の電車に乗り換えた。支線への最終連絡に近いせいか、かなり混んでいた。

中野を過ぎたところでようやく中央の吊(つ)り革の下まで進み、流れていく窓外の明かりに、疲れた目を投げた。

彼は、昼の江幡の反応を思い起こしていた。

石山に問いつめられ、思わずといった感じで、「罠だという証拠がある」と言ったときのことだ。

三村はずっとそれが気にかかっていた。そして、もしかしたら江幡は、由希子にかけた電話の主が坂本エリではないという証拠を本当に握っているのではないか、という思いを次第に強くしていた。

この想像が当たっていれば、その女は本物の坂本エリだったら絶対に口にしないか、できないことを言った。つまり、由希子に話した内容に江幡を罠にかけた犯人の推理が入っていて、それが間違っている、と江幡は知っている——。

では、江幡は、なぜその事実を口にしなかったのか？

おそらくそれは両刃の剣であり、罠説を裏付けると同時に己れの七年前の犯罪——仁科登と水城亜也子殺し——を立証してしまうおそれがあったからではないだろうか。

この想像、疑いは、江幡を犯人とした場合の疑問とともに、三村をいっそう江幡の主張する罠説にこだわらせた。

とはいえ、江幡が犯人でなかった場合、今や微医研からエボラウイルスを持ち出せた犯人の可能性があるのは高見沢隆子しかいない。

ところが、その高見沢隆子には共犯の男の影がまるでないのだった。

三村は、いずれを採ったらいいのかわからないまま、残っている疑問について考えつづけた。

やがて電車は吉祥寺、三鷹と過ぎ、だいぶ空いてきた。

それでも、まだかなり立っている。三村の吊り革の並びには、左に二人と右に一人。右側のOL風の女の向こう、乗降口の角には、さらに若い男が背を見せてウォークマンを聴いていた。ジーンズをはき、ライトブルーのダウンジャケットを宇宙服のように膨らませた男だ。髪は坊ちゃん刈りみたいに刈り上げ、それを軽くおさえるようにヘッドホーンをつけていた。

武蔵境でOL風の女が降り、次の東小金井で三村の背後の席が三人分、一度に空いた。前に立っていた男が腰をおろしたが、他に誰も座る気配がないので、三村は身体を回して、かけた。

彼は、自分が疲れているのを感じた。もう、しばらく百合の起きている顔を見ていない。由希子とも、何度か顔は合わしているものの個人的な話は全然していなかった。

由希子の顔が浮かび、もし彼女が、自分の姉を殺したのが江幡だと七年前に気づいたとしたらどうしただろうか、とふと思った。そして、警察へ訴えても江幡を追いつめるだけの証拠がない、と判断したとしたら――。

彼女は、密かに姉の復讐を決意しただろうか。

そのときは、江幡を殺したいほど憎み、復讐を誓ったかもしれない。が、たとえそうだったとしても、その決意、憎悪を七年間も持続できたとは思えない。

三村は、由希子を高見沢隆子に置き換えた。

隆子が仁科登をどんなに深く愛していたとしても、この七年間は長すぎなかっただろうか。一口に七年というが、それは二千五百日以上の生活の日々なのだ。人間は忘れる動物であり、だからこそ生きていかれる。三村にしても、この七年の間に陽子を知って結婚し、百合をもうけ、陽子に捨てられ、そして今、その傷をも忘れようとしている。

しかし、と彼は思い返した。

隆子は毎日、江幡と一緒に仕事をしてきた。江幡が外国へ行っていた四年間を除き、恋人を陥れ、殺した彼が平然と研究をつづけ、世に受け入れられていく姿を、身近に見つづけてきた。としたら、彼女の場合、日々江幡に対する怒りと憎悪を新たにしていた、ということはないだろうか。

三村は胸の内で苦笑した。連日、江幡を厳しく追及しながら、より高見沢隆子の方を疑っている自分の矛盾が、おかしくなったのだ。隆子には共犯者の男の影がどこにもないのである。また、彼女が江幡を罠にかけた犯人だったとしたら、最も憎むべき男になぜ自分の身体を与えたのか。

電車が国分寺駅のホームにすべり込んだ。

乗降口は三村の座っている側だ。

反対側のドアのそばでウォークマンを聴いていた若い男が、降りるつもりらしく、身体を巡らした。

何気なくその顔に目を向けた三村は、びっくりした。

坊ちゃん刈りのように刈り上げた短い髪から、てっきり男だと思っていたのに、そのブルーの宇宙服は女だったのだ。薄いピンクのルージュ、長い睫（まつげ）、少女らしい優しい瞳……間違いない。

十七、八と思われるその女が降り、ドアが閉まった。

三村は、窓の外に彼女の姿を追った。

歩き方も、内股の明らかに女のものだった。

電車がホームを離れ、三村は目を車内へ戻した。

そのとき、彼の脳裏に、事件との関連で一つの仮定が生まれた。

もし、今の少女がずっと背中を向けたまま、あるいはサングラスとマスクをかけ、外股に歩いて行ったとしたら――。

そう、自分は彼女を男と信じ、女だったかもしれないなどと疑うことは決してなかっただろう。

彼は、その仮定と結びついた新しい想像を頭のなかで追った。

兵藤を殺した、髪をオールバックにしてマスクとサングラスをかけた男。あれが、もし女だったとしたら――。

高見沢隆子に、男の共犯者は見当たらなかった。

しかし、彼女と手を組んだかもしれない女については、まったく追求していないのである。

そして、もしあれが女なら、兵藤が油断して背を向けた謎も、彼を殺害した後、犯人が赤坂クイーンホテルへ戻らざるをえなかった事情もはっきりする。彼女は男の服装のまま、途中でマスクとサングラスを外すことはできなかった、つまり、どうしても赤坂クイーンホテルの「高知理恵」の部屋へ帰り、女に戻る必要があったのである。

だが、隆子が女、共犯者も女だったとしたら、坂本エリの身体に付着していた血液型A型の精液はどういうことか？

その疑問が浮かんだとき、三村は、

〈そうか！〉

と思った。

高見沢隆子が江幡と肉体関係を持っていた理由がわかったのだ。大原関が歌舞伎町のホテル街で隆子らしい女と江幡を相前後して見たのは、坂本エリの殺された前日、十四日の金曜日だという。それなら、避妊具を用いれば、翌日エリの身体に残しておく彼の精液を手に入れるのは容易だっただろう。

犯人は女が二人——。

三村の意識の底にまた小さなひっかかり、疑問が生じた。

同じ研究室員とはいえ、江幡を罠にかけて隆子にそれほどメリットがあったとは思われない。

としたら、隆子はやはり仁科登の恋人であり、動機は復讐であろう。

では、もう一人の女は、仁科登か水城亜也子とどう関わっていたのか？　兵藤と坂本エリを殺し、江幡にその罪を被せようとした動機はなんだったのか？　由希子を除いて、これほどの犯罪を遂行する動機を持った女がいるだろうか？

男の共犯者同様、こうした女はやはり見つからないかもしれない。

三村は気落ちした。

これこそ、と思ったのに、糠喜びにすぎなかったのか……。

ただ、そう諦めかけながらも、女が犯人だったとすると、これまでの疑問が解消する事実に、彼はまだこだわりを残していた。

電車が西国分寺駅に着き、前でお喋りしていた二人連れの女の一方が降りて行った。

その後ろ姿を見るともなく見送っていた彼は、突然ハッとして、前の女に目を戻した。

これまで、まるで思いもよらなかった考えが閃いたのである。

女が一人……。

ありうるだろうか。

胸苦しいような興奮が彼をとらえはじめた。

立ち上がった。

座っていられなかったのだ。

車内を前へ向かって大股に歩き出した。

一プラス一＝一。

赤坂クイーンホテルの「高知理恵」の部屋へ戻った犯人は「高知理恵」自身だった。つまり、マスクとサングラスをかけた「男」と赤毛の女は、同じただ一人の女だった——。

ありうるか。

ネックは、むろん大原関が男と女を同時に見ている事実である。

だが、そのときの男が翌日兵藤を殺した犯人だという証拠は、どこにもない。オールバックの髪、マスクとサングラス、それにベージュのコートという相似があるだけだ。

ということは、大原関の目撃のときのみ、犯人は金で雇った男にマスクとサングラスをかけさせ、自分の前に座らせていた、とは考えられないだろうか。もちろん、「赤毛の女を操る男、江幡」を存在させるために。

電車が停まり、三村は国立駅のホームへ降り立った。

寒気を胸いっぱいに吸い込んだ。

前方に、高見沢隆子の姿がくっきりと浮かび上がってきた。

4

朝、由希子が勤めへ出る前に電話してくるのは郷里の母くらいしかいない。

だから、二十七日の朝もベルが鳴ったとき、由希子は飲みかけの牛乳を置き、

〈忙しいときに本当に母さんたら〉

と思いながら、ダイニングテーブルから立って行った。

受話器を取り、

「由希子だけど――」

朝からなーに？　と多少甘えと非難を含んだ声でつづけようとして、

「あ、す、すみません……」

慌てて言い、顔に吹き出た汗を手の甲で拭（ぬぐ）った。

三村だったのだ。

「申し訳ありません、朝から」

彼の方も恐縮しきっている。

「いえ、いいんです。ごめんなさい、母だと思ったものですから」

自分の裸の心を覗（のぞ）かれたようで、少し気恥ずかしかったが、一方で自然に気持ちが浮き立

つのを、由希子は感じた。

「お忙しかったのでは……？」

「そんなことありません」

「実は、できたら駅までご一緒させていただいて、その間にちょっとお尋ねしたいことがあるのですが」

「はい」

「それで、何時頃伺ったらいいでしょう？」

「あの……もし大事なお話でしたら、私は一時間くらい遅れたって平気ですけど」

「そうですか」

三村が考えるように一度言葉を切り、「大事といえばとても大事な話なんです。昨夜、例の事件に関して突然思い当たった点があり、今朝まで考えたものの、いま一つ自信が持てないんです。で、水城さんに二、三お尋ねし、できればご意見も伺えたら、と思ったのですが」

「それでしたら、お役に立てるかどうかわかりませんけど、ここでお待ちしますわ」

「すみません」

「お寝みになってらっしゃらないんでしょう、本当に大変ですわね」

「いえ……。あ、クリスマスには百合にケーキを買ってきてくださったそうで、ありがとうが電話を切った。


ございました」

急に思い出したらしく礼を述べ、それではこれから伺わせてもらうから、と言って、三村

由希子は三村のために濃いコーヒーを淹れた。

三村はそれを美味しそうに三分の二ほど飲んでから、炬燵を挟んで座った由希子に、自分の推理を話し出した。

由希子には、江幡の主張しているという罠説――公表されていないので初めて耳にした――がそもそも意外であり、それを元に考えたという三村の《高見沢隆子単独犯説》はさらに驚くべきものだった。

あの高見沢隆子こそエボラウイルスを実験室から持ち出し、兵藤と坂本エリを殺した犯人ではないか、という内容だったのだ。

――高見沢隆子は仁科登と密かに結婚を約束し、彼を深く愛していたのではないか。そこで、江幡こそアデノウイルスをプールに入れ、登と亜也子を心中に見せかけて殺した犯人だと知ったとき、江幡に対して、と同時に登を無実の罪に追い込んだ兵藤と坂本エリに対して復讐を決意し、七年後、実行に移したのではないか。実験室から誰にも気づかれないようエボラウイルスを持ち出すと、赤毛のカツラを被って峰田、金森、平に感染させ、七年前に江

幡が仁科登にしたのと同様、その罪がすべて江幡と坂本エリに向かっていくように巧妙な仕掛けをして。

もちろん、エボラウイルス漏出の真相を明かすという口実で兵藤に近づいたのは、隆子だった。

それを大原関のいるところで話すといって、彼をニューワールドホテルへ呼び出させ、マスクとサングラスをかけた男と赤毛の女が一緒にいるところを彼に見せた。女は隆子自身であり、男は自分の行動に疑問を持たないような人間を、金で雇ったのだろう。兵藤殺しがエボラ事件に起因し、犯人が男と女二人いるように思わせるために。

その前に、坂本エリがサラ金から多額の借金をしている事情を調べたうえで近づき、彼女に坂井江梨子名で池袋本町にアパートを借りさせておいた。

これらの準備のもとに、兵藤殺し決行の夜は、声からこちらの正体を気づかれないように注意して江幡を映画館へ呼び出しておき、自分はニューワールドホテルに近い赤坂クイーンホテルに高知理恵名で部屋を取った。それから髪をチックでオールバックにかため、男性用のサングラスとマスクをかけ、胸の膨らみは幅広の紐で締めつけて男物のコートを着、踵の部分がなかで高くなったメッシュの靴をはいて、部屋を出た。凶器はコートの内側に隠し、歩き方は外股を強調して。こういう恰好で突然訪ねたら兵藤が驚くだろうから、素顔を見られないよう男装して行く、と前もって伝えてあったのだろう。

また、前日大原関に見られたのと同じ恰好のこの「男」が兵藤の部屋へ入って行くところを確実に目撃されなくては、警察の捜査を「男が犯人」、さらには「江幡が犯人」という誤った方向へ導けない。

そこで彼女は、九階のエレベーターホールに煙草の灰を撒き、ホテル内の電話を使ってフロントに連絡。誰かが掃除に来るのを待って、兵藤の部屋をノックしたのであろう。

レターペーパーにあった《エボラ、持ち出しの真相!!》の文字は、兵藤に書くように仕向け、わざと直接書かれた紙を破り取り、肉眼ではわからない圧痕だけを残したに違いない。犯人が自分に都合の悪い証拠を持ち去ったかのように見せかけ、その実、捜査の目が確実にエボラ事件へ、しかも〝ウイルス持ち出し〟へと向くように。

兵藤殺害後は赤坂クイーンホテルへ帰り、「高知理恵」に戻って悠々と部屋を出て行ったのは、言うまでもない。

次は、坂本エリ殺し——。

江幡には十五日の夜自宅に一人でいるように前もって電話しておき、前夜歌舞伎町のホテルで会い、彼の精液を確保した。

こうして十五日土曜日、勤めを休ませた坂本エリの部屋を訪ね、適当な口実を設けて彼女を泥酔させたのだろう。

その後、洗濯機のコードを使って絞殺し、用意してきた江幡の精液をスポイトで彼女の身体に注入、男の犯行の状況を作り上げた。

あとは、江幡に電話をかけて坂本エリの部屋へ必ず来るよう――もし来なければエリを証人にして七年前の件を公表するとでも威して――呼び出し、ベッド、浴室、電話、洗濯機、眉剃り用カミソリ、由希子と仁科洋次の電話番号を記した源氏名の名刺等、すべて警察が初めに判断したような状況を演出し、彼の髪の毛をベッドの近くに落として部屋を出た――。

自宅へ帰ってから坂本エリを装って由希子に電話をかけたのはもちろんのこと、翌朝警察へ「昨夜坂本エリのアパートの近くで中肉中背の男と擦れ違った」と通報したのも、彼女だったに違いない。

三村の話――精液云々といった部分は彼は由希子から目を逸らして婉曲に話した――が終わっても、由希子は、ただただ驚き、疲労の浮かんだ彼の顔を見つめていた。

そんな彼女に、三村が残っていたコーヒーを飲んでから、いくつかの質問をした。

――由希子にかかってきた電話に、高見沢隆子の声や喋り方に似ている点はなかったか？

――隆子が犯人と聞いて、何か思い当たる節はないか？

――長年、身近に接してきた由希子から見て、隆子というのはどういう女性か？　七年間もひたすら恋人の復讐を願い、今度のような殺人計画を立て、実行に移せそうな人間か？

由希子には、どの問いについても一つとしてはっきりとは答えられなかった。

三村の言う通りなら、電話で聞いた早口の囁くような掠れ声は、当然作りものだっただろうし、長い間近くで接してきたとはいえ、隆子という女性はいま一つ理解できない存在だったからだ。

ただ、隆子には、非常に繊細で純粋な一面があった、と思う。

それを考えると、死んだ恋人の復讐のためにだけこの七年間を生きてきたというのも、あながちありえないことではないかもしれない。

あの高見沢隆子が恐ろしい殺人なんて、と信じられない気持ちの一方、もし彼女が姉と仁科登のために辛い復讐をしたのだとしたら——そう思うと、由希子は、隆子に対して胸が締めつけられるような懐かしさと親しみを感じた。

5

三村は由希子と国立駅で別れてから捜査本部の関根に電話を入れ、赤坂へ直行した。ニューワールドホテルの黒川や森かよ子、赤坂クイーンホテルのベルボーイらに会い、彼らの見たマスクとサングラスの「男」が、もしかしたら女だった可能性はないか、と尋ねるためである。

午後一時近くまでかかって、「男」の目撃者四人に尋問した。

彼らは三村の問いに一様に驚きながらも、少なくともその可能性がゼロではないと認めた。

そこで、三村は次に中央日報へ電話をかけ、通産省へ行く用事があるという大原関と日比谷公園の噴水前で落ち合った。

ベンチにかけたが、寒いのですぐに腰を上げ、ゆっくり歩きながら自分の推理のおおよそを話すと、

「うーん」

並の人間なら二人入るような灰色のコートを着た大原関が、真剣な面持ちで唸った。「それじゃ、お前の考えが当たっていれば、俺は仕立てられた目撃者……高見沢隆子のロボットだった、というわけか」

「まあ、そうなる」

「いくら恋人の復讐のためとはいえ、畜生……」

本気で腹を立てているとは思えない口振りでつぶやいた。

「で、お前に訊きたかったのは、赤毛の女と高見沢隆子の相似についてなんだが」

三村は肝心の質問に入った。

「うん……」

大原関が目を前方にやったままうなずき、「お前の話を聞いているときから考えていたんだが、それはなんとも言えん」

「背丈の五、六センチは、靴でごまかせたと思うんだが」

「わかっている。ただ、坂本エリのときにも言ったが、すぐ目の前で見たわけではないし、女は化け物だからな」

「しかし、写真でしか知らない坂本エリの場合とは違うんじゃないか。歌舞伎町で出会ったときにはわかったんだろう？」

「あのときも、すぐにはわからなかった。女の大きな尻と歩き方を見て、もしかしたら……と思ったんだ。ところが、赤毛の女の場合は、コートで胸の膨らみも尻の大きさも隠れてしまっていた」

「そうか」

「もちろん、俺は、高見沢隆子でなかったと言っているわけじゃない。というより、俺も、お前の推理は正しいような気がするよ。彼女を犯人と仮定すれば、お前たちのこれまでの疑問はすべて解消するわけだろう？」

「ああ」

「それに彼女なら、〝赤毛の女は俺を見知っている〟という、初めに考えた条件にも合っているしな」

三村たちは池を回り、野外音楽堂前まで来ていた。黄緑色のジャージをはいた老人が、暮れも正月も関係ない感じで冬枯れの木立のなかを散歩しているかと思うと、ハトロン紙の封筒を抱えた近くの官庁マンらしい男たちが二人、せかせかした足取りで彼らを追い越して行った。

由希子からも、黒川や森かよ子からも、そして大原関からも、《高見沢隆子単独犯説》を裏づける証拠は得られなかった。

が、逆にその反証もなく、大原関の言葉に、三村はいっそう自分の推理に自信を強めていた。

あとは、これを関根たちに話し、全力をあげて高見沢隆子の行方を突き止めるだけであった。と同時に、江幡を追及して彼が昨日言いかけた「罠説の証拠」を吐かせ、彼の七年前の犯罪を立証する――。

図書館前の、道が大きく二股に岐（わか）れているところまで来たとき、

「おい」

と、大原関が足を止め、時計を見ながら言った。

「俺はもう行かにゃならんが、明日の夜にでも会えないか？」

「明日か……」

三村も足を止めて彼に向き合った。

「九時半、新宿西口のレストラン『ピサ』はどうだ？　話したいこともあるし」

「話したいこと？」

「エボラに関係した件だが」

「どういう話だ？」

「感染経路に関してちょっとおもしろい事実を摑んだんだが、その意味するところがわからんのだ。ま、明日、話す」

「明日といっても、俺たちはこの通りだからな。約束しておいても都合が悪くなるかもしれんが、いいか？」

「ああ。そのときは、電話をくれ。じゃ、水城由希子にも連絡するぞ」

「水城さんにも？」

「忘年会だよ。俺は邪魔かもしれんが」

大原関がニヤリと笑ってもう一度時計を見、

「じゃな」

軽く片手を上げて、右手の西幸門の方へ歩いて行った。

その丸い大きな後ろ姿をちょっと見送り、三村は本部へ帰るために踵（きびす）を返した。

そのとき、ふっと小さな不安が胸をよぎった。

自分の推理に本当に誤りはないだろうか。

第十二章　殺人ウイルス

1

「一五一に九四、まあまあだな」

佐々が大原関の腕に巻いたバンドを外して、言った。

大原関はスーッと緊張が解けるのを感じた。

昼食抜きの玄米二食にして二十日あまり、体重は早くも五キロほど減ったが、血圧がこれほど下がっているとは予想していなかった。いや、内心大いに期待しながら、駄目だった場合を考えて自分の気持ちに予防線を張っていたのだ。

「どうだね、玄米の方は？」

佐々がカルテに記入しながら訊いた。

「もちろんつづけていますよ。その涙ぐましい努力の成果じゃないですか」

始めて十日ほどは本当に辛かった。だが、今では腹の虫も多少馴れたのか、諦めてきている。

「フン、二週間や三週間で、そう効果なんか出てたまるか」

佐々がわざと冷たい口調で言った。

「あれ、先生は、患者の努力に水を差すようなことを平気で言うんですか」

「必要なら、水だって油だって差す。君のような患者は、次に少し上がっていれば、今度は玄米なんて駄目だと言い出すに決まっているんだ。何年間も勝手放題して狂わしてきた身体(からだ)が、二十日やそこらで簡単によくなったら、それこそ医者なんていらんよ」

「なんだか、先生、今夜はご機嫌斜めのようですね。松枝さんと明美ちゃんが先に帰っちゃったからですか」

「何を言っとるんだね、君は。今日は暮れの二十八日、日本株式会社が御用納めっていう日なんだよ。二人が帰るのは当然だし、本当は僕だって今頃は風呂から上がってゆっくり一杯やっている頃さ。ところが、うちには我儘(わがまま)で手前勝手な患者が一人いてね、その患者一人のために高い電気代と暖房費を使って、僕はずっと待っていたんだ」

「へー、そりゃ怪(け)しからん奴ですね」

大原関は苦笑いを浮かべて腰を上げ、シャツの裾(すそ)をズボンのなかへ入れた。

「あ、でも、そいつも、人使いが荒くて気のきかないデスクに、夕方急に東央大へ行けなんて言われたのかもしれませんよ」

「どうかね」

大原関は時計を見、セーターをかぶった。今夜はこれから西口のレストランで三村と水城由希子に会い、遅い夕食を一緒にする約束になっている。

「じゃ、行こうか」

彼がセーターを着終わり、オーバーに手を伸ばすのを待って、佐々が言いながら立ち上がった。

「行こうかって、どこへです？」

手をひっこめて、大原関は佐々に顔を向けた。

「決まっとるじゃないか。僕が何のために君を待っていたと思っているんだね。忘年会だよ、忘年会」

「しかし、今夜は先約があるんです」

「本当かい？」

佐々が真顔でがっかりした声を出した。

「すみません」

大原関も本気で謝った。

「まあ、先約じゃ仕方ないが……どこで、何時だい？」

「九時半に、西口の『ピサ』というレストランです」

「それなら、まだ三、四十分は平気だな。よし、ボトルも氷もあるから、ここで一杯やろう」

佐々は時計を見て言うと、大原関の返事を聞かずに冷蔵庫から氷を出しはじめた。

「これをコーヒーカップにでもあけてテーブルへ運んどいてくれ。僕はコップを洗って、水を持って行くから」

大原関は遅れた罪滅ぼしだと思い、言われた通り、氷をコーヒーカップ二つにあけ、テーブルへ運んだ。医院の待合室で、医者と患者が並んでウイスキーをチビチビやる。妙な忘年会の図だ、と内心苦笑しながら。

佐々もすぐにやってきて、二人分の水割りを作った。

「まあ、何はともあれ乾杯といこう」

大原関はグラスの一つを取り、佐々のそれに軽く触れ合わせて、一口飲んだ。空(から)の胃に冷たいアルコールが沁(し)み、全身に熱い血がめぐるのがわかった。舐(な)めるだけにしないで、佐々に誘われるように飲んでしまったのだ。

身体が、ハンモックに乗って、ゆっくりと揺れはじめた。

「ところで、例の虎山の件は、その後どうなったかね?」

佐々が、早くも中身が三分の一ほどに減ったグラスを置いて、訊いた。

虎山が岐阜に帰っていない事実、彼と峰田の間に関係があったのではないかという予想までは電話で知らせたが、峰田の友人の重松に会ったことはまだ話していない。今日もっと早く来て詳しく報告し、佐々の考えを聞くつもりでいたのである。

「予想通り、虎山と峰田が知り合いだったってことはわかりました」

大原関は言った。

「すると、やはり大麻を通じてかい？」

「摑めたのはバーテンと馴染みの客という関係ですが、裏で一緒に吸っていたのかもしれません」

「で、君は、その二人の結びつきとエボラとの関わりを、どう見ているのかね？」

大原関は快いハンモックの揺れに誘われて、つい、軽くもう一口水割りを飲んだ。すると、ハンモックが急に強い風に煽られはじめた。

彼は慌ててグラスを置き、

「それが、どう考えたらいいのか、まるで見当がつかないんです」

「ふむ……」

「先生が言われたように、虎山もエボラに罹っていたとすると、赤毛の女は虎山、峰田、金森、平と互いに関係のある四人にウイルスを感染させていた、ということになりますね。この事実の示している意味が、まず、わかりません。さらに、角井組は、虎山の場合だけなぜ発病を隠したのか、金森と平は赤毛の女についてなぜ曖昧な証言をしたのか……。実は、赤毛の女は公表されている坂本エリではなく、微医研の高見沢隆子である可能性が強いらしいんですが」

グラスを口に運びかけていた佐々がそれを離し、問うような視線を大原関に当てた。

大原関は、三村から聞いた江幡を陥れるための《罠説》と《高見沢隆子単独犯説》、について説明した。自分でも不思議に思うほど舌がよく回るのを感じながら。

「フーン」

大原関の話が終わると、佐々が半ば驚き、半ば感心したように鼻を鳴らしながらうなずいた。

彼は途中で水割りを作り替え、ずっと黙って聞いていたのである。

「高見沢隆子と虎山、あるいは角井組との関係などは、もちろんまだ何もわからないわけですが」

大原関は補足した。

「フーン」

佐々がもう一度鼻を鳴らした。ただし、今度は尻下がりのフーンである。左手の三本指で顎をつまみ、目を宙に向けて何やらしきりに考えているようだった。

大原関はその横顔を見ながら、彼の感想を待った。

しかし、佐々はなかなか口を開かない。

「どうなんですか、先生？　なんとか言って下さいよ」

大原関の催促にも、

「うん」

佐々は小さく彼の方へ顔を動かしただけで、やはり何も言わない。

大原関は手持ち無沙汰にグラスに手を伸ばし、慌ててひっこめた。これ以上飲んだら、三村たちのところへ行けなくなる。

時計を見ると、九時五、六分。あと十分ほどしたら出なければならない。

彼は少し苛々（いらいら）してきた。久し振りに銀シャリにありつけるというのに。

「何も言ってくれないんなら、俺は行きますよ」

腰を上げる素振りを見せた。

すると、佐々がやっと顎から指を離し、

「待て待て、君のせっかち病はまだ治らんようだな。血圧が上がるぞ」

やっと、言葉らしい言葉を口にした。

「そろそろ時間なんですよ」

「ほう、君がそんなに律儀な性格だったとは知らなかったな。僕の場合は二時間近くも待たせて平気だったたっていうのに」

「じゃ、せっかく話したんですから、せめて感想の一言ぐらい聞かせて下さいよ」

ね」
「うむ、それを考えていたんだが、実はこの間、僕の方も一つだけ興味深い事実を摑んで

「興味深い事実？」

「この前、君から電話をもらった後で、荏原病院に隔離されていたとき知り合った医師に訊いたところ、三鷹病院に収容された峰田には唇に大きな痂があった、というんだよ」

「……？」

「しかも、虎山が僕に往診を頼んできたときエボラ熱に罹っていたとすると、峰田の発病はその一週間後、金森と平の発病は十日後……つまり、エボラウイルスの潜伏期間に一致している」

大原関にも、佐々の言わんとしていることがわかってきた。

「そ、それじゃ、峰田と金森と平は、虎山から……！」

「ま、駅まで歩きながら話そう。時間なんだろう？」

佐々がグラスの残りを一息に空けた。

大原関は、ウイスキーも飲まないのに強い揺れを感じた。

2

同じ頃、黒塗りの警察車が護国寺前の坂を登り、大塚三丁目の交差点を過ぎた。

リアシートに乗っているのは、三村と務台である。

〈今夜は由希子と大原関に会えそうもないな〉

三村がそう思ったとき、鼾(いびき)が聞こえ、彼は横に目をやった。

目白署を出て五分と経っていないというのに、務台は睡魔にひきこまれるように眠っていた。よほど疲れているのだろう。

やがて車は白山通りを渡った。

目的の場所はもうすぐだ。

三村はそっと首を回した。肩が凝っている。務台にしても、彼にしても、疲れて不思議はない。連日の激務のうえ、今日は午後一時過ぎから、ずっと江幡の追及を続けていたのだから。

——由希子に電話してきたのが坂本エリではなかったという証拠がある。

一昨日、江幡は自分からそう言い出しておきながら、その証拠を口にしようとはしなかった。

今日の三村たちの取り調べに対してもそうだ。

——内容がでたらめだからだ。

と、彼は繰り返した。

——江幡よ。

そんな彼に、務台がしんみりとした調子で呼びかけたのは、三時を回った頃である。

——今日が、お前の言う罠説を立証できるかどうかの、最後の機会なんだぞ。

最後の機会という言葉に、江幡の目に動揺の色が浮かんだ。

——このままなら、お前は、七年前と今度と、四人の人間を殺した殺人犯になるんだ。いいのか？

——私は、誰も殺しちゃいない。

——そんなこと言ったって、お前が殺ったという証拠は揃っているんだよ。女に呼び出されて映画館へ行ったり、坂本エリの部屋へ行ったなんて、誰が本気にするかね。お前がエリの部屋へ行ったとき彼女が殺されていたなんていう話を、誰が信用するかね。なにしろ、彼女の身体にはお前の血液型と一致する精液が付着し、ベッドの下にはお前の髪の毛まで落ちていたんだからな。

——わ、罠だ……。

——しかし、お前の罪は四人を殺しただけじゃない。お前は実験室から殺人ウイルスを持ち出し、なんの関係もない七人の命まで奪っている。

――私じゃない。私はエボラウイルスなど持ち出しちゃいない。罠なんだ、すべてが誰かの仕組んだ罠なんだ。

――そう、罠かもしれない。だが、それをお前が立証しないかぎり、百万遍叫ぼうが、誰も信じちゃくれんよ。これまでの我々の調べからも、お前を罠にかけたという人間など見つからんのだからな。

もちろん高見沢隆子のたの字も出さない。

江幡の顔に怯(おび)えの色が広がった。

――ただ、お前がその罠だという証拠を示せば、我々としても、当然もう一度調べ直さなきゃならん。

――江幡、これが……これが本当に最後の機会だぞ。

三村も最後を強調した。

――ま、待ってくれ。二、三日待ってくれ。

ついに、江幡が言った。

顔には黄色い汗が滲(にじ)んでいた。

――いや、待てん、今話すんだ。

――そ、それじゃ、明日まで……明日まで待ってくれ。

――だめだ。

それからは、まさに江幡と三村たちの根比べであった。

そして、八時半過ぎ、ようやく三村たちが勝ち、江幡は、坂本エリを名乗った女の「誤った推理」を具体的に指摘したのである。

車は本郷通りを渡ったところで不忍通りから逸れ、本駒込の住宅街へ入って停まった。

「このあたりだと思います」

運転の警官が言うと、鼾をかいていた務台がむっくりと背を起こした。

彼と三村は車から降りた。

寒い。

左右に分かれて表札を見て行くと、それはすぐに見つかった。

モルタル塀に囲まれた、かなり大きな家だ。

遠山繁春――。

三村は務台とうなずき合い、インターホンのボタンを押した。

誰何の声に身分を告げ、

「こちらに来ておられる江幡和歌子さんにお目にかかりたいのですが」

3

「それじゃ、先生は、峰田と金森と平は虎山から病気をうつされた、と考えるわけですか？」

狭い階段を降りてビルを出るや、大原関は佐々の前へ回り込むようにして訊いた。

「うん」

佐々がうなずき、「虎山と峰田のつながり、峰田の唇の傷、発病時の間隔から見て、その可能性が強いんじゃないかと思うんだがね。もしマリファナパーティを介してウイルスが虎山から峰田に伝播したとすれば、角井組が虎山の発病を隠そうとした理由も説明できる。もっとも、角井組は、別の大きな犯罪が露見するのを恐れているような気がしないでもないが」

「その場合、虎山が峰田にウイルスを感染させたのは、いつでしょう？　先生に往診を頼む前ですかね？」

「たぶんそうだろう。まだ症状が軽いときマリファナパーティに出て、大麻煙草の吸い口から、唇に傷のあった峰田にウイルスを感染させ、その後悪化して、僕を呼ぼうとしたんだろう。ところが、本当にそのときは痛みが収まったのか、角井組の誰かに止められたのか、すぐ断わりの電話をかけてきた——」

二人は木立に挟まれた四季の道へ入って行った。

ウイルス伝播という面だけを見れば、赤毛の女が四人の男にうつしたと見るより、佐々の考えの方が自然かもしれない。そう大原関も思う。が、一方で、彼は強いひっかかりを覚えていた。もし佐々の言う通りだったら、峰田たちと寝た赤毛の女はどうなるのか。どう考えたらいいのか。

「しかし、先生の想像通りだったとすると、峰田も金森も平も、赤毛の女から病気をうつされたんじゃないわけですね。それなのに、揃って、赤毛の女と寝たと言っている。これはいったいどういうわけです？」

彼は訊いた。「金森と平は嘘をついたとしても、峰田の証言が解せません」

「そうでもないだろう。峰田は本当に赤毛の女——赤い髪の女——と寝た、と考えれば」

「赤毛の女と本当に寝た？」

「つまり、こんなふうには考えられんかね？」

佐々が一度言葉を切ってからつづけた。

「峰田は虎山と大麻を回し吸んだ後で発病し、三鷹病院へ隔離される。そして、感染経路を見つけるために、過去二週間あまりの行動とその間に接触した人間について、厚生省の伝染病専門官に細かく質問を受ける。

しかし、峰田は、マリファナパーティのことを隠した。病気が治ってから罪に問われてはかなわないし、だいたいそこで自分が病気に感染したとは思わなかっただろうからだ。

質問者は、おそらく濃厚に接触した人間について、重点的に尋ねただろう。

で、峰田は、マリファナパーティの前後に実際に寝た、歌舞伎町で拾った赤毛の女について話し、質問者たちはその女に一応注意を留める。

その後、峰田の言葉に従って、彼らは彼の行った場所や接触した人間について調べる。

ところが、峰田に病気をうつしたと思われる者は、どこにもいない。

彼と濃厚接触しながら身許(みもと)不明なのは赤毛の女だけだ。

彼らは赤毛の女に対する疑いを強めた。とはいえ、彼らはまだ赤毛の女を感染源と百パーセント断定したわけではないのだが、そこへ今度は金森と平が発病した――」

反対側から来た五、六人連れの男女を避(よ)けてから、佐々は言葉を継いだ。

「金森と平について、角井たちはおそらく虎山が感染源らしい、と気づいた。

しかし、マリファナパーティの件、あるいはもっと重大な何か、を隠しているため、虎山をつつかれたくない。

ならば、彼は組を離れて郷里へ帰ったことにし、病気は峰田の言った赤毛の女のせいにすればいい。こう考えて、金森と平には赤毛の女と寝たように口裏を合わさせたのだが、彼らは峰田と違って実際には赤毛の女と接触していないため、女について曖昧な証言しかできなかった。それを僕らは、女の素性について何か知っていながら隠しているのではないか、そんなふうに誤解したんじゃないかと思うんだよ。

ともあれ、金森と平の証言がいかに曖昧でも、こうして、エボラ熱に罹った三人の人間がいずれも〝赤毛の女〟との性交渉を明言したんだ。しかも調べたかぎり、峰田と金森、平の間にはつながりが見つからない。

となれば、赤毛の女を感染源と考えたとしても、なんら不思議はないだろう」

「すると、峰田や金森たちにエボラウイルスを感染させた赤毛の女は実在しなかった、ただ峰田と寝た赤い髪の女がいただけだった——こういうわけですね？」

大原関は、混乱しそうになる頭のなかを整理しながら言った。

「もちろん僕の仮説で、まだ証拠はないがね」

佐々が答えたとき、右手から盛り場のざわめきが入ってきた。

区役所前へ通じる道との交差点へ出たのだった。

「もし僕の仮説が正しければ、当時週刊誌を賑(にぎ)わした自称〝赤毛の女〟たちのなかにこそ、峰田と寝た本ものが交じっていたんだろう。エボラウイルスの抗体がないので、みんな偽者と判定されたわけだが。確か、金森と平については曖昧なのに、峰田に関しては内股の黒子(ほくろ)云々まで書いて、あくまで自分こそ、と主張していた女もいたね」

佐々がつづけたが、大原関はすでに別のことを考えていた。佐々の仮説は論理的だし、実際にその通りだったのかもしれない、と思う。が、一方、そこには大きな疑問もあるのだった。

三村の推理に佐々の考えを重ねれば、高見沢隆子は虎山にウイルスを感染させた犯人ではあったかもしれないが、峰田と寝た赤毛の女ではない。とすれば、隆子の念頭に初めは赤毛の女などなく、〈赤毛の女が峰田らにウイルスを感染させた〉とする見方は、彼女にとってまったく予想外の展開だったはずである。

これは、彼女の当初の計画では、坂本エリと兵藤の殺害は念頭になく、江幡にだけエボラウイルス漏出の罪を着せて復讐するつもりだった、という事実を示している。赤毛の女が存在しなければ兵藤殺しもエリ殺しもなかったはずなのだから。

それなのに、その後〝赤毛の女〟が実際に大原関の前へ現われた。

なぜか――？

峰田らの証言によって生み出された架空の存在が一人歩きしはじめるのを見て、隆子は急遽、兵藤と坂本エリに対する復讐をも計画に付け加えた、ということであろう。そうとしか考えられない。つまり、虚像だった赤毛の女に自らがなることによって、それを実像に転化させ、エボラウイルスの感染経路を追っていた兵藤に近づいて行った――。

ところが、ここで疑問なのは、その期間だ。峰田の死亡に前後して金森と平の発病したのが十一月十五日である。その後二人も相次いで死亡し、架空の赤毛の女が完全に一人歩きし始めたのが二十日頃。そして、大原関の前へ〝赤毛の女〟が姿を現わしたのは十一月三十日である。

この間、わずか十日しかない。

この短い間に、江幡を兵藤と坂本エリ殺しの犯人に仕立てる計画を練り上げ、坂本エリに対する下工作をし、怪しまれないように兵藤に接近した——。

およそ不可能ではないだろうか。

大原関がこの疑問を口にすると、

「うん、それは僕も考えたよ」

佐々が言った。「で、その疑問に答えるためには、結局一つの考え方しかない、ということに気づいたんだ」

前方に靖国通りの賑わいが近づいてきた。

4

電車は、調布から二つ新宿へ寄った国領(こくりょう)駅を過ぎた。

由希子と弥生の座っている並びには誰もいない。

弥生は次の柴崎(しばさき)で降りてマンションへ帰り、由希子はこれから新宿で三村と大原関に会う約束になっていた。

御用納めだというのに七時過ぎまで研究所に残り、この間の騒動で溜まってしまった事務を片づけていたのである。もっとも由希子には、どうしても年内に、という仕事があったわけではない。アパートへ帰っても夜まですることがないため、半分は弥生に付き合ったのだった。

「それじゃ水城さん、よいお年を迎えてね」

電車がスピードを落としはじめると、弥生が笑みを向けて、言った。

「杉岡さんも」

「大原関さんたちによろしく」

「はい」

電車がホームへすべり込み、弥生が立ち上がった。

ドアが開き、冷たい風が足下に吹き込んでくる。

弥生が振り返りながら降りて行き、電車は再び走り出した。

窓から由希子が手を振ると、弥生も立ち止まって小さく手を上げた。

微笑(ほほえ)み。どこか淋し気な……。

由希子はその顔に、ふと昨日の弥生の顔を重ねた。

昨日、由希子は三村と国立駅で別れて研究所へ出てから、どうにも落ち着かなかった。そこで、昼休みに弥生を誘い、彼に聞いた《高見沢隆子単独犯説》を話し、感想を求めたのである。

すると、当然ながら、弥生はかなり驚いたようだったが、

――私には信じられない。いえ、高見沢さんは絶対に犯人なんかじゃないわ。

と、きっぱりと言ったのだ。

そのときの目は、由希子に当てられながら由希子を見ていなかった。そして、顔は、微かな笑みを浮かべているものの、白くこわばり、恐いようであった。

弥生の姿が見えなくなると、由希子は目を車内へ戻した。

あのとき、弥生はなぜあれほどきっぱりと言ったのか。あのときの表情をどう解したらいいのか。もしかしたら、弥生は何か知っているのだろうか。

5

「その、一つの考え方とはどういうことです？」

大原関は訊いた。

「ま、その前に、高見沢隆子という女性は、君から見てよほど凶悪な感じの人間なのかね？」

佐々が彼の質問には答えず、逆に別のことを尋ねた。

「一見、男みたいな女というだけで、そんなことはありませんよ」

仕方なく大原関は答えた。

「それを、警察や君は犯人と考えているわけだ」

「でも、心底愛していた恋人の復讐なら、殺人を犯しても不思議じゃない、と思いますけどね」

「君ィ！」

佐々が大原関の顔を覗き込むようにして、声を高めた。

その声に、靖国通りから入ってきた酔漢が「えっ？」と足を止め、何やら怒ったようにつぶやきながら千鳥足ですれ違って行った。

「君、ひょっとしたら君は、今度の事件では七人の無関係な人たちが死んでいる、という事実を忘れているんじゃないだろうね」

今度思わず足を止めそうになったのは、大原関だった。

〈なんてことだ……！〉

「七年前にも病原ウイルスを持ち出し、殺人まで犯したと言われている江幡が、なんらかの狂気じみた動機から今度もエボラウイルスを持ち出したというのなら、まだわからないではない」

歩道を右へ折れた。佐々がつづけた。

「だが、その江幡に恋人を殺されたという人間が、個人的な復讐心のために、彼以上に凶悪な犯罪を計画したというのは、どうしても僕には解せん」

「確かにそうですね」

大原関は素直に認めた。どうやら自分たちは事件を図式的にとらえすぎていたようであった。

「しかし、そうなると……」

前から来る人間を避けながら、彼は言葉を継いだ。「僕の言った、計画を練る期間に関する疑問といい、結局、江幡犯人説に逆戻りせざるをえない、ということですか？」

「いや、僕の言う一つの考え方というのは、そうじゃない」

「じゃ、どういうことですか？」

「エボラウイルスは、誰も実験室から持ち出さなかったんじゃないか、ということだよ」

「誰も実験室から持ち出さなかった⁉」

大原関の足は完全に止まっていた。

和歌子は立ち上がらなかった。

つんと高く尖った鼻。心持ち吊り上がった目。

青白くこわばった顔を昂然と上げて、三村と務台の挨拶に無言の視線を向けていた。

ドアを開ける音を聞きつけ、遠山の妻が、不安気な面持ちで応接室の前までやってきた。

三村と務台は夜分の訪問を詫び、彼女に送られて玄関を出た。

6

通りは、都心とは思えないほど静かだった。

「これで、江幡の主張していた冤説は完全に裏づけられたわけですね」

務台が言い、三村はうなずいた。

「奴の七年前の犯罪もほぼ明らかになったし、あとはなんとか高見沢隆子をひっつかまえて、正月を迎えたいものですが……」

三村もそう思うと答えた。

二人が乗るのを待ち、車はゆっくりと走り出した。

三村は暗い前方に目を向け、自分たちの前に彫像のように座っていた和歌子の姿を思い浮かべた。

——間違いございません。

その和歌子が唇の端を微かにひきつらせて口を開いたのは、三村が同じ質問を数度繰り返してからであった。

坂本エリの殺された夜、由希子に電話してきたのがエリではなかった証拠として、江幡は女の推理の誤りを指摘し、自分の考えている〝本当のこと〟を述べた。和歌子は江幡のその想像が事実である、と裏付けたのである。

車が不忍通りへ出て、スピードを上げた。

三村は時計を見た。

九時二十八分。

遅れても新宿へ行こう、と思った。

無性に由希子に会いたかった。

7

佐々の考えは、エボラウイルスは微医研から持ち出されたのではなく、虎山を介してアメリカから日本へ入ってきたのではないか、というものだった。

つまり、大麻あるいは別の品物の密輸といった犯罪に絡(から)んでアメリカへ行った虎山は、ニユーヨークの第一患者だった娼婦から感染し、それと気づかずに帰国した。そして、マリファナパーティの場で、唇に傷のあった峰田に感染させた——。

「虎山が外国へ行っていたのではないかというのは、角井組が彼の発病を隠した……もちろん僕の想像通りだったとしての話だが……この事実が、実は暗示していたんだ」

佐々がつづけた。

今や大原関と佐々は通行人を避け、ガードレールのそばに立って話していた。

「もし虎山が外国へ行っていなければ、たとえ彼の症状がどうあろうと、角井たちはそれを隠す必要がない。ところが、現実に隠したということは、虎山の症状がよほど激しかったという事情もあったかもしれんが、万一なんらかの伝染病だったら……いや、結果はそうでなくても疑われて入院などという事態になったら困る、そう思ったからだろう。要するに、虎山が外国帰りだったために、角井たちはひょっとしたら伝染病かもしれないと疑い、同時に、目立たない準構成員を使ってよからぬ仕事をしていた自分たちの意図を感づかれるのをおそれたんだ」

「うーん。……で、虎山は死んだんですかね？」

「たぶん」

「死体はどうしたんでしょう？」

「彼らなりに感染に気をつけ、ビニールのようなものにくるんで密かに山のなかへでも埋めたんだろう。金森と平はその作業中に感染したのかもしれんし、死後エボラウイルスと判明した清掃作業員も、虎山の部屋から捨てられた物を介して手の傷口から感染した可能性がある」

「そうか」

大原関は漠とした目を車道へ投げてうなずいた。

十分考えられる話であった。

彼だって、そもそもの初めは、エボラウイルスが実験室から持ち出されたという見方には批判的、懐疑的であった。いくらなんでも研究者がそうしたタブーを犯すだろうかと思い、興味本位な大騒ぎに苦々しいものさえ感じていた。

ところが、そんな彼自身、犯人の巧妙な計画と誘導により、いつの間にか、〝ウイルスは微医研から持ち出されたもの〟と思い込んでしまっていたのだった。

二人は再び歩き出し、横断歩道を渡った。靖国通りから逸れて人混みのなかへ入ると、突き当たりは新宿駅の東口だった。西口へ出る大原関は、間もなく佐々と別れなければならない。

佐々の推理が正しいかどうかは、三村に虎山のアメリカ行きの有無を調べてもらえば、ほぼ確かめられるだろう。虎山の発病が金森と平の十日前、十一月五日頃とすれば、潜伏期間から逆算して彼は十月下旬にニューヨークへ行っていた、ということになる。十月末頃に一週間くらい休んだという『樹』のホステスの話から推して、その可能性は高い。

しかし、と大原関は思った。虎山の発病も意図したものでなかったとすると、まったく偶然のエボラ騒動をこれほどうまく利用した犯罪の方は、いったいどうなるのだろうか。自分のさっきの疑問は、いっそう大きくなるではないか。これでは、犯人は、峰田の発病と赤毛の女の「登場」後にすべての計画を立て、かくも完璧にそれを成功させた、という具合になるのだから。

彼がその点を質すと、

「いや、そうじゃない」

と、佐々が即座に言った。「君のさっきの疑問は、江幡に対する復讐計画しかなかったところへ急に兵藤と坂本エリも対象に加え、たった十日の準備期間であれほどうまくいくか、という話だったんだろう？　ところが今度は違う。三人は同列なんだから」

「三人は同列……？」

「ああ。犯人はこの七年間、常に三人に対する復讐の機会を狙い、彼らに直接近づくか、あるいは周辺からその動静を窺っていた。そこへ、七年前と似たような状況、つまり、エボラウイルスが微医研から持ち出されたのではないかという疑いが生まれ、まさに千載一遇の好機が到来したんだよ」

「なるほど」

三人に対する接近という佐々の言葉から、大原関は、兵藤には密かに付き合っていた女がいたらしいという話を思い出した。

もしかしたらその女が高見沢隆子だったのではないか、と思ったのだ。

そう考えると、兵藤がなんの警戒もなく犯人をホテルの自分の部屋へ入れ、背を向けたという事実も、三村の推理以上に納得できる。

それにしても、七年間というのは長かった。

「七年もか……」

彼はつぶやき、高見沢隆子の顔を思い浮かべて複雑な気持ちになった。

「七年前の復讐というんなら、当然そうなるだろう」

「そりゃそうですが」

二人は駅前に出た。

そこで、大原関は気を取り直し、

「ま、とにかくこれで、《高見沢隆子単独犯説》の矛盾、難点がすべて消えたわけですね」

「なに？」

佐々が足を止め、呆れたように彼の顔を覗き込んだ。「君の頭は、どういう構造になっているんだね？　エボラウイルスを微医研から持ち出す必要がなかったということは、今まで犯人を限定していた枠も同時に消えた、ということなんだよ」

自分の頭を思い切りぶん殴ってやりたい、と大原関は思った。なんて頭なんだ。

いや、待て待て、これはさっき飲んだウイスキーのせいかもしれない。

苦笑しかけ、ハッとした。高見沢隆子でないとしたら、犯人はいったい誰なんだ？　それは、少なくとも坂本エリ殺しの直前まで江幡と性交渉のあった女のはずだが……。

彼は顔のない女の姿を思い浮かべ、

「先生、とにかく先生も一緒に来て下さい」

佐々の腕を摑んで強く振った。

第十三章　遅れた約束

1

十時――。

由希子は、三村を待つという大原関と佐々医師を残して、レストラン『ピサ』を出た。友人の家に泊めてもらう約束になっているから、と嘘(うそ)をついたのだ。

――精液は凍結保存できる。

さっき佐々がそう言ったとき、由希子は自分の頭から血が退(ひ)いていくのを感じた。

――ノーベル賞学者の精液を永久保存する、という話だってあるじゃないか。

犯人はごく最近まで江幡と関係のあった女ではないか、と大原関が言ったのに対し、佐々が必ずしもその必要はない、と説明したのである。

――科学部記者の君なら当然知っているだろうが、あれは液体窒素を使ってマイナス百九十六度に保存するらしいんだが、普通はドライアイスと無水アルコールさえあれば、マイナス七十九度で十分保存がきく。もちろんそのまま凍結したんでは精子が死んでしまうので、抗凍結物質としてグリセリンを混ぜるんだが、ただ、この事件に使用された精液は、精子が生きている必要はない。だから、犯人は過去に江幡と関係を持ったとき彼の精液を手に入れ、なんの手も加えずにマイナス七、八十度に保存しておけばよかったわけだ。

過去に江幡と関係……。

由希子の脳裏に、くっきりと一人の女性の顔が浮かんだ。

すると、次々に思い当たることが出てきたのだった。

なかでも、自分に示しつづけた特別の親愛の情。あれは、恋人を殺された被害者が、同じ犯人に姉を殺された年下の被害者に寄せた、連帯と同情の慈しみではなかっただろうか。それに、彼女にとってのこの七年の歳月を映すように、地肌にぞっくりと覗いていた白い髪。昨日、高見沢隆子が犯人でないときっぱりと言い切ったときの顔。遅くまでかかって、今日仕事を片づけたこと……。

由希子はとにかく彼女に会いたいと思った。彼女を訪ね、彼女の話を聞かなければならない。それで、もし自分の想像通りだったら……。その先は、どうしたらいいか、わからなかったが。

電話ボックスに入り、番号のボタンを押した。

三度呼び出しベルが鳴って、彼女が出た。

由希子は自分の名を告げ、

「遅く、すみません。これから寄らせていただいていいでしょうか？」

「いいわよ。でも、どうしたのかしら？」

優しい笑いを含んだ声の裏に、怪しむような響きがあった。

「ちょっとお話ししたいことができたんです」

「そう」

「あの……」

由希子は結論だけでも聞きたい衝動に駆られ、思わず言いかけた。

「なーに？」

「あ、いえ、いいんです」

「…………」

無言の反応の奥から緊張した気配が伝わってきた。

「さよなら、由希子さん」

「えっ？」

「いえ、お待ちしているわ」

彼女が笑って電話を切った。

由希子は強い胸騒ぎを感じ、駅前のタクシー乗り場へ走った。

2

三村は、一足違いで由希子に会えなかった。

しかし、レストラン『ピサ』には、驚くべき話が待っていた。

〈ばかな！〉

そう思いながらも、三村は髭(ひげ)の濃い佐々という医師の推理にひきこまれていった。

高見沢隆子の姿が遠のき、代わって別の女の顔が浮かんできた。

微医研所長秘書、杉岡弥生——。

次いで、高度安全実験室の元管理人、山木善男の顔が。

もし佐々の言う通りなら、と三村は思った。犯人は、二重三重にガードされた高度安全実験室の〝穴〟を三村たちに教える必要があった。エボラウイルスが故意に持ち出された可能性を示す必要があった。ということは、山木に警察へ電話させた人間こそ、犯人なのだ。

「お話の途中ですが」

三村は立ち上がった。「これから、すぐ調べてみたいと思います」

彼は出口へ向かった。

先に山木を訪ねるべきか、それとも弥生の家へ行ってみるべきか——。

3

タクシーを降りると、由希子は弥生のマンションまで走り、エレベーターで六階へ上った。

荒い息を吐きながら、インターホンのボタンを押す。

三度押しても応答がなかった。

ノブに手をかけた。

引くと、ドアが抵抗なく開いた。

「杉岡さん」

由希子は明かりのついた玄関に足を踏み入れ、呼んだ。

「杉岡さん」

返事はない。

ふと横を見ると、履物ケースの上に白い封筒が載っていた。

表に《水城由希子様》とあり、裏を返すと、杉岡弥生の署名があった。

由希子の胸は激しく騒いだ。

封を切るのももどかしく、なかの便箋を取り出した。

十枚はあろうかという厚い手紙だった。

——昨日、高見沢さんについてのお話を伺ってから、いつか水城さんにお話ししなければならないときがくるだろうと思い、書いておいたものです。お読みになったら、どうぞ三村さんという刑事さんにお届け下さい。

さっきの由希子の電話の後で書き加えたものらしい、一枚目にそう記されていた。

由希子は、二枚目からの本文を読みはじめた。

——由希子さん、

こう呼ばせて下さいね。

私は、あなたにどうしても私の立場から見た事件の真実を知っていただきたくて、このお手紙を書きます。

あなたがこれをお読みになるときは、もう何もかもおわかりになっているでしょうが、七年前、私は仁科登と深く愛し合い、結婚する約束をしておりました。ところが、遠山先生を通じて東央大学助教授にというお誘いがあり、奥様との離婚のお話し合いもうまくいきそうになったとき、あのプール熱騒動が起き、坂本エリの証言によって、登は苦境に立たされてしまったのです。

登は絶対に自分ではないと申しましたし、もちろん私は彼を信じました。登があのような行為のできる人間でないことは、私が一番よく知っていましたし、何よりも彼には動機がなかったからです。

しかし、兵藤の悪意に満ちた一方的な報道により、登は世間から危険な狂人のように見られ、微医研の上層部としても、一時彼を謹慎させざるをえなくなりました。

そのとき先輩の江幡は、遠山先生や大室先生とはうまく話し合っておく、二、三日旅行でもして気分転換してくるように、そう親切ごかしに言い、彼に松本行きを勧めたのです。

登は江幡の言葉に従い、松本へまいりました。

そして、以下、私の想像が多少入りますが――

江幡と密かに交際していたあなたのお姉さん、亜也子さんも同じ日に松本へ行かれたのです。おそらく、登に自殺のおそれがあるので同じ宿に泊まってそれとなく見張って欲しい、こんなふうに江幡に頼まれたのではないでしょうか。

江幡はとても女性に近づくのが上手な男ですから、あなたのお姉さんも、結婚を仄めかした彼の言葉に騙されていたのだと思います（ごめんなさいね。でも、わかって下さると思うけど、私は騙されたお姉さんを決して軽蔑しているわけではありません。騙したお姉さんを自分の都合だけで殺した江幡という男が許せないのです）。

とにかく、江幡の計画は、先輩の自分を措いて東央大学の助教授になろうとしている登と、遠山先生の姪の和歌子さんとの結婚に邪魔になるあなたのお姉さんを、心中に見せかけて殺してしまう――この二つの目的を持っていました。それには、登が心中しても不思議ではない状況を作っておかなければなりませんし、二人が一緒に松本へ行った、という「証拠」を揃えておかなければなりません。登の実験室からアデノウイルスを持ち出して小学校のプールに入れ、やはり密かに関係を結んでいたと思われる坂本エリを使って偽の証言をさせたのは、登のその「心中動機」を作るためだったのです。

こうして書いてくると、何だか初めから何もかもわかっていたみたいですが、私が江幡の奸計に気づいたのは、もちろん後になってからでした。ですから、登があなたのお姉さんと心中したと聞いたときは、〈まさか！〉と驚きながらも、状況から見て、〈事実なのだ〉と認めざるをえませんでした。登は冗談口調で、「死んでしまいたい」と漏らしたことがあったからです。

とはいえ、少し落ち着くと、どうしても信じられない、という思いが強まりました。登はなぜ私以外の女の人と心中したのか。私を騙し、あなたのお姉さんとも密かに交際していたのか。それとも私を助けるために、それでいて独りで死ぬのは淋しくて、ちょっと知り合って関係しただけの女性（ごめんなさい）を道連れにしたのだろうか……。

どちらも、私には納得できませんでした。

登が死んでしまいたいと漏らしたとき、

「あなたとなら、私、いつ死んでもいい。もし……もしあなたが死んだら、私も生きていないわ。ね、だから約束よ、死ぬときは私たち絶対に一緒よ」

私はこう言い、彼もウンとうなずいたからです。

いいえ、そんなことより、私も登も、そのとき、本気で死なんか考えていなかったからです。登は、自分を陥れようとする誰かの悪だくみだと憤っていましたし、私の方は、

「ここで死んでしまったら、本当にウイルスを持ち出した犯人にされてしまう。だから、頑張って。今にきっと犯人が捕まるわ」

そう、彼を励ましていたのですから。

しかし、一方、心中が偽装だなどとも考えられませんでした。

では、いくら認めたくなくても、登はやはり心中したのだろうか。

こんなふうに、私の胸の中で二つの思いが揺れ動いているとき、
由希子さん、
あなたから、お姉さんの写真を見せられたのです。

その写真は、あなたのお姉さんが登とドライブしていたとされていた時刻、一人で碌山美術館へ行っていた事実を示すものでした。それで当然あなたもおかしいと感じ、松本署へ連絡した方がいいかどうか、先生方にお尋ねしたのでしたわね。

でも、高見沢さんたち少数の方を除いて、大室先生も尾崎先生も、そして江幡も、もしかしたら登も美術館へ一緒に来ていたのかもしれない、いや、たとえ一緒でなくレンタカーに乗っていたのは別人でも、登がお姉さんと心中したのは動かしがたい事実なのだから、よう

やく収まりかけたスキャンダルを蒸し返すな、こういう意見でしたわね。

微医研の体面を第一に考える先生方にしてみれば（もちろん江幡の意図は別にして）、当然のご意見だったかもしれません。

登とあなたのお姉さんは同じ日の午後東京から松本へ行き、同じホテルに泊まり、同じ毒を飲んで並んで死んでいたのですし、そのうえ、お姉さんの身体（からだ）には、登の血液型と一致するA型の精液までついていたのですから。

由希子さん、
こうしてあなたは、多少腑に落ちない気持ちを残しながらも、先生方の言われた通りにされ、「心中事件」は完全に終わったんでしたわね。

でも、私だけは別だったのです。私にとっては、それはまさに始まりでした。登の言っていた〝誰かの悪だくみ〟という言葉が、はっきりと甦（よみがえ）ってきたからです。

登が昼はAという女性とドライブをし、その同じ日の夜、別のBという女性と同じ車のなかで心中した。

信じられるでしょうか？

登もあなたのお姉さんも、登をウイルス持ち出し犯人に仕立て上げた人間によって殺されたのではないか――。

この疑いは、私の胸のなかで次第に大きくふくらんでいきました。

私は、自分と登との関係をはっきりと明かし、松本署に再捜査を願い出ようか、と何度も迷いました。

しかし、それで警察が本腰を入れて調べ直し、登とお姉さんを殺した犯人の奸計を暴いてくれるという保証はありません。たとえ犯人の予想がついても、有罪にするだけの証拠が得られないかもしれません。

結局私は、自分でその犯人を突き止め、復讐しよう、と決意しました。登が死んだら私も死ぬ――そう約束した私は、一度は死を考えたのですが、犯人を明らかにして復讐してからでも遅くはない、と思い直したのです。

登を陥れる動機を持った人間としては、数人の研究者が頭に浮かび、なかでも江幡と叶さんに私は最も強い動機を感じました。登は二人を信用しておりましたが、同じ研究室にいながら登だけが高く評価されていくのに、彼らの胸の内は決して穏やかではなかっただろう、と思ったからです。

叶さんには申し訳ないことをしてしまいましたが、こうして二人に特別の注意を向けているうちに、私はだんだん江幡への疑いを深めるようになりました。

彼は登に松本行きを勧めた人間であること、私に対しても何度か誘いをかけてきた彼なら、あなたのお姉さんを騙し、同時に坂本エリと関係を持っていたとしても不思議がないこと、事件後間もなく和歌子さんとの婚約が発表され、前後して登の代わりに東央大学助教授に決まったこと、などが理由です。そしてさらに、彼の血液型が分泌型のA型であり、ABO式の血液型しかわからない精液だけでは、彼のものも登のものも区別がつかない、という事実を知ったからです（叶さんもA型ということでしたが……）。

とはいっても、まだ江幡が犯人だという証拠はありませんし、登のレンタカーに乗り込んだ女性もわかりませんでした。その女性は江幡の意を受け、登を彼の指示した場所へ導く役割を果たしたのではないか、と想像されるのですが、そうした協力者になりそうな人間が見当たらないのです。

しかし、やがてその女性の明らかになるときがきました。

事件の約十ヵ月後、江幡と和歌子さんの結婚式の日です。

由希子さん、

あなたも覚えているんじゃないかしら。中央日報への電話の後、微医研を辞めた坂本エリが、披露宴会場のホテルのロビーに現われたのを。

あのとき私は、彼女が式を終えて出てきた江幡と廊下の隅で立ち話をしているのを、偶然目にしたのです。江幡は私に気づいて慌てて笑顔を作りましたが、それは、直前の硬い空気を証明するように白く歪（ゆが）んでおりました。しかも、調べてみると、出席予定者の座席表に坂本エリの名はなく、その後の披露宴でも彼女の姿は見当たらなかったのです。

私はそのとき、ほぼ確信しました。江幡こそ登とあなたのお姉さんを心中に見せかけて殺した犯人であり、坂本エリが彼を手伝ったのだ、と。

単に偽の通報を頼んだだけでなく、江幡がなぜ殺人計画の「協力者」にまで坂本エリをしたのか、多少疑問がないではありませんでしたが、招待されてもいない結婚式に彼女が現われたという事実が、二人の結びつきを明確に物語っていたからです。外国旅行に行きたがっていた坂本エリは、当然江幡から相応の礼を得ていたはずですが、彼に自分の存在の重大さを再認識させ、もっとお金を出させようとしたのではないでしょうか。

私のなかに具体的な復讐計画の一つが生まれたのは、この結婚式の後です。

坂本エリを殺して彼女の身体に江幡の精液を残し、罪を彼に被せる——。

この計画のために、新婚早々にもかかわらず私を誘ってきた江幡の言葉に乗り、虫酸の走る思いを我慢して、まず彼の精液を手に入れたのでした。

しかし、それを蓋つき試験管に封じて、二階の廊下に置かれた大型冷凍庫の底に入れ（第二細菌研究部の佐野さんに「私の宝物をしばらく保存させてね」と冗談めかして頼み）、復讐の対象にさらに兵藤をも加えた計画を練っているうちに、江幡はアメリカへ行ってしまったのです。

由希子さん、

あなたもご存じのように、江幡のアメリカ滞在は四年間でした。

その間、私はずっと兵藤と坂本エリの生活に注意を向け、復讐計画を考えつづけました。江幡に対しては、彼が登にしたのと同じようなかたちで思い知らせなければなりません。つまり、無実の罪を着せ、言い逃れできないようにして破滅させる。しかも、彼が登たちにした犯罪を明らかにして、登の疑いを晴らす——。

四年間というのは、その難しい方法を幾通りも練り上げるのに十分な時間であったと同時に、とても長い歳月でした。

この間、私は決して迷わなかったわけではありません。というより、毎日迷いに迷いつづけていた、と言えるかもしれません。いまさら復讐をして何になるのか。今からでも思い切って警察へ訴え出るべきではないか、過去を忘れ、新しい人生を生きるべきではないか……。縁談もいくつかありました。髪は白くなり、鏡を見るのが恐いようでした。一日、一日と歳をとっていくようでした。周りには、いつも明るい世界が大きく扉を開き、私を招いていました。そこには幸せな生活が覗いていました。一歩踏み出せばいいのです。たった一歩。その一歩を踏み出す心さえ決めれば、私もすぐにその世界の住人になれるのです。笑い声の溢れた温かい家庭、そして子供たち。目に浮かぶ。ああ、愛しい私の未来の子供たち。この胸に力いっぱい抱きしめたい……。

でも、結局、私にはその一歩が踏み出せなかったのです。

由希子さん、

あなたとも、もっと仲良くなりたかった。もっともっと、いろいろなことをお話ししたかった。でも、そうしたら、自分の気持ちが挫けてしまいそうだったのです。

私が登を忘れたら、亡くなった登はどうなるでしょう。誰が思い出してくれるでしょう。誰が、彼の無実を信じ、それを証明してくれるでしょう。私は登の顔を思い浮かべ、彼の無念さを、口惜しさを自分のものにしようと努めました。そして、江幡への怒りと憎しみを掻き立て、崩れそうになる自分の心を奮い立たせつづけたのです。

4

由希子さん、

待っていた江幡がやっと帰国しました。

東央大学の助教授と微医研の研究員を併任する、という話です。

これは私にとって幸いだったのですが、大きな困難も出てまいりました。

江幡の新たに扱いはじめた病原ウイルスは、プール熱を引き起こすアデノウイルスとは比べものにならないほど危険な、殺人ウイルスに変わってしまっていたのです。それを盗み出すことは不可能ですし、たとえできたとしても、個人的な怨恨のために、関係のない人たちの命を奪うわけにはいきません。

残された道は二つしかありませんでした。

江幡が登にしたのと同じような方法を諦めて別の手段を採るか、江幡に関係のない研究室で扱っている軽い病気を引き起こす細菌かウイルスを漏らし、それを江幡のせいにするか、です。

私はしばらく考えた末、後者を採ることに決め、かねてからの計画通り、兵藤に近づいて行きました。彼のよく行くバーに偶然行き合わせたように装い、それとなく彼の接近を誘ったのです。

一度深い関係を結んでからは二度とそのバーへは行きませんでしたし、彼と会っているところを万一知人に見られても、私と気づかれないように注意したことは、言うまでもありません。登の事件のとき二度ほど顔を合わせていたにもかかわらず、兵藤は私に気づきませんでした。ですから、私の方から一方的に連絡を取るようにし、こちらの素性を明かしませんでした。

報道される側の人間の気持ちをまったく考慮せず、一方的な記事を書いて江幡の殺人計画に実質的に加担した兵藤。こうした憎い仇に自分の身体まで与えて近づいたのは、「江幡による病原体持ち出し」を書き立てさせ、江幡の破滅を準備するのにどうしても必要だったからです。

この兵藤と、江幡の「病原体ばらまきを手伝った」坂本エリが殺され、すべての容疑が江幡に向かっていく、同時に登とあなたのお姉さんを殺した彼の過去の犯罪も暴かれる――。

これが、そのとき私が頭に描いていた計画でした。

ところが、すべての準備を終えた段階で、私はまた大きな困難に直面してしまいました。盗み出す病原体は、自然界に存在しない、どこかの実験室から漏れたと容易に判断のつくものでなければなりません。しかもその感染力は強く、病気の症状は軽い、絶対に生命の安全を脅かさないものでなければなりません。

予備知識によると、こうした条件に適合した細菌とウイルスは二、三あったはずなのですが、よく調べてみると、一般的にはどんなに軽い病気でも〝絶対に安全〟という保証はない、とわかったのです。

私は計画を実行に移すべきか、放棄して別の方法を採るべきか、迷いました。

別の方法といっても、これまで考えてきた以上の計画は思い浮かびません。

迷いながら、一年近くが過ぎ去りました。

運命の女神が私に味方してくれたのは、こんなときでした。

不謹慎な言い方をして、病気で亡くなられた方には申し訳ないのですが、江幡の扱っているエボラウイルスが、どこからか日本へ入ってきたのです。しかも、その流入、感染経路がはっきりしないまま、〝赤毛の女〟がクローズアップされ、国内の研究所から故意に持ち出されたものではないか、という疑いが出てまいりました。

ウイルスがどこから、どのようにして入ってきたのか、もちろん私にもわかりません。あるいは本当に微医研のどなたかが漏らしたのではないかとも思いましたし、今では実際に江幡が犯人だったのでは……と考えるときもあります。

とにかくしばらく様子を見守り、峰田、金森、平という三人の患者が亡くなり、赤毛の女も感染経路も不明のままで終わるに違いない、と判断したとき、私は自分の計画を実行に移す決意を固めました。

私が〝赤毛の女〟になり、それを江幡に協力した坂本エリのように思わせるという、以前の計画を多少修正しただけの計画です。

幸い、新聞や週刊誌等に報道されていた女の身長が一六〇センチ前後と、私にも坂本エリにも重なる条件を具えていたからです。

坂本エリがサラ金から多額の借金をして困っている、という事情は前から知っておりました。

そこで、池袋の路上で偶然出会ったように装って声をかけ（すぐには私を思い出せずにびっくりした顔をしていましたが……）、喫茶店へ誘ってある仕事を手伝ってくれたら二百万円出す、と持ちかけますと、彼女はほとんど疑わずに乗ってきました。そのある仕事の手始めとして、彼女の名に似せた坂井江梨子名で池袋本町に部屋を借りさせ、そこに、私が彼女の髪の毛をつけた赤毛のカツラや黒いコートを置いておいたのです。

一方、兵藤に対しては、ここで初めて私の本名と勤め先を明かし、私こそあの赤毛の女なのだ、と告げました。そして、裏に私を操っているウイルス持ち出し犯人がいるかのように仄めかし、大原関記者同席のうえで真相を話す、と伝えたのです。

これは、赤毛の女と兵藤の結びつきを知らせ、同時に、マスクとサングラスをかけて髪をオールバックにした男を大原関さんの目に触れさせるのが目的でした。別に大原関さんでなくてもよかったのですが、同じ新聞社の彼なら兵藤も承知するでしょうし、あの方でしたら非常に目につきやすいので、気づかないまま玄関でばったり……といった危険を避けられるだろう、と思ったのです。

ホテルのロビーで大原関さんが目にされた「赤毛の女」の前にいたマスクとサングラスをかけた男はお金で雇ったあの場かぎりの人で、実は、日本語のわからないフィリピン人の男性でした。

その晩、「赤毛の女」の恰好のまま虎ノ門からタクシーで板橋まで行ったこと、翌日赤坂クイーンホテルに高知理恵名で部屋を取り、そこから前日大原関さんに見せた男と同じ恰好をしてニューワールドホテルへ行き、兵藤を殺害したこと、彼の部屋へ入る「男」の姿を目撃させるために、エレベーターホールに煙草の灰を撒いてフロントに電話したこと、江幡のアリバイを奪う目的で新宿の映画館へ呼び出したこと……などは、高見沢さんを犯人と見て、三村刑事さんの推測された通りです。

また、坂本エリを殺害したときの事情——江幡の精液や髪の毛、眉剃り用のカミソリ、あなたと洋次さんの電話番号を書いたエリの源氏名の名刺等を準備したこと、彼女を装ってあなたに電話をかけたこと、翌朝、昨夜中肉中背の男とすれ違ったと警察へ電話したこと——などについても、ほとんど三村さんの考えられた通りです。

あの晩、私は、「お金の入るメドがついた前祝い」を口実に坂本エリの部屋を訪ね、今夜は私も泊めてもらうので風呂に入ってゆっくり飲みましょう——そう言って彼女をネグリジエとガウンに着替えさせ、泥酔させてから絞殺したのです。

ただ、この坂本エリ殺害の前に、微医研から〝エボラウイルスの持ち出しが可能〟であることを、どうしても明らかにしておく必要がありました。その点が不可能なままでは、あなたに電話した「坂本エリ」の証言が成り立ちませんし、最も肝心な〝江幡を犯人に仕立てる〟ということができないからです。

そこで、勤務中の飲酒が見つかって辞めさせられた山木善男さんに電話をかけ、江幡たちが高度安全実験室から出てくるときバラバラな事実を警察へ通報してくれるよう、五万円の送金を条件に頼んだのです。もちろん私の名は隠して。

由希子さん、

これで、私のお話ししたいことは終わりです。

いいえ、あなたに聞いていただきたいことは、まだ山ほどあるのですが、ペンを置くことにします。

長い七年間でした。

でも、私は今、後悔しておりません。これで、やっと登との約束を果たすことができるのですから。

高見沢さんは江幡を真剣に愛しておられたのでしょう。それで、ショックから旅行に出られたのだと思いますが、きっと立ち直ってくれるものと信じております。

由希子さん、あなたまで利用して事件に巻き込んでしまい、ごめんなさいね。

さようなら。

長い間、いろいろありがとう。

あなたが三村さんの名を口にされるときの様子から、あの方を愛してらっしゃるのがよくわかりました。

どうぞ、お幸せになって下さい。

あなたのお姉さん、そして登と私の分までも。

5

翌二十九日になっても、弥生の行方はわからなかった。

だが、三村たちが由希子宛の彼女の手紙を江幡に突きつけると、彼は七年前の犯行を全面的に自供した。

それは、ほぼ手紙に記された通りであったが、一点だけ異なっているところがあった。弥生の推理が間違っていた部分で、七年前松本で仁科登のレンタカーに乗り込んだ女は坂本エリではなく江幡と結婚する前の和歌子だった、という点である。

昨夜、三村たちは、坂本エリを名乗って由希子に電話したのはエリではない証拠として江幡が述べたその点を確かめるために遠山家まで行き、彼の想像した通りであるという和歌子の証言を得たのだった。

和歌子によると――

七年前、仁科登が休暇を取ったと聞いた彼女は、彼の自宅まで様子を見に行き、彼が旅行にでも行くらしい恰好をして出てきたので、黙ってあとを尾けた。そして、新宿駅まで行ったところで偶然出会ったように装って声をかけ、行き先を訊いた。彼は松本だと答え、夜電話をしたいから……という彼女の求めに、渋々泊まるホテルを明かした。そこで彼女は翌朝始発の特急で松本へ行き、彼がホテルから出てくるのを待っていたのだという。

当時、離婚係争中だった仁科登は、好きな人がいるのか、和歌子にあまり関心を示さなかった。一方、登のことが好きだった彼女は積極的に彼に近づき、何かと誘いをかけていた。そうしていれば、いずれ彼の心を自分に向けさせられるだろうと思っていたし、その自信もあったからだ。

松本まで押しかけ、驚く彼を誘って一緒にドライブしたのも、そうした事情からである。だから、自分とドライブした日の夜、同じレンタカーのなかで別の女、水城亜也子と心中したと知ったときはショックだった。彼が死んで悲しいと感じるよりも、プライドを傷つけられ、悔しかった。そのため、仁科登に対する気持ちや松本行きについては一切口を噤(つぐ)み、江幡の求婚を受け入れた。

江幡はというと、仁科登のレンタカーに乗り込んだ女が誰なのか初めは見当がつかず、多少不安に感じていたが、しばらくしてハタと思い当たったのだという。

それより前、和歌子が仁科登と時々会っているのを江幡は知っていた。結婚を前提にして自分と交際しながら、彼女が登に強く惹かれているらしいのも。

仁科登の方は和歌子にそれほど気があるようには思えなかったが、このままでは彼に和歌子を奪われるかもしれない。

江幡としては、どんなことがあってもそれだけは阻まなければならなかった。和歌子を失えば、同輩の尾崎潤、後輩の仁科登や叶裕樹より能力的に劣り、研究実績もない彼は、一生浮かび上がれないだろうからだ。彼が仁科登の殺害を決意したのは、東央大学助教授のポストよりも、そのため——将来にわたって大きな力になる遠山の姪の和歌子を手に入れるため——だったのである。

「しかし、そんな必要はなく、私は無駄なことをしたわけですか。仁科が愛していたのは杉岡さんだけだったとすれば……」

三村たちを前にすべてを自供した後、江幡は口元を歪め、自嘲的に笑った。

エピローグ

風が冷たく肌を刺した。

真っ青に澄んだ空に、黒い斑模様を残した北アルプスの白い峰々が、くっきりとした稜線を描いている。

そのずっと手前、対岸の土手の向こうには水のない黒い田圃が広がり、子供たちが凧揚げをしていた。

他には、どこにも人影がなく、のんびりとした正月風景だ。

「行こうか」

大原関は大きな身体をマントのような灰色のオーバーのなかに丸めて、言った。

大汗かきの彼も、さすがに雪のアルプスから吹きおろす松本平の風はこたえるらしい。

「うん」

三村がうなずき、由希子はもう一度、足下の石の傍らで震えている白い菊の花に手を合わせた。

四日前――暮の三十日――に杉岡弥生の自殺死体の見つかった梓川の土手の上である。

弥生は、七年前亜也子と仁科登が殺されていた同じ場所で、毒を飲んで死んでいたのだ。

由希子たちは、アルプスを左手に見ながら歩き出した。松本から乗ってきたタクシーを帰らせてしまったので、バス通りか大糸線の梓橋駅まで出なければならない。来るときの列車のなかでもそうだったが、三人はあまり口をきかなかった。

今、事件は解決を迎え、十三人の患者と九人の死者を出したエボラ出血熱騒動も収束する気配を見せていた。

江幡による仁科登と亜也子殺しが明らかになり、弥生の死を知って高見沢隆子が戻った。

エボラウイルスは、佐々の考えたように、虎山がアメリカで感染したものであることがほぼ突き止められた。どうやら虎山は国際郵便小包で送るピストルの買いつけに行き、大麻と病気を持ち帰ったらしい。退院間際だった角井組組員の久保を三村たちが徹底的に責め、虎山の死体を埋めた奥多摩山中の場所を白状させたのだ。

だが、それでいて、弥生と親しかった由希子だけでなく、三村と大原関も解決の喜びを口にすることがなかった。

弥生のことを思うと、とてもそんな気になれないからだろう。

由希子は、歩みを止めずに振り返った。

白い菊の花が、まだ石の陰からわずかに覗(のぞ)いていた。

恐ろしい殺人ウイルスの上陸とともに実行に移された、弥生の復讐計画。揺れ動く彼女の心のなかで、七年間埋み火のように決して消えることのなかった仁科登への愛。弥生は、愛する男のために七年間苦しみ、悩み、迷いつづけ、犯罪者の名を着て死んでいったのだった。

何事もドライになり、変わり身の早い人間の多くなった世の中に、まだ弥生のような女性がいたのである。

由希子は感動した。と同時に、胸を締めつけられた。弥生がかわいそうだった。弥生の一生が哀れでならなかった。

しばらく歩き、今度は足を止めて振り返った。

もう菊の花も石も、見えなかった。

乗鞍岳が、正面かなたに一際高く純白の峰を覗かせていた。

待っていた三村と大原関に謝り、由希子は再び彼らに半歩ほど遅れて歩き出した。

由希子は今、自分が三村を愛しているのに気づいていた。三村も自分も愛してくれていることにも。

だが……と由希子は思う。もし三村が仁科登のような目にあったとしたら、自分はどうするだろうか。弥生のように、七年間も彼のことだけを考えて生きていけるだろうか……。

やがて、三人は大糸線の踏切を越し、バス通りへ出た。

右へ行けば松本、左の橋を渡れば梓橋の駅である。

「おい、俺は腹が減ったよ」

大原関が気を変えるように言ったとき、タクシーが橋を渡ってきた。

すると、彼はそれに手を上げ、

「松本には美味い玄米メシを食わせる店があると聞いているんで、俺はそこへ行く。お前らは、適当に二人でやってくれ」

三村がとめる間もなく通りを渡って行き、

「じゃ、水城さん」

由希子の方に一度顔を向けただけで、タクシーに乗り込んだ。

左のタイヤがへこみ、車体が傾いだ。

タクシーのドアが閉まり、彼は顔を向けずに、左手だけ肩の上に出して小さく振った。

由希子は三村と並んで見送り、タクシーが見えなくなってから、彼の顔に目を向けた。

三村も彼女を見つめた。

どちらからともなく、微笑み合う。

もしかしたら、私だって弥生のようにこの人を愛しつづけることができるかもしれない。

由希子は、ふとそう思った。

解説

由良三郎（作家）

この小説の中に出て来るエボラウイルスという病原体は実在する。そればかりではない、いま世界にある伝染病の病原としては、最も危険なものである。これと同程度に危険なものといったら、天然痘（痘瘡）ウイルスなど数種しかない。ただ、一般の方々があまりよくご存知ないのは、このウイルスに罹った患者が今まではアフリカに限局していたからである。なぜ始めにこんなことを断わるかというとこの種の話の場合、よくSFと間違えられるからである。たとえば昨年翻訳されたロビン・クックの『アウトブレイク』でも、同じエボラウイルスが取扱われているが、その『訳者あとがき』には、『……一時世を騒がせた実在のウイルス病、ラッサ熱やマールブルグ病を明らかに下敷きに』した『フィクション』だと書いてある。これは誤りだ。ただし翻訳者がSFと考えたのも無理はない、書中のどこにも、これが『実在のウイルス』だとは書いてないからである。

もちろん、『一万分の一ミリの殺人』の中でこの病気がアメリカや日本に飛び火したとしてあるのは著者の創造だが、これも将来絶対に起こり得ないことではない。現に昭和五十一年（1976）に、これと同じくらい危険なラッサ熱の患者と接触した日本人数人が飛行機で帰国し、大騒ぎになったのを、記憶しておられる方も多いと思う。

あのときには厚生省の先立ちで、国際伝染病の予防対策に大わらわになった。その後、喉元過ぎればなんとやらで、せっかく計画した高度安全研究室も未運転のまま放置されているのが現状である。この本の第三章に図示されているようなP_4施設もできてはいるが、諸般の事情の下に、平成元年の現在でも、まだ使えるようにはなっていない。

この状態で、もしエボラウイルスのような危険な病原体が日本に入ってきたらどうなるだろう。それを考えると、ぞっとする。

そういう意味では、この小説が一般の啓蒙と施政者の鞭撻に役立つのではないか、とひそかに期待するのである。

それではエボラウイルスというものが、人間に感染するとどういう病気を起こすのか、と問われるだろうが、それはこの書の第二章に詳しく述べてある。今日本にこのウイルスが侵入してきたら、最低でも、ここに書かれているくらいの恐ろしい情況になることは予想される。これが蔓延すれば、ばたばた人が死ぬようになることも間違いない。

このような近未来の伝染病パニックを予見し、鬼気迫る筆致でその想像図を描いた小説は他に類例がない。しかもここに書かれている医学的なディテイルには間違いがない。

著者の深谷忠記氏はこの作品の取材のために、かなりな労力を費やされたはずである。氏は理学部の出身だが、教養部時代の同級生にNというウイルス学者がいて、彼の取材に協力した。実はこのN氏は、私がもと主任教授を務めていた東大医科学研究所ウイルス部の現助教授なのである。私はN氏の友人にミステリー作家がいるという話は聞いていた。それが深谷氏であることは後に知ったわけである。

その事情を述べさせていただこう。

私が大学を定年退職し、山梨県立衛生公害研究所の所長をしていたときだった。文藝春秋のT氏から急に用件を頼まれた。サントリーミステリー大賞の受賞候補作を一つ見てくれ、という注文である。題材にウイルスが使われているのだが、専門的な点で間違いはないかどうか検討して欲しいということだった。

私は送られてきた審査用仮綴じ本を読んでびっくりしてしまった。内容の卓抜なことは別としても、専門事項のディテイルにほとんど誤りがないのである。これには驚嘆した。海外の有名作家の医学ミステリーでも、これほど細かな神経を使った作品はない。いったいこの作家はどういう人物だろう、ということに大きな興味を抱いた。

すると今度はテレビ朝日のH氏から依頼を受けた。サントリーミステリー大賞の公開選考会では、最終候補作品の幻灯による筋書き説明があるのだが、深谷氏の作品のスライド作りに協力して欲しいというのである。

私は顔を利かせて、国立予防衛生研究所の仲間に声を掛け、高度安全研究室などの写真を撮るのに協力を惜しまなかった。その時点では、私はこの作品が大賞をとることは間違いないと信じていた。

言うまでもないことだが、そのときの候補作『殺人ウイルスを追え』がこの『一万分の一ミリの殺人』の元の形だったのである。

もちろん私は審査会場に行って、その結果やいかにと、はらはらしながら見守った。ところが、意外にも他の候補作が大賞をさらってしまった。この作品が優勝を逸した理由は審査員の言葉では、ヒロインに感情移入できないというようなことだった。

私にはそうは思われなかった。他の二つの作品に比して、問題にならないほど、こちらのほうが優れていると見たのだが、そう受け取られなかったのはなんとしても不思議だった。

それは審査員の主観の問題なので、とやかく言うことはできないが、せっかくのこの労作——しかも世人が誰も目を付けない近未来の危険に対する警鐘として、ぜひ国民全部に一読を勧めたい物語——が佳作に終わったことについては、私は忿懣やる方なかった。

しかし、幸いにもこの作品は『一万分の一ミリの殺人』と改題され、最初は新書判で廣済堂出版から上梓の運びとなった。そのとき初めて私は深谷氏とお会いすることになったのである。

というのは、出版社の編集者の紹介で、私の家に来られ、原稿レベルで専門事項に誤りがないかどうか、チェックしてもらいたいと言われたのである。

ここが深谷氏の並みの作家と違うところだと思う。あれだけ綿密な取材をした上で、さらにまた完璧を期そう、というのである。正直いって、私は頭が下がった。

私は何度か読んで、穴を探そうとしたが、穴がないのには閉口した。全然朱を入れないで返したのでは、見ていないと思われる心配がある。だから、こっちも必死になってアラ探しに精力を注いだ。

その結果見付けた二、三のミスは、ごく些細なことで、たとえばある検査に要する時間を、三日としてあるのは一週間が正しい、という程度のことだった。こんな所はべつに直さなくても、少しも差支えなかった。

この仕事をやりながら、私は何度舌を巻いて感心したことだろう。専門のウイルス学者でも、なかなかここまで完全な記載はできないだろう、と思う所が多いのである。

がっちりしているのはウイルスに関することだけではない。すべてにおいて、論理的にきちっとしているのだ。これには、さすがに理学部出身だなと嬉しくなるのである。

たとえば、ある男の精液から血液型が分かり、その人間の犯行と推察されるという箇所がある。他の作家だったら、ここではＡＢＯ式の決定だけを書くだろう。だが、この小説の場合、それだけでは不自然なことになる。

そこをどう処理したかというと、深谷氏は酵素型を併用して見事に解決している。

酵素型検査はＡＢＯ式血液型検査とともに、実際の法医学で使われている有用な方法だが、どういうわけか推理小説にはあまり出てこない。深谷氏が必要に応じてこういう知識を活用できるのは、普段からいろいろな方面の勉強をしておられるからだと思う。まことに敬服の至りである。

小説のプロットは、まず東京に住む一人の大学生が原因不明の出血熱様の病気になるところから始まる。診察した医師がかなり優秀で、これはあり触れた疾患ではないと思い、保健所に連絡したことから、厚生省の係官の出動となり、ついにはそれがエボラ出血熱だと判明する。俄然（がぜん）、日本中がひっくり返るような大騒ぎになる。

私が読んでいて、頭の中で現実問題と絡み合わせ、ぞっとしたのはここである。

そのあとはお読みくだされば、お分かりになることだから、私の下手な解説など不要だろう。

ただ、ちょっと蛇足を加えると、この小説の中では、エボラ出血熱の自然感染と錯綜して、誰かがその危険な病原体を実験室から持ち出して、ばら撒いたのではないか、という疑いが出てきて、息詰まるサスペンスの盛上がりになる。

もし本当にそういう行為をする研究者がいたら、これまた大変なことになるから、この話にはかなりのリアリティーがあり、一種の近未来的恐怖小説にもなっている。

ついでにお断わりしておくが、実際の世の中でそういう犯罪が行われたことがあるかどうかというと、細菌では実例があった。昭和十四年に女医によるチフス菌入り饅頭殺人事件が起こったし、最近でも、昭和四十一年に千葉でチフス菌入りバナナ殺人未遂事件があった。しかし、ウイルスを使った類似例はまだ一つもないのである。これとて、今後はどうだか分からない。この小説の中では、エボラのほかにも、アデノウイルスを実験室から持ち出してプールの水に撒き、多くの児童に感染させるという犯罪が出てくる。

こういうところは、あるいは未来犯罪を先取りしたものであるかも知れない。こういう点でも、かなり恐怖小説的な要素があると思う。

以上のような意味で、これは実にユニークな推理小説だと言ってよいと思う。

平成元年九月

（講談社文庫版より再録）

本作品の元は、今はなくなってしまったサントリーミステリー大賞の佳作（第三回）に入選した『殺人ウイルスを追え』です。当時はエボラ出血熱といっても一般にはほとんど知られていなかった事情もあってか、出版してもあまり読まれませんでした。そのため、今回、光文社文庫で再版してくださることに決まってから、できるだけ多くの方に読んでいただけたら……と新たな気持ちで読みなおし、加筆しました。それによって複雑な謎が多少整理され、文章も読みやすくなったと思います。ただ、ストーリー、登場人物、時代背景は初版時のまま変わっていないこと、お断りしておきます。

二〇一四年九月　著者

一九八七年六月　廣済堂ブルーブックス（『一万分の一ミリの殺人』として刊行）
一九八九年十月　講談社文庫（『一万分の一ミリの殺人』として刊行）
二〇〇〇年五月　日文文庫（『殺人ウイルスを追え』として刊行）

光文社文庫

長編ミステリー

殺人ウイルスを追え

著　者　深谷忠記

2014年10月20日　初版1刷発行

発行者	鈴木広和
印　刷	堀内印刷
製　本	榎本製本

発行所　株式会社　光文社
〒112-8011　東京都文京区音羽1-16-6
電話（03）5395-8149　編集部
8116　書籍販売部
8125　業務部

ISBN978-4-334-76815-7　Printed in Japan

組版　萩原印刷

お願い　光文社文庫をお読みになって、いかがでございましたか。「読後の感想」を編集部あてに、ぜひお送りください。
このほか光文社文庫では、どんな本をお読みになりましたか。これから、どういう本をご希望ですか。どの本も、誤植がないようつとめていますが、もしお気づきの点がございましたら、お教えください。ご職業、ご年齢などもお書きそえいただければ幸いです。当社の規定により本来の目的以外に使用せず、大切に扱わせていただきます。

光文社文庫編集部

松本清張短編全集 全11巻

「清張文学」の精髄がここにある！

01 西郷札
西郷札　くるま宿　或る「小倉日記」伝　火の記憶
啾々吟　戦国権謀　白梅の香　情死傍観

02 青のある断層
青のある断層　赤いくじ　権妻　梟示抄　酒井の刃傷
面貌　山師　特技

03 張込み
張込み　腹中の敵　菊枕　断碑　石の骨　父系の指
五十四万石の嘘　佐渡流人行

04 殺意
殺意　白い闇　蓆　箱根心中　疵　通訳　柳生一族　笛壺

05 声
声　顔　恋情　栄落不測　尊厳　陰謀将軍

06 青春の彷徨
喪失　市長死す　青春の彷徨　弱味　ひとりの武将
捜査圏外の条件　地方紙を買う女　廃物　運慶

07 鬼畜
なぜ「星図」が開いていたか　反射　破談変異　点
甲府在番　怖妻の棺　鬼畜

08 遠くからの声
遠くからの声　カルネアデスの舟板　左の腕　いびき
一年半待て　写楽　秀頼走路　恐喝者

09 誤差
装飾評伝　氷雨　誤差　紙の牙　発作
真贋の森　千利休

10 空白の意匠
空白の意匠　潜在光景　剥製　駅路　厭戦
支払い過ぎた縁談　愛と空白の共謀　老春

11 共犯者
共犯者　部分　小さな旅館　鴉　万葉翡翠　偶数
距離の女囚　典雅な姉弟

ミステリー文学資料館編　傑作群

幻の探偵雑誌シリーズ

1 「ぷろふいる」傑作選
2 「探偵趣味」傑作選
3 「シュピオ」傑作選
4 「探偵春秋」傑作選
5 「探偵文藝」傑作選
6 「猟奇」傑作選
7 「新趣味」傑作選
8 「探偵クラブ」傑作選
9 「探偵」傑作選
10 「新青年」傑作選

甦る推理雑誌シリーズ

① 「ロック」傑作選
② 「黒猫」傑作選
③ 「X（エックス）」傑作選
④ 「妖奇」傑作選
⑤ 「密室」傑作選
⑥ 「探偵実話」傑作選
⑦ 「探偵倶楽部」傑作選
⑧ 「エロティック・ミステリー」傑作選
⑨ 「別冊宝石」傑作選
⑩ 「宝石」傑作選

光文社文庫

21世紀に甦る推理文学の源流！

江戸川乱歩全集

全30巻

新保博久　山前　譲　監修

❶屋根裏の散歩者
❷パノラマ島綺譚
❸陰　獣
❹孤島の鬼
❺押絵と旅する男
❻魔　術　師
❼黄金仮面
❽目羅博士の不思議な犯罪
❾黒　蜥　蜴
❿大　暗　室
⓫緑衣の鬼
⓬悪魔の紋章
⓭地獄の道化師
⓮新　宝　島
⓯三角館の恐怖
⓰透明怪人
⓱化人幻戯
⓲月と手袋
⓳十　字　路
⓴堀越捜査一課長殿
㉑ふしぎな人
㉒ぺてん師と空気男
㉓怪人と少年探偵
㉔悪人志願
㉕鬼の言葉
㉖幻　影　城
㉗続・幻影城
㉘探偵小説四十年(上)
㉙探偵小説四十年(下)
㉚わが夢と真実

光文社文庫

鮎川哲也

ベストミステリー短編集

アリバイ崩し
崩れた偽装
謎解きの醍醐味
完璧な犯罪
灰色の動機

鮎川哲也 コレクション

鬼貫警部事件簿

ペトロフ事件
人それを情死と呼ぶ
準急ながら
黒いトランク
鍵孔（かぎあな）のない扉 新装版
王を探せ
偽りの墳墓
沈黙の函（はこ） 新装版
わるい風
砂の城
宛先不明
積木の塔
黒い白鳥
憎悪の化石

星影龍三シリーズ

悪魔はここに

鮎川哲也編 無人踏切 新装版 ――鉄道ミステリー傑作選

光文社文庫

ミステリー文学資料館編 傑作群

ユーモアミステリー傑作選 犯人は秘かに笑う

江戸川乱歩の推理教室

江戸川乱歩の推理試験

シャーロック・ホームズに愛をこめて

シャーロック・ホームズに再び愛をこめて

江戸川乱歩に愛をこめて

悪魔黙示録「新青年」一九三八
〈探偵小説暗黒の時代へ〉

「宝石」一九五〇 牟家（ムウチャア）殺人事件
〈探偵小説傑作集〉

幻の名探偵
〈傑作アンソロジー〉

麺'sミステリー倶楽部
〈傑作推理小説集〉

古書ミステリー倶楽部

古書ミステリー倶楽部II
〈傑作推理小説集〉